In Liebe !

Dei Tina

THOMAS SAUTNER

Die Erfindung der Welt

Gefördert von der Stadt Wien Kultur.

FSC
www.fsc.org
MIX
Papier aus verantwortungsvollen Quellen
FSC® C004378

Grafische Gestaltung: Dorothea Löcker, Wien
Umschlagabbildung:
© Bushko Oleksandr/shutterstock
Druck und Verarbeitung:
EuroPB, s.r.o., Tschechische Republik
ISBN 978-3-7117-2103-7

Informationen über das aktuelle Programm
des Picus Verlags und Veranstaltungen unter
www.picus.at

THOMAS SAUTNER

Die Erfindung der Welt

ROMAN

PICUS VERLAG WIEN

immerwährend sei das Leben
immerwährend euch ein Vielleicht

und nur nachts werdet ihr
Augen haben
und nur wenn ein Stern steht, es sehen
Tarimoko Son

Wir vergessen, dass das,
was wir nicht getan haben,
wir auch nicht gewesen sind.
Fernando Pessoa

PROLOG

- G -

Das Leben ist ein fremder Ort, weit aus der Zeit. Bis es dich unversehens packt, mitreißt und in eine Gegenwärtigkeit schießt, die dein Innerstes nach außen kehrt, dein Herz rasen lässt, dich an Neuland schwemmt.

»An Neuland wie einen Lurch?«

»Oh ja, wie einen Lurch. Einen, der japsend froschig erwacht und um sich blickt und staunt, als wär's sein erster Tag, und der die neue Welt vor lauter Glück gar nicht glauben kann.«

So blödelten wir, doch das war später, als wir einander schon besser kannten. Zuvor steckten wir noch in einer anderen Atmosphäre fest, lief es noch so: »Ein Froschmännchen denkt vierundsechzigmal am Tag an Sex, ein Froschweibchen einmal öfter.« Wie beiläufig sagte er das so dahin. Als hätte er zufällig einmal mitgezählt! Ich beließ den Blick auf dem Spiegel des Teichs, umschlang meine zur Brust gezogenen Knie und überlegte einen Konter.

»Der Mensch«, sagte ich und sah ihn an, »ist die einzige Tierart, die so tut, als dächte sie überhaupt nicht daran. Ein Menschenweibchen trifft auf ein Menschenmännchen, denkt an Sinnlichkeit und beginnt in der Sekunde danach ein Gespräch übers Wetter. Oder ein Menschenmännchen: trifft auf ein Menschenweibchen und erzählt irgendwelche Fantasiegeschichten über Frösche.«

Die Parade saß. Er blickte mich stutzig an, machte »hm« und schwang sich auf die Beine.

Lange saß ich allein. Über mir stand der zunehmende Halbmond und wunderte sich kein bisschen.

An jenem Abend war ich seit etwa zwei Wochen in der Gegend. Seit zwei Wochen auf Recherche für einen Roman, von dem ich noch nicht wusste, ob ich ihn schreiben würde. Begonnen hatte es mit diesem Brief.

Sehr geschätzte Aliza Berg!

Erlauben Sie, dass ich sofort zu meinem Anliegen komme. Mein Wunsch ist, Sie mögen in meinem Auftrag, doch in völliger literarischer Freiheit, einen Roman schreiben. Zwei Bitten erlaube ich mir zu äußern. Der Roman soll das Leben zum Thema haben. Ist das nicht ohnehin das Größtmögliche, das sich eine Schriftstellerin vornehmen kann, liebe Aliza Berg? Und ist es nicht auch so, dass Literatur geradezu die Pflicht hat, aufs Ganze und gegen jede Vernunft immer nur aufs Ganze zu gehen? Die höchsten Gipfel, die hellsten

Himmel? Das Leben – seine Geheimnisse, die offenkundigen und die verborgenen.

Ich kenne und liebe Ihren Roman »Selatura«, daher bin ich gewiss, dass Sie, geschätzte Aliza Berg, mehr als nur ausreichend Verstand und Gefühl mitbringen für dieses Vorhaben, und darüber hinaus etwas Entscheidendes: einen frischen, unvoreingenommenen Blick.

Beiliegend finden Sie eine Landkarte, und damit komme ich zu meiner zweiten Bitte. Mein Wunsch ist, dass Sie das Leben exemplarisch anhand der auf dieser Karte markierten Region und aller ihrer Bewohner beschreiben, dass Sie dem Leben hinter die Kulissen blicken, es erforschen, gleichsam mit Mikroskop und Teleskop, es mit unbestechlichen Augen wie neu entdecken – und damit womöglich erstmals wahrhaftig.

Sehr geschätzte Aliza Berg, Geld spielt in dieser wichtigen Sache keine Rolle, es wäre mir eine Ehre, die Sie mir hoffentlich gewähren, mich gebührend für Ihre Arbeit zu bedanken. Vorerst habe ich mir erlaubt, einen fünfstelligen Geldbetrag auf Ihr Konto zu überweisen. Sie alleine entscheiden, ob es sich dabei um eine erste Anzahlung handelt oder – sollten Sie zu meinem Bedauern kein Interesse für dieses Romanprojekt hegen – um ein Geschenk, eine symbolische Wertschätzung Ihres bisherigen literarischen Werkes.

Zuletzt verzeihen Sie bitte, dass ich meinen Namen nicht nenne. Er spielt keine Rolle, nie spielen Namen eine Rolle, nur das Werk zählt, nur das Leben. Doch das, liebe Aliza Berg, wissen Sie wohl besser als jede andere.

Hochachtungsvoll!

G.

Zuerst reagierte mein Körper. Ein Schauer strich über meinen Nacken, meine Arme. Ich duckte mich.

Dieser Brief war ein Überfall, eine Grenzübertretung und: eine verführerische Möglichkeit. Der Mensch mag aus tausend widersprüchlichen Teilchen bestehen, mein draufgängerischstes war drauf und dran, die Sache im Alleingang für mich zu entscheiden. Spring! Zögere nicht! Nimm die Einladung an! Ohne Geldsorgen und Zeitdruck tun, was du ohnehin tun willst: dem Leben ins Innerste schauen, es dir schreibend unter die Haut jagen. Spring!

Dann reagierte mein Verstand: Das Ganze ist ein Scherz, irgendein Schriftstellerkollege versucht, dich zum Narren zu halten!

Ich stieg ins Onlinebanking ein.

Der Kontostand betrug zwanzigtausendsiebenhundertfünfzehn Komma zwölf. Nach dem Eingang von zwanzigtausend. Jemand hatte mir, einfach so, zwanzigtausend überwiesen!

Wie ich mich freute! Wie es mich erleichterte! Und: welchen Schauer es mir versetzte.

Wer war dieser Mensch?

Ich griff nach dem zweifach gefalteten Brief. Wer schrieb überhaupt noch Briefe? Diesmal las ich die Zeilen langsam. *Erlauben Sie, dass ich sofort zu meinem Anliegen komme. Mein Wunsch ist, Sie mögen in meinem Auftrag, doch in völliger literarischer Freiheit, einen Roman schreiben.* Wie direkt, wie selbstsicher! Und das in diesem altmodisch höflichen Ton: *Mein Wunsch ist, Sie mögen in meinem Auftrag ...* Ich stellte mir den Schreiber als älteren Herrn vor. Schon beim ersten Mal, als ich die Zeilen nur überflogen hatte, war vor meinem inneren Auge das Bild dieses sonoren Herrn mit Weste und Lesebrille aufgetaucht. Und er saß in einem Ohrensessel, ja, einem Ohrensessel wie in diesen alten Krimis, und vor ihm, das musste sein, loderte Feuer im offenen Kamin. Den Brief hatte er seinem Sekretär diktiert, der ihn auf einer museumsreifen Schreibmaschine getippt hatte, mit seinen knochigen Fingern hatte er auf die Tasten eingeklopft. Tack. Tack tack, tack.

Weil das freilich Unsinn war, beschloss ich, den Text möglichst unvoreingenommen zu lesen, in der Hoffnung, herauszufinden, wer sich dahinter verbergen mochte. Abgeklärt wie eine Forensikerin wollte ich vorgehen, wie eine Profilerin, um dahinterzukommen, was dieser Mensch tatsächlich von mir wollte, abgesehen von einem Roman, und ob ich ihm über den Weg trauen konnte. An Stil,

Wortwahl und Satzmelodie wäre abzulesen, was von ihm zu halten war. Ich würde das Schreiben röntgen, Satz für Satz, Wort für Wort, und dahinter käme, nach und nach, er zum Vorschein. An seinen Worten würde ich ihn erkennen.

Zwei Bitten erlaube ich mir zu äußern. Welch zurückhaltende Höflichkeit! War sie aufgesetzt oder echt?

Gleich danach der unmissverständliche, fast gebieterisch erteilte Auftrag: *Der Roman soll das Leben zum Thema haben. Ist dies nicht ohnehin das Größtmögliche, das sich eine Schriftstellerin vornehmen kann?* Natürlich war es das Größtmögliche. Es abzulehnen, vom Leben zu schreiben, wäre absurd gewesen, noch dazu, weil sich unter dem Arbeitstitel Leben ohnehin über alles schreiben ließe, jede Autorin musste da zustimmen. Wo war also der Haken an der Sache?

Und dann, im ersten Absatz schon diese freundschaftliche Anrede: Nicht mehr wie zu Beginn sehr geschätzte, sondern mit einem Mal *liebe Aliza Berg* – was für eine Handreichung, was für eine zuckersüße Einladung. Hier schrieb jemand, der mit Worten und Stimmungen umzugehen verstand. Wozu aber brauchte er dann mich? Wieso schrieb er seinen Roman nicht selbst?

Und weshalb die nächste Passage, warum diese

Moralpredigt: *Und ist es nicht auch so, dass Literatur geradezu die Pflicht hat, aufs Ganze und gegen jede Vernunft immer nur aufs Ganze zu gehen? Die höchsten Gipfel, die hellsten Himmel? Das Leben – seine Geheimnisse, die offenkundigen und die verborgenen.*

Worauf spielte er an? Wollte er sichergehen, dass ich ausreichend motiviert war, um *aufs Ganze* zu gehen? Welche Neugier sollte bei mir geweckt werden mit der Anspielung von wegen *Geheimnisse, die offenkundigen und die verborgenen?*

Darauf folgte, dramaturgisch schlau, eine Mischung aus Besänftigen, Ablenken und Honig-ums-Maul-Schmieren: *Ich kenne und liebe Ihren Roman »Selatura«, daher bin ich gewiss, dass Sie, geschätzte Aliza Berg, mehr als nur ausreichend Verstand und Gefühl mitbringen für dieses Vorhaben, und darüber hinaus etwas Entscheidendes: einen frischen, unvoreingenommenen Blick.*

Der neuralgische Moment in diesem Absatz war die als Kompliment kaschierte Ermahnung: Etwas *Entscheidendes* also hatte ich mitzubringen, einen *frischen, unvoreingenommenen Blick*. Als ob das nicht bei jeder ernst zu nehmenden Schriftstellerin vorausgesetzt werden dürfte. Die Botschaft musste also eine andere sein: Hatte der Briefschreiber Sorge, ich könnte die Szenerie vor Ort ebenso voreingenommen sehen wie alle anderen? Wovor warnte er mich?

Danach kam, der Absender machte es deutlich, die wichtigste Passage. Sie enthielt das einzige Wort im Brief, das er für nötig befunden hatte zu unterstreichen: *Beiliegend finden Sie eine Landkarte, und damit komme ich zu meiner zweiten Bitte. Mein Wunsch ist, dass Sie das Leben exemplarisch anhand der auf dieser Karte markierten Region und <u>aller</u> ihrer Bewohner beschreiben.*

Aller ihrer Bewohner. Er hatte Sorge, ich könnte jemanden übersehen. Jemand für ihn Besonderen. War es das, worauf er es abgesehen hatte? Ging es ihm im Grunde nur um einen besonderen Menschen? Wollte er mich als Spionin einschleusen? War es das, was er meinte, wenn er schrieb: … *dass Sie dem Leben hinter die Kulissen blicken, es erforschen, gleichsam mit Mikroskop und Teleskop, es mit unbestechlichen Augen wie neu entdecken – und damit womöglich erstmals wahrhaftig.*

Ich legte das Schreiben zur Seite und griff nach der beigelegten Kopie eines Landkartenausschnitts. Das mit Rotstift umrandete Gebiet schien unbewohntes Grenzland zu sein. Wenn ich die Schraffierungen richtig deutete, bestand die Gegend neben Wald aus nichts als Teichen und Wiesen. Großartig, der Typ war ein Spinner.

Wie als Provokation lag unmittelbar außerhalb der roten Markierung eine Ortschaft, innerhalb der von Hand gezogenen Grenze der Romanhandlung aber: nichts. Nichts als Pampagrün in verschiedenen Nuancen.

Ich nahm meine neue Hornbrille. Ich brauchte sie nicht, sah ohne sie sehr wohl noch ausreichend, hatte sie mir auch nur zugelegt, weil mir mein Augenarzt damit auf die Nerven gegangen war, aber meinetwegen, wenn es um Feinheiten ging, machte sie vielleicht einen Unterschied. Als ich mich erneut über die Karte beugte und diesmal genauer hinsah, konzentrierter, war da doch Leben. Mitten im Forst lag ein Haus und, vielversprechender, mein Möchtegern-Auftraggeber hatte mit seiner Linienziehung zwar den benachbarten Ort ausgenommen, etwas am Übergang von Wald und Ortschaft aber verschont. Auf der Landkarte war es mit Kreis und senkrechtem Fähnchen eingezeichnet. Ich brauchte keine Kartenlegende, um das Symbol zu deuten, bei dem Ding handelte es sich um eine Burg oder um ein Schloss.

Zurück zum Brief. Formvollendet wurde mir darin versichert, dass ich mir um Geld fortan keine Gedanken zu machen brauchte und nicht etwa mir, sondern diesem Briefschreiber einen Riesengefallen täte, es reichlich anzunehmen. *Eine Ehre* wäre es ihm, dürfte er sich für meine Arbeit *gebührend bedanken*. Vorerst habe er sich *erlaubt*, eine *erste*

Anzahlung zu überweisen. Er tat alles, um sich als ergeben und mich als souverän darzustellen. Es war Taktik, sollte mich milde stimmen für das, was nun folgte: Dieser Mensch kannte mich mit Vor- und Nachnamen, hatte über mich recherchiert, wusste meine Adresse, meine Kontonummer, nicht auszudenken, was noch alles, doch selbst verheimlichte er seinen Namen – und rechtfertigte sich mit einem Argument, das er bei mir gestohlen hatte: *Nie spielen Namen eine Rolle, nur das Werk zählt.* Ja, das waren meine Worte, sie standen auf der Homepage einer Schriftstellerin, die nicht unter ihrem eigenen Namen schrieb, sondern unter dem Pseudonym Aliza Berg.

Ich weiß nicht, ob das zu verstehen ist, aber mein wirklicher Name würde mich von meiner Arbeit ähnlich ablenken wie Lärm, markantes Parfum oder auffällige Kleidung. Alle Aufmerksamkeit sollte ungeteilt der Literatur gelten. Deshalb hatte ich mir auch angewöhnt, wie Bühnenarbeiter in Opern- und Theaterhäusern ausschließlich Schwarz zu tragen. Hell im Licht stehen sollte nur das Werk.

Mit den Jahren gewährte selbst das Pseudonym Aliza Berg zu wenig Freiheit. Es war zur Marke geworden, machte sich wichtig. Meinen jüngsten Roman hatte ich deshalb ganz abgenabelt von mir, von Beginn an war vereinbart, dass er unter der Obhut und dem Tarnnamen eines befreundeten Schriftstellers erscheinen sollte, niemand außer uns und unserem Verleger wusste davon. Der Freund übernahm es sogar, Lesungen aus dem Roman zu halten und Interviews zu geben. Wir hatten kindischen Spaß daran, unser Geheimnis als Innovation zu feiern, als neue literarische Freiheit, nämlich der Freiheit des Buches von seiner Autorin.

Nie spielen Namen eine Rolle, nur das Werk zählt, nur das Leben. Doch das, liebe Aliza Berg, wissen Sie wohl besser als jede andere.

Hochachtungsvoll!

G.

Kein Absender also, das war unangenehm genug. Doch weshalb auch noch dieser provokante Buchstabe G? Was sollte das denn? G wie Gott? Hielt er sich für allmächtig? Am Anfang war das Wort? Und das Wort erschuf das Leben, erschuf einen Roman? Hochachtungsvoll G?

Oder hieß der Typ einfach Gustav? Nannte sich G wie Gönner? War ein mir unbekannter Großonkel, Großcousin? G.

Ich traute ihm nicht. Er versteckte sich zwischen den Zeilen. Dieser ältere, vermögende Herr (mit Kaschmirsakko und Schalkrawatte, im Ohrensessel vor dem offenen Kamin sitzend), dieser Bildungsbürger, Großindustrielle, Schlossherr, Burggraf, dieser wer auch immer, er führte etwas im Schilde. Es war nicht nur der Roman, der ihn interessierte. Er hatte eine versteckte Absicht. Das war meine Analyse. Und diese Analyse ergab: Nein, tu es nicht. Und unmittelbar nachdem meine Analyse das ergeben hatte, stand fest: Ich mach's.

Sämtliche Zweifel, Argumente, Unwägbarkeiten – sie waren nebensächlich. Ich konnte einen Roman schreiben, *in völliger literarischer Freiheit.* Und Geld gäbe es mehr als genug.

Ich würde mich nicht von diesem Typen beeinflussen lassen. Ich war unabhängig. Ich war erfahren. Ich würde einen Roman schreiben, ein Werk. Nur das zählte.

Fahrig wie eine Getriebene, wie eine von unbekannter Macht Gehetzte, sah ich mich in der Wohnung um. Und begann zu packen. Ich würde hinfahren, einfach einmal hinfahren, mir ein Bild machen, es verpflichtete mich ja zu nichts, wo war das Risiko? Hatte ich denn groß etwas zu verlieren? Ach, was!

G, ich komme.

ERSTER TEIL

- 1 -

Ich hatte mich so weit im Griff, dass ich nicht Hals über Kopf noch am selben Tag losfuhr. Stattdessen recherchierte ich über die auf der Landkarte eingezeichnete Burg, ihre Besitzer und das vom Briefschreiber rot umrandete Gebiet. Weil ich für den nächsten Tag fit sein wollte, ging ich abends früh ins Bett, wälzte mich von einer Seite auf die andere, fand auch mit Atemübungen und Baldriantropfen nicht in den Schlaf, sah um ein Uhr dreiundvierzig zum x-ten Mal auf den Radiowecker, fuhr hoch, nachdem ich endlich eingeschlafen war, träumte Verrücktheiten und brach schließlich in aller Herrgottsfrüh auf, um zwei Stunden später, nach einer Autofahrt wie in Trance, aschbleich und zittrig in der Gegend anzukommen. Welker Weberknecht. Gekleidet in Schwarz. Großartig.

Schloss Litstein war seit 1717 im Besitz der Familie Hohensinn, eines böhmisch-österreichisch-deutsch-niederländischen Adelsgeschlechts, dem es als Wohnsitz diente, weshalb es *nicht öffentlich zugänglich* war, wie ich bei Wikipedia erfuhr. Das Anwesen lag am Rand der Zweitausend-Einwohner-Gemeinde Litstein auf einem Felsbuckel und bestand neben dem *Neuen Schloss* aus einer *mittelalterlichen Burg* sowie einem am Fuß des Felsens errichteten Meierhof und mehreren Wirtschaftsbauten.

Zum Besitz gehörten zwölftausend Hektar Wald samt einem Dutzend teils seegroßer Fischteiche. Nur die drei kleinsten lagen innerhalb der roten Markierung, der große Rest außerhalb und zudem jenseits der Grenze, wo die Familie Hohensinn ebenfalls menschenleeres Land besaß. Natur so weit das Auge reichte. Das einzige Gebäude diesseits der Grenze, das ich auf der Landkarte entdeckt hatte, erwies sich als altes Forsthaus.

Die Burg Litstein tauchte bereits auf, als ich noch etliche Kilometer entfernt war. Wie ein einsamer Finger ragte ihr Turm aus dem Meer des Waldes. *Ihr Turm ragte wie der Finger eines Ertrinkenden aus dem Meer des Waldes*, so hätte ich es auch schreiben können, aber die Schriftstellerin in mir befand, dass das dem Ort der Romanhandlung eine zu düstere Stimmung verpasst hätte. Da sehen Sie wieder: Selbst wenn Romane auf wahren Begebenheiten beruhen, heißt das gar nichts. Auf die Wahrheit ist kein Verlass. Warum sollte es bei Romanen anders sein als im übrigen Leben. Schließlich hat schon ein Staubkorn mehr als zwei Seiten. Was soll als Wahrheit gelten? Die, betrachtet von oben, unten, rechts oder links? Die gestrige, heutige, übermorgige? Man müsste sich schon wie ein Quantenteilchen herzkopfüber hineinstürzen können in die Menschen, die Dinge und die Ereignisse, um zu erleben, was sie ausmacht. Dann wüsste man mehr über die Welt als sie selbst.

Ich reduzierte das Tempo. In einer breiten, den Horizont einnehmenden Welle rollte eine bewaldete Hügelkette hinterrücks an die Burg heran. Darüber standen aufgefädelt Wölkchen. Sie verrieten, dass in Litstein an diesem Tag der Himmel nach unten gerutscht sein musste, so viele Etagen tief, dass die Wölkchen bäuchlings bereits von den Wipfeln der Fichten und Tannen geneckt wurden. Erde und Himmel berührten einander. Wie lange würde es dauern, bis die Wölkchen es nicht mehr aushielten, sich ganz hingeben würden, völlig aufgelöst?

Eine Weile noch rollte mein Auto hügelab dem Tal entgegen. Während zur Rechten der Wald immer näher rückte, lagen zur Linken einzelne Höfe, glitzernde Teiche, Weideland. Ich genoss es, talwärts zu gleiten. Als flöge ich dem Himmel zu. Erst ganz zuletzt fiel das Gelände stärker ab. Anstatt wie bisher leicht Gas zu geben, war es nötig, dem Wagen Geschwindigkeit zu nehmen. Ich bremste gegen die Gravitation, fuhr auf Litstein zu.

Beim Passieren der Ortstafel irritierte mich etwas. Irgendetwas Befremdliches, oder war es etwas Vertrautes, war mich angesprungen von der Seite her. Von der Wiese über den Straßengraben war es zu mir gehuscht, dann blitzte ein morgendlicher Sonnenstrahl, der sich an der Scheibe brach, und schon war ich zu weit, um zu sehen, was es gewesen war.

Zuerst einmal würde ich zum Marktplatz fahren, dort lag Litsteins einziges Hotel, ich hatte ein Zimmer reserviert. Einfach ausrasten, ankommen, einen Kaffee trinken, mich frisch machen. Das alles in einer halbwegs sinnvollen Reihenfolge, am besten mit dem Kaffee zu Beginn, ja, zuallererst brauchte ich einen Kaffee. Ich parkte den Wagen direkt vor dem Hotel zur Post, nahm es als gutes Omen, dass exakt vor dem Eingangsportal eine Parklücke frei war. Das mochte ich auf dem Land, die freien Parklücken.

»Jo do schau her! Grüß Gott!« Und die Freundlichkeit der Leute, die mochte ich auch. Kaum war ich aus dem Auto draußen und schon gegrüßt. Eine ältere Dame mit Hund.

»Guten Morgen!«, antwortete ich und sie blieb stehen, strahlte mich an wie eine gelungene Überraschung, schüttelte, als könnte sie so viel Glück kaum fassen, die blaustichig dauergewellte Frisur, zerrte ihr Hündchen zur Seite, um mir Platz zu machen, und ließ ihrer Stimmung freien Lauf, indem sie mir ein weiteres »Grüß Gott« wünschte, das ich höflich nickend entgegennahm, wie es sich gehörte für eine so herzlich empfangene Fremde, und ich wiederholte dieses Lächeln und Nicken gerne, wenn auch etwas irritiert, als sie, da war ich an ihr vorbei und hatte die Hand schon an der Hoteltür, mir nachrief: »Willkommen, herzlich willkommen!«

»Ah, Frau Berg!«, begrüßte mich, ich war kaum eingetreten, ein stattlich runder Mann, und sein Schnauzbart vibrierte, als hätte auch er an diesem Morgen nichts anderes herbeigesehnt als mich.

»Lisi kum, na kum scho, d' Frau Berg is do!« Er flüsterte es zischend Richtung Nebenraum, aus dem auch gleich Lisi herausgeschossen kam, mit glühenden Backen. Nebeneinander standen sie hinter der Rezeption. Und betrachteten mich. Erwartungsvoll.

Ich mache nie auf Diva, es liegt mir wirklich nicht, aber diese Szene schien mir den Verstand zu vernebeln und so fragte ich, freundlich aber doch nachdrücklicher, als es nötig gewesen wäre, ob ich auf der Stelle, gleich mit dem Beziehen des Zimmers, zwei große Tassen Mocca nach oben serviert bekommen könnte.

»Oje«, sagten die Lippen unter dem Schnauzbart, ich sah es wie in Zeitlupe, vielleicht, weil mein Kreislauf noch nicht so recht wollte an diesem Morgen. »Z...i...m...m...m...m...e...e...r«, sagten die Lippen unter dem Schnauzbart, und nun beschleunigten sie: »ist leider keines frei.« Schließlich sei Frühsommer, Hochsaison. Alles voll.

»Owa an Kaffee kennan S' scho haum.« Lisi nickte aufmunternd. Ergänzte, weil ich nicht reagierte, »einen Kaffee kann ich Ihna schon machen.« Wie rührend, sie sprach eigens Hochdeutsch mit mir.

»Aber ich habe doch reserviert«, sagte ich. (Der Gastauftritt der Diva war vorbei, ich war wieder ganz ich.) »Wie kann es sein, dass kein Zimmer frei ist, ich habe reserviert, gestern, telefonisch.«

Der Schnauzer schien ebenso ratlos wie ich.

»Sie müssen bitte verzeihen«, sagte Lisi, »weil wissen S', wir haben uns so gefreut, Ihna kennenzulernen, da wollten wir, wissen S', Ihna nicht absagen. Aber Zimmer haben wir keins mehr frei.«

...

»Das macht aber nix«, sagte der Schnauzer Sekunden später.

»Genau«, sagte Lisi, »das macht nix, weil es gibt eh ein Zimmer für Ihna, viel schöner noch als bei uns. Drüman«, sie hob ihren Arm, als zeigte sie nur ums Eck, »drüben halt, gleich derüben gibt's eh a Zimmer für Ihna, im Schloss.«

»Wissen Sie, Frau Berg, wir wollten Sie nur kennenlernen«, wiederholte der Patron des Hauses, als hätte er einen Teil des vorangegangenen Gesprächs träumend verschlafen. »Das war halt unser Wunsch, Sie kennenzulernen, Frau Berg.« Und dann, als betonte er es, um den ungläubigen Teil von sich zu beeindrucken: »Frau! ... Aliza! ... Berg!«

Ich hatte vier Romane unter diesem Namen veröffentlicht. Ich fragte, welches meiner Bücher sie gelesen hätten. Die Reaktion der beiden war eine Melange aus Verblüffung und grundehrlicher Heiterkeit. Nein, nein, Buch hätten sie keines gelesen von mir, sie, Lisi, lese nur Krimis, früher auch Liebesromane, aber nun nur noch Krimis, und Hubert, gell Hubert?, Hubert habe es überhaupt nicht so mit dem Lesen. Nein, aber in der Zeitung, da sei die Frau Schriftstellerin *drinnen*.

»In welcher Zeitung?«

… Na im *Heimatblatt*. Da sei sie drinnen.

Im *Heimatblatt*. Und was sei da gestanden?

Na eben dass sie komme, die bekannte Schriftstellerin eben, sie eben, Aliza Berg, und dass sie herkomme, um einen schönen Roman zu schreiben, über die Gegend und die Leut.

Einen Roman? Einen schönen? Über die Gegend? Und die Leut?

Lisi und Hubert nickten.

Hubert griff beidhändig nach unten, seinen Bauch als Rampe nutzend. Das Kleinformat musste die ganze Zeit aufgeschlagen vor ihm gelegen sein. Sachte hob er es nach oben aufs Pult der Rezeption und drehte es in meine Richtung.

Lisi und Hubert hatten kein Wort erfunden. Ich besah die Doppelseite der Zeitung, das riesige Aufmacherfoto von mir und die fette Schlagzeile.

Ich kann nicht beschreiben, wie sauer ich war.

G!

Er hatte es nicht für nötig empfunden, meine Entscheidung abzuwarten. Hatte das lokale Tratschblatt über meine bevorstehende Ankunft informiert, meine Rechercheabsichten, meine Romanpläne! Bevor ich eingewilligt hatte!

Vor mir, lange vor mir hatte G sich angemaßt zu wissen, wie ich mich entscheiden würde. Hatte es schon zu wissen geglaubt, als ich noch nicht einmal von seiner Idee und seinem Brief ahnte, ja besaß bereits Sicherheit über mich, als ich noch nicht einmal von seiner Existenz wusste. Von Anbeginn war G im Besitz dieser unheimlichen Gewissheit gewesen: dass ich gar nicht anders konnte, als ihm … aufs Wort zu folgen.

Ich starrte noch immer in die Zeitung, starrte auf das Foto von mir, auf die Zeilen, die beschrieben, was ich tun würde. Mein Impuls war, grußlos hinauszurennen, ins Auto zu springen und zurück in die Stadt zu flüchten. Hätte sich mir in diesem Moment jemand in den Weg gestellt und prophezeit, dass ich nicht nur die folgenden Stunden hier in der Gegend verbringen würde, sondern fast ein Jahr, ich hätte ihm ein großkalibriges »Ha!« ins Gesicht gefeuert und mitgeteilt, das könne er dem beschissenen *Heimatblatt* erzählen.

Als ich im Stechschritt das Hotel zur Post verließ (eigens nicht rennend, eigens darauf achtend, nicht gar zu aufgebracht zu wirken) und ins Auto steigen wollte, um (im Finale eigens mit quietschenden Reifen) zurück in die Stadt zu rasen, fiel mein Blick auf das Tabak-Trafik-Schild an der gegenüberliegenden Hausfassade. Zigaretten. Zigaretten würde ich mir noch rasch kaufen. Ich kreuzte den Marktplatz. Der Stechschritt muss hier besonders entschlossen gewirkt haben, meine Absätze schossen nur so gegen das Kopfsteinpflaster.

Und dann: dieses Schaufenster, dieses Schaufenster der Tabak-Trafik. Flankiert von einfältigen Billetts für Geburten, Taufen, Hochzeiten waren: Bücher ausgebreitet. Romane! Vorwiegend: meine Romane.

»Außergewöhnlich«, sagte ich beim Eintreten, »Literatur in einer Trafik.«

Der Trafikant sah auf. »Die Leute lesen ja sonst nur so was«, antwortete er und sein Zeigefinger zuckte Richtung der illustrierten Magazine und Schundheftchen. Aber wer weiß, meinte er, vielleicht entschlössen sich die Litsteiner ja, Literatur zumindest einmal zu versuchen. »Wenigstens einmal kosten«, sagte er und lächelte zurückhaltend, über seine Augenringe hinweg. So allgemein lächelte er, nicht eigens meinetwegen, oder gar mich an. Nun, vielleicht, vielleicht doch.

Falls er mich als Autorin der Bücher in seiner Auslage erkannt hatte, ließ er es sich nicht anmerken. Ich mochte diese Ungewissheit, sie schuf zwei Varianten von Gegenwart. Ich konnte mir eine aussuchen. Und gleich drauf die andere.

Der Trafikant. Eine seiner grau melierten Haarsträhnen hing zwischen mir und seinem Blick. Beiläufig rieb er sich übers Kinn, seinen Sechstagebart.

Er werde jedenfalls nicht aufhören, Bücher in die Auslage zu stellen. Und wie ich sehen könne, er breitete über dem Kassapult die Arme aus, reibe er den Kunden gute Literatur buchstäblich unter die Nase.

Sieben Bücher lagen vor mir.

Sie streckte den Arm aus und ihre Hand strich mit einem Hauch von Abstand über die Bücher, den ich zu fühlen glaubte, als Luftpolster zwischen ihr und mir.

»Wie wählen Sie die Romane aus?«, fragte ich. Sechs der sieben Titel, die in einer Reihe dicht nebeneinander auf dem Pult lagen, hatte ich gelesen, fünf davon gelungen bis großartig empfunden, über das sechste Buch konnte ich schwer urteilen, es war eines der meinen. Erschienen war es nicht unter meinem Pseudonym Aliza Berg, auf dem Buchdeckel stand der Name meines Schriftstellerfreundes.

Der Trafikant schien meine Frage nicht gehört zu haben, gedankenverloren sah er vor sich aufs Pult.

»Wie wählen Sie sie aus?«, wiederholte ich.

»Lieblingsbücher«, sagte er. »Das da sind alles Lieblingsbücher von mir. Ein Ausschnitt meines Kanons.«

»Wir scheinen einen ähnlichen Geschmack zu haben.« Ich strich abermals über die Romane, berührte sie diesmal vorsichtig mit den Knöcheln meines Zeige- und meines Mittelfingers. »Diese sechs Bücher kenne ich. Das hier nicht, ich nehme es. Und eine Schachtel Smart.«

Er schmunzelte. Diesmal war es eindeutig, er schmunzelte mich an.

»Sie wissen es, stimmt's?« sagte er. »Smart gibt's nicht mehr, sind schon lange aus dem Sortiment genommen worden. Waren die besten, wurden aber zu wenig gekauft.«

Ja, ich wusste es. Doch nach meiner Lieblingsmarke zu fragen, immer wieder aufs Neue, in jeder Trafik, bei jeder Gelegenheit, war meine Art des Protests.

»Man darf das Beste nicht aufgeben«, sagte er. »Nie darf man es aufgeben, selbst wenn es nicht mehr existiert.«

Selbst wenn es nicht mehr existiert. Der Satz klang nach in mir. Oder tut er es jetzt erst, beim Schreiben?

Er bückte sich, hantierte hinter dem Verkaufspult. Nur sein Haarschopf war noch zu sehen. Als er auftauchte, hielt er mir ein schmales Tablett entgegen, darauf lag eine einzelne Zigarette.

Es gab sie noch. Bei diesem Trafikanten gab es sie noch! Meine Lieblingsmarke! Er musste sie gehortet haben. Einen ganzen Vorrat unter seinem Pult versteckt halten. Ich sah ihn an. Schelmischer Blick. Dunkle Augenringe.

Ich war schon draußen und einige Schritte gegangen, da kam mir der Gedanke, ob ich umdrehen und es ihm sagen sollte, es ihm einfach sagen sollte. Dass ich vorgehabt hatte, aus Litstein abzureisen, zu flüchten aus dieser Enge, zu flüchten vor diesem G. Dass ich seinetwegen, des Trafikanten wegen aber vorerst bleiben würde. Seinetwegen und seiner Art wegen, Romane in die Auslage einer Trafik eines Zweitausend-Einwohner-Nests zu stellen. Seinetwegen und seiner Vorliebe wegen, Zigaretten und anderes hoffnungslos aus der Mode Gekommenes anzubieten. Seiner Schwäche wegen, Unvernünftiges zu tun, seiner Neigung wegen, an Verlorenem festzuhalten.

Aber das wäre doch komisch gewesen, oder? Wäre es nicht komisch gewesen, ihm das so zu sagen?

Ich ging nicht zurück in seine Trafik, sagte es ihm nicht. Und auch er hatte mir etwas bei unserem ersten Zusammentreffen verschwiegen. Nachdem er mir die Smart aus seinem Geheimvorrat geschenkt hatte, plauderten wir noch eine Weile. Währenddessen rauchte ich, genoss den Geschmack des Tabaks und das Gefühl, das ich damit verband, genoss diese Zigarette, die es draußen in der Welt nicht mehr gab. Hier aber, hier gab es sie. Mein neuer Bekannter, der Trafikant, er hatte einen Vorrat kleinen Glücks angelegt.

Damals kam ich nicht auf die Idee, erst bei meinem nächsten Besuch erkundigte ich mich, weshalb er mir beim Rauchen zugesehen hatte, ohne sich selbst auch eine zu gönnen. Und er sagte: »Die, die ich dir gegeben habe, war meine letzte.«

Die Menschen außerhalb der von G gewählten Grenze, jener roten Markierung auf der Karte, sind irrelevant für den Roman, sind zu vernachlässigen. Sie liegen, befand G, jenseits der literarischen Wichtigkeit. Wie Sie sehen, habe ich mich nicht daran gehalten. G kann mich einmal! Der Trafikant übrigens heißt Peter. Peter Rosenberg. Die Frau mit dem Hund Hedwig Klein. Lisi vom Hotel heißt mit Nachnamen Čerlak, ebenso wie ihr Ehemann Hubert. Sie haben Namen, sie existieren. Sie sind! Die rote Linie, die ziehe ich. Ich bin hier der Diktator. Was *ich* den Figuren an Gedanken und Gefühlen einschreibe, wird ihnen zur Wahrheit. Und G? … G?! Kann mir den Buckel runterrutschen!

- 2 -

Sie war mir vom ersten Moment an sympathisch. Sie war blond, hübsch und ungefähr fünfzig. Mit einem offenen Lächeln begrüßte sie mich, als freute sie sich, eine gute Freundin zu treffen. Für gewöhnlich macht mich so etwas stutzig. Mein Verstand riet mir auch unmittelbar zu Vorsicht, behauptete, derlei unverdiente Freundlichkeit könne nicht echt sein, mein Gefühl hingegen, völlig entspannt, sagte: doch, kann echt sein. Mein Gefühl hat mich nicht betrogen, bis heute.

Ihr Name war Elisabeth. Elisabeth von Hohensinn, Gräfin auf Schloss Litstein.

Welche Wirkung Kleinigkeiten haben. Kleinigkeiten verändern mitunter alles, kehren Bedeutungen ins Gegenteil. Nur weil ich nach *Mein Gefühl hat mich nicht betrogen* ergänzte *bis heute*, sind Sie misstrauisch geworden, ob ihr wirklich zu trauen ist. Wäre die Satzstellung ein wenig anders, hätten Sie bedenkenlos weitergelesen und die Sache wäre Ihnen so erschienen: Elisabeth war grundehrlich, *mein Gefühl hat mich bis heute nicht betrogen.*

Sie sind gar nicht misstrauisch geworden? Haben sich gar nichts gedacht dabei? Es geht mich ja nichts an, aber lesen Sie Ihr Leben auch so flüchtig, so an der Oberfläche entlang?

Burg und Schloss Litstein waren schon vom Marktplatz aus zu sehen, beide dem Erdboden enthoben auf einem Felsmassiv, nebeneinander wie ein ungleiches Geschwisterpaar. Ich blickte zu ihnen nach oben, über die Dächer der Bürgerhäuser hinweg. Links reckte trotzig die Burg ihren Turm in den Himmel, rechts machte sich das schönbrunnergelbe Schloss breit.

Die gepflasterte Auffahrt war steil, als ginge es hinauf zu einer Alpenfestung. Ich schaltete zurück in den zweiten Gang, dennoch soff mir beinahe der Motor ab, also wechselte ich in den ersten Gang, woraufhin der Fiat aufjaulte, als wäre es das jetzt gewesen mit der Motorisierung. Wie um sich Luft zu verschaffen, drehten die Räder des Cinquecento durch. Schließlich entschied mein kleiner Italiener, die Auffahrt im Schritttempo emporzujammern, mit quietschendem Keilriemen.

Der kreisrunde Wehrturm der Burg blickte nachlässig wachend auf mich herab. Um etwas wichtiger zu erscheinen und auch etwas höher, trug er über seinen Zinnen ein kegelförmiges Schindeldach samt Fahnenmast. An dem hing, schlapp, ein Fetzen Stoff.

Nachdem mein Fiat und ich die hundert Meter der Auffahrt überwunden hatten, nahm der Weg eine scharfe Rechtskurve und ein Plateau eröffnete sich uns. Schloss Litstein lag nun, adrett und nicht wenig stolz auf seine betonte Unaufdringlichkeit, entfernt links, die gedrungene Burg unmittelbar rechts von uns. Also gut: rechts von mir, nicht von uns. Ja, es ist zu kindisch, meinem alten Auto eine Persönlichkeit zuzugestehen, bloß weil es lebensanfällig ist wie wir alle.

Ich widerstand meinem Entdeckerdrang auszusteigen und nachzusehen, ob die grün-weiß gestrichene Holzpforte der Burg verschlossen war. Alles in allem wirkte das Gemäuer auf mich, als wäre es seit Jahrhunderten nicht mehr betreten worden. Einladend hell hingegen das zweigeschossige Schloss, zu dem eine geschotterte Zufahrt führte, von Rosensträuchern flankiert wie in einem dieser vorhersehbaren englischen Liebesfilme.

Als ich im Schritttempo über die gekieste Zufahrt rollte und ein Rauschen unter mir spürte, als glitte ich durch goldene Dukaten, besaß ich augenblicklich die Wahrheit über die zweite Bedeutung der Wörter Schotter und Kies: Wer seine Zufahrt nicht profan asphaltierte oder mit staubigem Sand anschüttete, sondern mit geschmeidigen Steinchen auslegen ließ und darin fahrend klimperte, wann immer es ihn danach verlangte, hatte ordentlich Schotter, jede Menge Kies, bei dem lag das Geld auf der Straße.

Das Geräusch des Reifenprofils auf luftigem Stein,

das hatte schon was. Und noch mehr das Gefühl des rauschenden Einsinkens und dennoch sicher Gehaltenwerdens. Ja, unbestreitbar hatte das was.

Ich hielt an – bedauernd, dass ich schon da war – und sah durchs Autofenster zum Eingangsportal des Schlosses. Nur noch aussteigen müsste ich, die drei Stufen nehmen und läuten. Da stieg mein Fuß aufs Gaspedal. Der Kies spritzte unter den Rädern davon, prasselte gegen die Bodenplatte. Und schon badete ich wieder im Vollen, drehte eine Runde im Hof, umkreiste die kleine Rasenfläche, die Rosensträucher, die auf Podesten stehenden Skulpturen, schotterte durch den Kies. Als wäre mein kleiner Fiat kein kleiner Fiat, sondern eine Jacht; eine Jacht, die in das Meer eindrang, es teilte unter ihrem Bug.

Erst als ich anlegte, der Jacht entstieg und sie sich in einen Fiat zurückverwandelte, erst als mein Zeigefinger den Messingknopf der Türglocke niederdrückte, sodass er in der Hauswand verschwand und ein melodiöses Dong-Dong-Döng zu hören war, kam mir der Gedanke, bei meiner infantilen Runde durch den Schotter womöglich beobachtet worden zu sein. Doch dann ging die Tür auf und alles war gut, sie strahlte mich an.

»Aliza Berg! Wie schön! Ich freue mich so!« Nichts musste ich sagen, nichts erklären, weder wer ich war noch dass ich im Hotel zur Post kein Zimmer bekommen hatte und von dort hierher geschickt worden war, sie nahm mir alles ab, machte es mir ganz leicht.

»Ich bin Elli«, sagte sie, »wollen wir per Du sein?«

»Gerne«, sagte ich, »sehr gerne, Elli … Ich bin Aliza.«

Sie habe sich schon den ganzen Vormittag auf mich gefreut, sagte Elli. Seit dem Aufwachen schon, den ganzen Vormittag!

Unmittelbar erlebte ich, was gemeint ist mit: ein Herz im Sturm erobern. Im Licht ihrer Freundlichkeit, ihrer Unmittelbarkeit, die auf Konventionen pfiff, schmolz die Maske, die ich für gewöhnlich bei ersten Begegnungen trage, und nicht nur bei ersten. Meine Gesichtsmuskulatur entspannte sich, meine Schilder fuhren nach unten. Ich durfte einfach sein; sein, wie ich war; musste hier nichts darstellen, mich nicht konzentrieren, um nur ja keinen Fehler zu machen. Nichts würde mir hier passieren, niemand den Kopf schütteln über mich, niemand mich sonderbar finden.

»Ich hab dich gesehen, wie du im Hof eine Runde gefahren bist«, sagte Elli.

Begeistert ergänzte sie: »Das muss ich unbedingt auch einmal machen. Ich bin bisher gar nicht auf die Idee gekommen.«

Sie sei dreiundfünfzig. »Drei-und-fünfzig! Stell dir das vor!« Und bis vor Kurzem habe sie nur gemacht, was man von einer Gräfin so erwarte, nichts Verrücktes. Aber genau das sei doch verrückt, nicht wahr? Gerade das sei doch völlig verrückt, »weil wir haben ja nur ein Leben, nicht wahr«? Und sollten wir auch mehrere haben, wer weiß, auszuschließen sei das ja nicht, aber selbst wenn, dann hätten wir ja dennoch unser jetziges Leben nur einmal. Und da sei es doch verrückt, ja verrückt, nicht die Dinge zu tun, die in einem steckten und nur darauf warteten, rauszudürfen, um wahr zu sein und wirklich. Denn dürften sie nicht raus, wäre das doch, als ob … als ob … ein Maler die aufregendsten Farben vor sich hätte und nicht wagte, sie auszuprobieren!

Sie hielt inne, bemerkte, dass es mit ihr durchgegangen war. Vor Aufregung standen ihr rotschreckige Flecken an Wangen und Hals. Sähe ich – Sorge in ihren Augen – sähe ich das denn anders?

»Elli«, sagte ich. »Ich sag dir was: Ich sehe es: genau! so!«

Sie lachte auf, griff dabei erleichtert nach meiner Hand und behielt sie für Momente in ihrer.

- 3 -

Entspricht etwas im Inneren nicht dem, was es nach außen zu sein vorgibt, ist es eine Enttäuschung. Offenbart sich etwas, ist es eine Überraschung. Und bietet etwas gänzlich neue Perspektiven, gilt es als Attraktion. Drei Sichtweisen auf ein und dieselbe Sache – dreierlei Sachen. Klar, die alte Geschichte: Gott schuf unsere Gedanken und unsere Gedanken schaffen die Welt.

Es sagt also wenig über Schloss Litstein und viel über mich, dass ich beim Eintreten enttäuscht war. Das Schloss sah innen nicht aus wie ein Schloss.

Außen hatte ich es noch als Schloss gedeutet. Schlicht, doch ein Schloss. Innen waren die Räume hoch und die Decken mit Stuck verziert, doch die Einrichtung, und darauf kam es schließlich an, wirkte bürgerlich. Eine Mischung aus hellen, modernen Möbeln und alten Einzelstücken. Im großzügigen Wohnraum ein Teppich, der von Ikea hätte sein können, Eschenparkett, das im einfallenden Licht der Spätvormittagssonne glänzte, als wäre es eben verlegt worden. Eine Sitzgarnitur, die risikoscheu gemustert war, zeitgemäß zeitlos; dazu ein niedriger Chromtisch mit gläserner Platte, hohe Bücherregale in Weiß, eine Eleganz von Steinway-Flügel.

»Während des Zweiten Weltkriegs schlugen die Russen hier alles kurz und klein, selbst den alten Dielenboden haben sie rausgerissen und in den Kachelöfen verheizt.« Ich hatte nicht danach gefragt, aber Elli, Elisabeth von Hohensinn, hatte meinen Blick richtig zu deuten gewusst. »Du bist nicht die Erste, die sich das Schloss prunkvoller vorgestellt hat«, sagte sie und schenkte mir von ihrer selbst gemischten Zitronenlimonade nach. Die Minzblätter drehten eine stürmische Runde, tauchten im Sog des Strudels ab und – Äonen später – taumelnd gegen die Glaswand auf.

»Aber der Ausblick ist nach wie vor erhaben, nicht wahr?« Sie sog am Strohhalm. »Den Ausblick haben sie uns nicht genommen. Und der ist schließlich das Wichtigste … dieser weite Horizont.« Wir standen, die Limonadengläser in Händen, beim Flügelfenster. Der Burgturm hielt ernst und steinern Wache, alles andere schien umso lichter: der Vorplatz mit seiner kleinen Grünfläche, den Rosensträuchern, den Stelen mit den Zwergenfiguren, dahinter der frisch gemähte samtene Rasen, von dem drei Wege in unterschiedliche Himmelsrichtungen wiesen. Jäh fiel dort das Gelände ab und der Wald begann. Nahe und fern war er, forderte unsere Blicke ein, schien unendlich, wogte in Wellen. Ein fliegender Teppich. Um aufzuspringen, wäre es nur nötig gewesen, das hohe Flügelfenster zu öffnen, auf den

Sims zu steigen, die Arme auszubreiten und einen weiten Satz zu machen.

Als sie erfahren habe, sagte Elli, dass ich nach Litstein käme, um hier für einen neuen Roman zu recherchieren, habe sie sich gedacht: was für ein Glücksfall, das müsse sie ausnutzen! Ihre Mädchenaugen, gebettet in die Fältchen und Krähenfüßchen der reifen Frau, blitzten mich an, als spräche Elli nicht über mich, sondern als wären wir zwei Freundinnen, die anlässlich des Eintreffens einer Autorin etwas ausheckten.

Sie habe alle meine Bücher gelesen und schon öfters überlegt, mich zu einer Lesung, einer literarischen Soiree einzuladen, aber na ja, wie das so sei, »man tut's dann nicht«. Vielleicht habe ihr der Mut gefehlt, mich einfach aus heiterem Himmel anzuschreiben. Umso größer sei nun die Freude. Und was für ein Glück, dass im Hotel zur Post kein Zimmer frei gewesen sei. Sofort habe sie – sie wisse, es sei egoistisch, aber manchmal dürfe man das doch sein, nicht wahr? –, sogleich habe sie die Gelegenheit beim Schopf gepackt und den Čerlaks, den Eigentümern des Hotels, aufgetragen, mich nach meinem Eintreffen sofort und unbedingt zum Schloss zu schicken.

»Wir haben genug Platz, Aliza. Ich bin sicher, du wirst dich wohlfühlen! Und keine Sorge, wir lassen dich in Ruhe, du kannst das Schloss so ungezwungen nutzen, als wäre es ein Hotel, wir werden dich nicht bedrängen. Es ist uns einfach eine Freude, meinem Mann Leopold und mir, dich als Gast bei uns zu haben so lange du auch immer möchtest. Verzeih, ich lasse dich gar nicht zu Wort kommen, aber ich freue mich so. Es ist blöd, ich weiß, aber ich rede mir ein, dich irgendwie zu kennen, und das nur, weil ich deine Romane gelesen habe. Ich weiß schon, es ist naiv. Naiv zu glauben, einer Autorin nahe zu sein, nur weil man ihre Bücher gelesen hat.«

»Wenn dir meine Romane so viel gegeben haben, Elli, wird alles, was du nach und nach an mir kennenlernst, unweigerlich eine Enttäuschung sein.«

Sie überlegte.

Das fand ich gut: Sie überlegte, anstatt reflexartig abzuwiegeln.

»Vielleicht«, sagte sie, »vielleicht ist es so. Aber mir ist es das Risiko wert.«

»Und«, ergänzte sie, »mir ist bewusst, dass deine Romane und das Gefühl, das sie vermitteln, nicht mit dir gleichzusetzen sind, dass du privat womöglich anders bist. Vielleicht … vielleicht ist es so wie mit den zwei Seiten einer Medaille.«

Das Bild gefiel mir. Ich – die Medaille. Meine Romane die sichtbare Seite, mein übriges Leben die abgewandte; jene, die ich gerne bedeckt hielt.

»Wenn ich dein großzügiges Angebot annehme und mich hier einquartiere, Elli, hilfst du mir bei meinen Recherchen? ... Erzählst du mir die Geschichte der Gegend und der Leute hier? Und auch deine Geschichte? Dürfte ich dich alles fragen, auch Peinliches, auch Fragen, die man für gewöhnlich nicht stellt, und wärst du bereit, ehrlich darauf zu antworten?«

Sie wich zurück, es war nur eine minimale Bewegung, aber ich erkannte ihre Abwehr. Es überraschte mich nicht, allen erging es so, wenn ich ihnen eröffnete, was es bedeutete, für einen Roman zu recherchieren. Was es bedeutete, womöglich sogar Teil eines Romans zu werden.

Die lockere, offenherzige Elli. Mit einem Mal erinnerte sie sich daran, wer sie sonst noch war: Elisabeth von Hohensinn, Gräfin zu Litstein.

Elli war unentspannt, bemüht, es sich nicht anmerken zu lassen. Ich ahnte, welcher Film bei ihr ablief: Ein Reigen aus halb Verdrängtem, aus Intimitäten, Peinlichkeiten, Verfehlungen, schmerzenden Erinnerungen, Kränkungen, alten Prägungen, kurzum Lebensgeheimnissen, die alle Menschen angesammelt haben, die Elli aber, weil es nun einmal ihre, Ellis Geheimnisse waren, als beispiellos empfand und als beispiellos unsagbar. Und nun wollte diese Schriftstellerin all das aus den entlegenen Schichten und schützenden Fältchen ihres Inneren zerren, ins laute Draußen, ins Gegenteil jenes schattendunklen Ortes, wo sie Anlass um Anlass abgelegt hatte, versteckt vor der Welt und vor sich.

Dabei hatte sie sich so sehr gefreut auf diese Schriftstellerin, auf Aliza Berg – die ihr plötzlich wie eine Auftragskillerin gegenübersaß mit unter dem Tisch gezogenem Revolver. Regelrecht herbeigewünscht hatte sie das Eintreffen dieser Frau, deren Bücher sie seltsam berührten auf schöne und zugleich schmerzliche Weise. Etwas, irgendetwas in ihren Romanen stimmte sie sehnsuchtsvoll. Und traurig froh. Und hoffend! Und verloren! Und gerettet! Und alles zugleich.

Doch nun? Intimstes öffentlich machen? Unsagbares aussprechen? Zusehen dabei, wie das, wofür sie keine Worte, ja kaum klare Gedanken besaß, in Sätze gegossen wurde? Schwarz auf Weiß und unwiderruflich und für jeden einsehbar, gedruckt in ein Buch?!

»Elli«, sagte ich, »du brauchst keine Angst zu haben. Gleich, was du mir anvertraust, ich werde es mit Feingefühl behandeln. Außerdem arbeite ich an einem Roman, keiner Reportage oder einem Aufdeckerbuch. Alles, was ich von dir erfahre, werde ich anonymisieren und fiktionalisieren. Ort, Zeit, Personen und Ereignisse werden realen Menschen nicht zuordenbar sein. Du bleibst unerkannt. Wenn im Roman eine Gräfin vorkommen sollte, eine, sagen wir, die jetzt gerade aufmerksam zuhört und mir etwas verschüchtert und dadurch umso sympathischer gegenübersitzt, wird nicht einmal diese Gräfin mit Sicherheit sagen können, ob sie gemeint ist. Ein Rest Rätsel wird immer bleiben, sowohl für die Gräfin im Roman als auch für jene in der anderen Wirklichkeit.

Erzähle mir noch mehr, würde etwa die Gräfin im Roman nun bitten, die wirkliche Gräfin aber einfach schweigen und zuhören und versuchen, sich zu entspannen, und die Autorin, also ich, fortfahren, dass eine Romanfigur meist aus vielen realen Personen zusammengewürfelt ist. Wobei real bei uns Autoren heißt, dass es sich um Menschen handelt, die real atmen und real träumen und real leben – in unserem Autorenkopf; freilich können es auch konventionell reale Menschen sein, auch das kommt vor. Es erklärt, dass sich manche Freunde und Bekannte, selbst wenn ich sie beim Schreiben nicht im Sinn hatte, in einer Romanfigur wiederzuerkennen glauben. Einmal fühlen sie sich geschmeichelt, ein andermal aufs Schlimmste beleidigt, beides zu Unrecht natürlich. Andere, denen ich tatsächlich die Idee für eine Romanfigur zu verdanken habe, wundern sich über die Absurdität jener Figur.«

Elli schwieg nach wie vor. Es war rührend, wie

sie mir gegenüber auf der Couch saß, die Füße auf dem Teppich, die Schultern zurückgespannt, die Ellenbogen durchgedrückt und ihre Handflächen gegen die Sitzpolsterung gestemmt. Eine Katze, bereit zum Sprung.

Aufmerksam blickte sie mich an. Erzähle weiter, hieß das wohl, ich will noch mehr davon wissen, wie ihr Schriftsteller so trickst. Doch viel mehr hatte ich nicht zu bieten, also sagte ich: »Wenn ich meine Arbeit richtig mache, Elli, werdet ihr, du und die anderen Charaktere im Buch, realer als real sein. Die Leserinnen und Leser werden mehr von der Romanfigur Elli wissen als du von dir, verstehst du? Der Text wird vorandrängen, die Zeilen, die Buchstaben, immer tiefer, und plötzlich, mit einem Schlag, werden wir alle, auch du, auf dein offenes Herz blicken, dein wild pochendes, verletzliches Herz. Selbst da werden wir nicht haltmachen, wie im Rausch werden wir sein, springen, komme, was wolle, in dein Herz. In diesem Moment, Elli, wirst du deine Wirklichkeit vor Augen haben, deine am tiefsten verborgene Kammer. Es wird dich auflachen lassen oder aufheulen, beides vielleicht. Jenen, die dich lesen, wird es ähnlich ergehen. Weil es diese letzte, innerste Kammer, glaube ich, nur einmal für alle gibt, ein einziges Mal für alle Menschen gemeinsam.«

Elli sah mit leerem Blick an mir vorbei.

Ich hörte meinen Puls, verebbend in den Ohren. Hatte ich das alles laut ausgesprochen? Diese fiebrigen Sätze einer Geistesgestörten?

Ellis Augenbrauen waren zusammengezogen, ihre Arme hatte sie verschränkt. Kein Kurs in Psychologie war nötig, um zu wissen, was in ihr vorging. Sie wollte, nein, sie konnte sich nicht derart blindlings öffnen. Es war doch naheliegend gewesen von Anfang an. Elisabeth von Hohensinn, dreiundfünfzig, Gräfin zu Litstein, durfte einfach nicht riskieren, sich und ihr engstes Umfeld in einem Roman wiederzufinden.

Elli blickte ernst, schloss die Arme noch fester. »Weißt du was«, sagte sie, »scheiß doch der Hund drauf, ich mach's.«

- 4 -

Nachdem mir Elli ihr Jawort gegeben hatte, mit eiserner Miene, als meldete sie sich zu einem Selbstmordkommando, und dieses Jawort auf mein ungläubiges Nachfragen hin bestätigte und nochmals bestätigte – ja, sie meine es ernst, ja, sie sei sich völlig sicher –, freute ich mich natürlich. Doch meine Erfahrung sagte mir, dass Elli, sobald es ernst werden würde, einen Rückzieher machen könnte. Es war mir schon oft so ergangen mit Informanten, noch öfter mit möglichen Romanfiguren. Wobei – und das ist gut zu wissen, falls Sie einmal einer Autorin oder einem Autor begegnen – Rückzieher ohnehin zwecklos sind, schon ab dem ersten Aufeinandertreffen. Für Rückzieher ist es zu spät von Anfang an. Sobald Sie als Vorlage für eine Romanfigur ausgewählt werden, und sei es nur ein Aspekt von Ihnen, eine winzige Eigenart oder ein einziges äußerliches Merkmal, ist es um Sie geschehen. Mein Schriftstellerfreund treibt diese unter uns Autoren selbstverständliche Chuzpe gerne auf die Spitze, indem er eigens von jenen nicht ablässt und sie in ein schräges Licht stellt, die sich wehren, Teil seiner Romane zu werden, oder die versuchen, ihm durch Nichtbeantworten seiner Gesprächseinladungen zu entgehen. Antilopentechnik (davonrennen) – zwecklos bei ihm, Igeltechnik (zusammenkauern und verschanzen) – zwecklos, Spinnentechnik (totstellen) – zwecklos, Katzentechnik (wehren, kämpfen, kratzen) – völlig zwecklos. Denn ihre Seele kann nicht davonlaufen, und die hat sich dieser Teufel schon im allerersten Moment des Kennenlernens gekrallt und um sie baut, modelliert, arrangiert er sie im Roman gänzlich neu. Wie einer dieser skrupellosen Labortechniker ist er, wie jene Götter in Weiß, die aus einem Hauch von Information ein Lebewesen zaubern. Ich bin da weicher, ich respektiere Rückzieher, hin und wieder.

Doch Elli, meine Elli, war nicht die Frau, die Rückzieher machte. Elli war die Frau, die sich in jungen Jahren entgegen guten, vielen guten Gründen für die Hochzeit mit Graf Leopold von Hohensinn entschieden hatte – und sie war nach wie vor seine Ehefrau, entgegen vielen guten Gründen. Elli war zudem die Frau, die vor langer Zeit für sich beschlossen hatte, die Rolle der Elisabeth von Hohensinn zu spielen – und sie spielte die Rolle nach wie vor, akzeptierte die auf ihr lastende Entscheidung. Und nun: Nun war sie die Frau, die das Zusammentreffen mit einer eben erst kennengelernten Schriftstellerin zum Anlass genommen hatte, sich in die Tiefen eines Romans fallen zu lassen.

»Ich bin wie gezwungen, es zu tun«, sagte Elli. »Weil: Worauf sollte ich warten? Darauf, dass ich älter und feiger werde? Soll ich so lange zuwarten, bis ich ausreichend vorsichtig bin, um es nicht mehr tun zu müssen, so lange, bis ich vergessen habe, dass mein Leben mir gehört?«

Das war eine starke Antwort. Doch ich traute ihr nicht. Elli traute ich, doch dieser Antwort traute ich nicht. Sie war, wie soll ich das erklären … sie war: zu gut. Zu prall. Irgendetwas Zusätzliches, Verborgenes musste in ihr stecken.

»Wirklich?«, fragte ich. »Das ist die Essenz auf meine Frage, warum du das Risiko eingehst, ausgerechnet jetzt das wahnwitzige Risiko, dein Leben vor mir auszubreiten, Seite für Seite?«

Die Frage war rüde. Als legte ich es darauf an, einen Rückzieher Ellis zu provozieren. Tatsächlich aber gehören derlei Fragen zu meinem Standardprozedere. Es geht darum, einen Überraschungsmoment zu verursachen, einen Rhythmuswechsel im Denken. Wenn ein Gesprächspartner glaubt, alles bedacht und abgewogen zu haben, glaubt, sich alles gefragt zu haben, komme ich. Und stelle hinter allen Fragen: noch eine. Mitunter stellt das alles auf den Kopf.

»Du verschweigst doch etwas, Elli; mir oder dir. Was ist es? Was ist die Ursache, was der geheime Auslöser für deinen Mut?«

Ihre Pupillen. Plötzlich weit! Elli lauf, lauf schnell!

Elli renn! Renn davon! Wer ist das hinter dir?! Schau doch, hinter dir! Elli!

Ich sah sie an – und da geschah er, der Moment, in dem sie sich eingestand, was sie längst wusste. Als hätte jemand, wer mochte es sein?, einen Kiesel in hohem Bogen in die Richtung ihres Teiches geworfen. Und jetzt erst, in diesem Augenblick, ließ Elli zu, dass dieses seltsam Handwarme, Weiche – hart in sie fiel. Es ging durch die Oberfläche des Teiches, sank ein, berührte das Wasser, sank, bis auf den Grund. Ein Innehalten, ein Sprung ihres Herzens, sich spiegelnd in blauen Augen.

Und dann?

Dann Ruhe.

Ein schmerzliches Lächeln, Dankbarkeit.

Der Teich. Still nun wieder.

Wie unberührt.

Sie hatte mich nicht belogen. Ihre Antwort hatte bloß versucht, mich und sie, ja, uns beide, dort zu belassen, wo wir nichts anrichten konnten. Doch nun hatte Elli alles durchschaut.

»Ich kann«, sagte sie und sah auf, »ich *möchte* dir den wahren Grund nicht erzählen, ich will dir nicht sagen, warum ich ausgerechnet jetzt bereit bin, alles zu riskieren. Ich mache Gebrauch von der Ausnahmeregelung.«

Für unsere Gespräche, das hatte ich von Beginn an klargemacht, würden zwei Spielregeln gelten. Erste Spielregel: Auf alle meine Fragen würde Elli rückhaltlos ehrlich antworten. Zweite Spielregel: Wäre ihr das aus einem außergewöhnlichen Grund nicht möglich, würde sie nicht schwindeln, sondern von der Ausnahmeregelung Gebrauch machen und somit nicht antworten müssen. Diese Ausnahmeregelung durfte Elli, so hatten wir es ausgemacht, dreimal anwenden. Nur dreimal, solange meine Romanrecherchen auch immer dauern mochten.

Und nun hatte sie einen ihrer raren Joker eingesetzt. Elli hob den Kopf, drehte das Gesicht ein wenig weg von mir. Ihr Ausdruck war der eines Kindes, eines Kindes, wie ich es einmal gewesen bin. Eines Kindes, das wusste, dass es wegen seines Entschlusses auf Ablehnung stoßen würde, das aber nur so handeln konnte. Und das auch ein wenig überrascht war über sich und stolz und zufrieden, der hinzugekommenen Selbständigkeit wegen.

Ich sah sie an. Wie sehr ich sie mochte, dabei kannte ich sie doch noch gar nicht. Vielleicht war es auch, weil sie mir ihr Kindheitsgesicht gezeigt hatte. Wenn mir jemand sein Kindheitsgesicht zeigt, ohne sich dessen bewusst zu sein, bin ich verloren, dann kann er oder sie alles von mir haben. Gegen diese zarte Verletzlichkeit, diese Unmittelbarkeit, diese Wahrheit komme ich nicht an.

Das Gesicht unserer Kindheit. Alles ist darin enthalten, alles, was noch kommen mag, alles, was wir lieben und fürchten. Und auch alles, was wir uns nicht zu wünschen wagen. Und deshalb nie bekommen.

Das Gesicht unserer Kindheit, es ist auch das Gesicht unserer Herkunft, einerlei woher wir kommen, einerlei wer unsere Ahnen waren. Das Gesicht unserer Kindheit, darin gleichen wir uns.

Ich spielte die Empörte. »Was?! Bei meiner allerersten, ein bisschen tiefer gehenden Frage flüchtest du schon in die Ausnahmeregelung?!«

»Ja, feige, nicht wahr?« Elli hob die Schultern, amüsiert und wie machtlos, als hätte auch sie selbst eben erst erfahren von ihrer Entscheidung.

Die Ausnahmeregelung war nicht nur ein Zugeständnis von mir gewesen. Es war auch eine Möglichkeit, meine liebe Gräfin Elisabeth von Hohensinn unbemerkt zu testen. Ja, so eine bin ich. Und nun wusste ich, Elli würde ehrlich sein. Anstatt zu flunkern, hatte sie von der Ausnahmeregelung Gebrauch gemacht. Für mich war damit eine neue Wahrheit in der Welt: Wenn Elli etwas zusagte, hielt sie sich daran. Im Zweifelsfall würde dieser Frau ihr Wort wichtiger sein als ein rascher Vorteil. Insofern war an ihr eine Schriftstellerin verloren gegangen.

»Nun, Elli, wenn die Ausnahmeregelung jetzt schon notwendig ist, jetzt schon, bevor wir noch richtig losgelegt haben … sei's drum.« Ich seufzte theatralisch. Und dann, es lag mir schon länger auf den Lippen, und jetzt, jetzt musste es raus: »Scheiß doch der Hund drauf!«

Wir sahen uns an – und prusteten los, Elli befreiter noch als ich.

Aristokraten reden nicht, wie wir uns das ausmalen. So, wie wir uns das ausmalen, reden Aristokraten womöglich, wenn wir dabei sind und sie unter Beobachtung stehen. Dann veranstalten sie für uns so etwas wie einen Maskenball. Dann sind sie wie alle Menschen, spielen die Rolle, die ihnen zugefallen ist, nur dass ihre Rolle außergewöhnlicher ist als die unsere, scheiß doch der Hund drauf. Apropos: Sind Grafen und Gräfinnen unter sich, lernte ich von Elli, sagen sie keinesfalls Toilette. Um Stil bemüht Toilette sagt nur der Pöbel, also unsereins. Unter Fürstinnen und Fürsten heißt der Ort, zu dem selbst der Kaiser zu Fuß sich hinbegab, Klo. Einfach Klo. Oder – Referenz an die Zeit, als das Klo noch ein Holzverschlag außerhalb der Wohnräumlichkeiten war, Häusl. Profan Häusl. So einfach ist das, unter Aristokraten.

Elli führte mich vom Wohnzimmer die geschwungene Steintreppe nach oben, wobei Elli zum Wohnzimmer Salon sagte.

Zur Toilette sagte sie zwar prosaisch Klo oder Häusl, zum Wohnzimmer aber Salon. So kompliziert ist das, unter Aristokraten.

- 5 -

Keine goldgerahmten Gemälde an der Treppenwand. Kein klassischer roter Läufer über den Stufen. Und oben im Korridor, der zu all den Zimmern führte, knarrte kein Dielenboden unter meinen Schritten. Nichts Altes, nichts *Altehrwürdiges* war da, nur etwas wie ewig Neues, etwas, das sich zeigte und entzog. Als wäre es von einer Kraft geschützt, die nicht erlaubte, dass jede x-Beliebige es angaffend entweihte, ich zum Beispiel.

Von Beginn an wären sie zu sehen gewesen, beim Eintreten ins Schloss schon. Doch selbst jetzt, beim Treppensteigen, wäre ich, obwohl sie so nahe waren, beinahe an ihnen vorübergegangen. Auf der vorletzten Stufe aber wurden meine Beine schwer, es drehte mich nach rechts zur Wand.

»Wie schön!«, hörte ich mich sagen. »Wie unglaublich schön sie sind!«

Endlich hatte ich begriffen. Und nun sah ich sie alle.

»Jede Stufe«, sagte Elli und ihr Zeigefinger tippte durch die Luft, »entspricht Lichtjahren. Je höher wir hinaufgestiegen sind, desto weiter haben wir uns von der Erde entfernt. Das ganz unten war Alpha Centauri C, hinter unserer Sonne der erdnächste Stern, sein Licht braucht nur vier Jahre, bis es uns erreicht. Ist eine neue Aufnahme, wurde erst vorige Woche gemacht. Ein paar Stufen weiter, die übernächste Fotografie nach Alpha Centauri, ja, die da unten, zeigt die Große Magellansche Wolke, hundertsechzigtausend Lichtjahre weit weg. Die anderen sind noch weiter, teils um Potenzen weiter entfernt. Das Universum hat sie vor Jahrmillionen erschaffen. Im Grunde sind es prähistorische Aufnahmen. Das Licht all dieser Sternbilder ist in einem fort unterwegs, auch zu uns, aber die Sterne selbst? Vielleicht sind sie längst erloschen. Vielleicht gibt es die Quellen all dieser Bilder nicht mehr. Es ist, als könnte man einen Menschen in seiner Lebendigkeit und Wesensart ablichten, obwohl er schon gestorben ist.« Elli hielt inne, stützte die Hände am Geländer ab. »Das mag ich so an all diesen Sonnen«, sagte sie, »solange wir ihr Licht sehen, gibt es sie.«

Abermals hielt sie inne. »Ich glaube«, ihr Mund zuckte, doch das Lächeln, das sie wollte, gelang nicht, »ich glaube, jeder einzelne Moment zählt.« Ihr Blick tauchte ab. »Verzeih das Pathos«, sagte sie abrupt. »Wo du jetzt stehst jedenfalls, das ist die Andromedagalaxie, sie ist zwei Komma fünf Millionen Lichtjahre weg.«

Ich blickte in die Tiefen eines violetten, von Sonnen erhellten Spiralnebels. In dessen Mitte schwamm, weiß glänzend, eine offene, von Goldfäden umsponnene Muschelschale. Wie zart die Formation wirkte. Und wie mächtig.

Ein verwirrender Gedanke kam mir, ich sprach ihn aus. »Sind wir beim Stufensteigen Richtung Zukunft gegangen oder mit jedem Schritt tiefer zurück in die Vergangenheit?« Ich versuchte, selbst auf die Antwort zu kommen. »Wenn ein Stern«, sagte ich, »wenn er angenommen eine Million Lichtjahre entfernt von uns liegt … ist er uns dann in der Zeit voraus oder ist es andersherum und wir sind von ihm aus gesehen die Zukunft?«

Kaum hatte ich die Frage ausgesprochen, erkannte ich, wie dumm sie war. Schon wollte ich mich dafür entschuldigen, die Frage zurücknehmen, da sagte Elli, anstatt zu schmunzeln über mich oder mir die naheliegende Antwort zu geben: »Spannend. So habe ich das noch nie gesehen.« Sie überlegte. Und meinte: »Ich glaube, chronologisch der Erde voraus oder hintennach wäre der Stern, wenn sich das gesamte Universum in eine Richtung bewegte, wenn Zeit ein Ziel hätte und, um voranzuschreiten, den Raum nutzte.«

»Wir und der Stern«, ergänzte ich, »wären dann wie zwei hintereinander treibende Schiffe auf einem Fluss.«

Elli widersprach auf die denkbar eleganteste Weise. »So könnte es sein«, sagte sie. »Oder die Zeit bewegt sich nicht wie im Fluss, sondern es ist, als ob man einen Stein in unbewegtes Wasser würfe und damit die Zeit in Gang brächte, die sich fortan in konzentrischen Kreisen ausdehnte.«

»Das ist einmal eine Urknalltheorie! Jemand hat einen Stein geworfen!«

»Oder irrtümlich fallen lassen«, schloss Elli.

Im offenen Korridor des ersten Stockes hingen weitere Fotografien von Sternbildern, von Galaxien, Sonnennebeln, Welten. Im Nu ließ ich Milliarden von Lichtjahren hinter mir, blickte auch kurz zur anderen Seite, übers Geländer, hinunter zum Steinway-Flügel und zur leeren Sitzgarnitur, wo Elli und ich uns zuvor unterhalten hatten. Ich sah in den nun unbewegten Raum.

Elli ging voraus. Sie hatte sich eine schöne Figur bewahrt, weiblicher als meine, nicht so knöchern. Ich folgte ihren Bewegungen, ihrem Schritt. Sie drehte im Gehen ihren Kopf über die Schulter, lächelte, blieb stehen, wandte sich ganz mir zu und stieß zuerst die eine – »Du kannst zwischen diesem …« – und dann die gegenüberliegende Tür auf – »… und diesem Zimmer wählen.«

Beide Gästezimmer waren in schlichtem Landhausstil eingerichtet, beide geräumig, beide, das war wichtig, mit einem Schreibtisch beim Fenster. Den Unterschied machte nur die Blickrichtung.

Und die entsprechenden Lichtverhältnisse. Das eine Zimmer wies in die Richtung, in die wir vom Salon aus gesehen hatten, zum Wald hin. Das andere war das sonnigere Zimmer, mit Adlerblick auf den unterhalb des Schlosses und des Felsbuckels liegenden Marktplatz. Von hier aus würde ich das Ortsleben beobachten können, die Begegnungen der Menschen und ihr Aneinander-Vorbeigehen. Ich erkannte das Hotel zur Post, gegenüber die Tabak-Trafik.

»Dieses Zimmer ist zwar etwas heller«, sagte Elli. »Dafür ist das andere noch ruhiger und sicher romantischer. Richtung Wald hörst du bei offenem Fenster die Hirsche röhren.«

»Ich nehme das hier, Richtung Marktplatz.«

»Nein, wirklich?! Ich war sicher, du entscheidest dich für das ruhigere, das mit der Waldidylle.«

»Es war eine knappe Entscheidung«, sagte ich, »aber schließlich bin ich nicht zum Ausspannen da, sondern zum Arbeiten. Du weißt ja, ich will vom Leben schreiben, davon gibt's Richtung Marktplatz sicher mehr zu sehen als Richtung Wald.«

Eigenartig, wie Elli reagierte. Ich hatte doch nichts Falsches gesagt, oder? Wieder war da ihr Mädchenantlitz, doch diesmal, wenn auch nur für einen unbedachten Moment, jenes des beleidigten Mädchens. Sie wich meinem Blick aus, sah zu Boden, sagte schließlich, nun wieder mit höflichem

Lächeln und einem Gesicht, in dem Elli mit Elisabeth von Hohensinn um die Vorherrschaft zu ringen schien: »Vielleicht unterschätzt du ja den Wald. Im Wald gibt es womöglich mehr Leben als da unten im Ort.«

Ich sah sie an.

»Rehe, Füchse, Hasen«, ergänzte sie mit gespieltem Witz. »Bussarde, Falken, Seeadler … Marder, Wildschweine, Waldameisen.«

Spätabends, im Bett liegend, bemerkte ich, jäh die Augen aufschlagend, dass ich nicht das Zimmer gewählt hatte, das dem rot umrandeten Gebiet zugewandt war; dem Gebiet, das sich G, es eigens auf der Karte markierend, als Ort der Romanhandlung ausbedungen hatte. Stattdessen lag ich ausgestreckt in jenem Zimmer, das der von G beabsichtigten Romanhandlung provokant den Rücken kehrte.

Elli hatte ich nichts erzählt von G, meinem Briefschreiber, Mister Selbstsicher, Geldüberweiser. Es war nicht so, dass ich mir vorgenommen hätte, ihn zu verschweigen, ich hatte mir gar nichts vorgenommen, planlos war ich gewesen und musste nun improvisieren. Als Elli wissen wollte, wie ich auf die Idee gekommen sei, ausgerechnet hier in der Grenzgegend für einen Roman zu recherchieren, erzählte ich mit einer mich verblüffenden Selbstverständlichkeit, dass es Zufall gewesen sei. Ich hätte, sagte ich, schon immer einen Roman über das denkbar Größte schreiben wollen, das Leben. Und so wie angenommen werde, dass das Leben entstanden sei, nämlich infolge von Zufall und innerer Notwendigkeit, sei es bei mir nun einmal Litstein geworden. Als Folie für die Story sei die Gegend schließlich so gut geeignet wie jede andere.

Nahm Elli mir die Mogelei ab? »Ich freue mich jedenfalls, dass du da bist«, sagte sie, nachdem sie mich für Sekunden still betrachtet hatte. Und dann, nach einer abermaligen Pause: »Ich finde es unglaublich spannend, dir helfen zu dürfen!«

In meinem Gebäudeflügel befanden sich neben den beiden Gästezimmern die zwei dazugehörigen Badezimmer sowie die Wohnung des ehemaligen Dienstmädchens, das von allen seit jeher liebevoll Annerl genannt wurde. Sie musste mittlerweile eine betagte Frau sein. Momentan, erzählte Elli, befinde sich Annerl auf Kur. Sie habe beinahe Gewalt anwenden müssen, um die Gute zu ihrem Glück zu bewegen. Annerl sei wie eine Mutter für sie. In ihrer Kindheit sei ihr Annerl die Einzige – Elli zögerte, sah mich an – ja, die Einzige gewesen, von der sie Herzlichkeit erfahren habe. Und Güte. Und – abermals hielt Elli inne –, und dass Zartheit keine Schande sei. Nachdem Leopold um ihre Hand angehalten habe, sei ihre erste und wichtigste Bedingung gewesen, dass sie ihre Annerl hierher nach Litstein mitnehmen dürfe.

Gegenüber Annerls Wohnung befand sich eine Eisentür, die auf den Dachboden führte. »Da oben ist mein Reich«, sagte Elli, »samt Teleskop und kleinem Labor.« Sie werde es mir bei Gelegenheit zeigen, meinte sie und ging weiter.

Im anderen Gebäudeflügel, jenseits der Steintreppe, lagen die getrennten Zimmer Ellis und ihres Ehemanns Leopold, die Zimmer ihrer beiden Kinder Vinzenz und Marianne, die in der Hauptstadt studierten und offenbar auch an den Wochenenden keine große Lust verspürten heimzukommen, sowie zwei Badezimmer und ein kleiner Wasch- und Bügelraum. Elli ließ mich, obgleich ich abwehrte, da es mir zu intim erschien, einen Blick in alle Zimmer werfen.

Das Erdgeschoß beherbergte neben dem großzügigen Salon eine alte Bibliothek, die Leopold als Herrenzimmer beanspruchte wie schon sämtliche Generationen seines Geschlechts vor ihm und das er üppig mit seinem Pfeifenrauch einzunebeln pflege, damit unbemerkt bliebe, wie Elli meinte, dass er in seiner Bibliothek womöglich zu keiner Zeit ein Buch in Händen halte. Außerdem waren da noch ein Speisezimmer, die Küche und zwei Badezimmer.

»Ziemlich viele Badezimmer habt ihr in eurem Schloss«, bemerkte ich.

»Sie heißen ja nur Badezimmer«, sagte Elli. In Wirklichkeit seien es Orte des Rückzugs. »Davon«, sagte sie, »braucht es umso mehr, wenn Leute im Haus herumrennen, vor denen man sich in Wirklichkeit verstecken möchte.« Erschrocken hielt sie inne.

»Damit meine ich nicht dich!«, rief sie. »Ich habe mich wirklich riesig auf deinen Besuch gefreut. Und ich freue mich immer noch, wirklich immer noch! Mein Gott, in welchen Wirbel ich mich rede!«, rief sie und lachte. »Das kommt nur, weil ich so entspannt bin in deiner Gegenwart. Wie herrlich das ist, einmal nicht funktionieren zu müssen. Du siehst mir das doch nach, nicht wahr, Aliza?«

»Da gibt's nichts zum Nachsehen«, sagte ich und berührte – solche körperliche Nähe ist nicht üblich bei mir – ihren Handrücken. »Es ist doch«, sagte ich zu ihr, »die Art, wie Menschen miteinander umgehen sollten. Nicht wie Raubtiere, sondern entspannt. Ohne ständig auf der Hut sein zu müssen.«

Sie lächelte, doch da war auch schon ein anderer Gedanke, er veränderte das Licht ihrer Augen. »Was ich dich schon zuvor fragen wollte«, sagte sie, »macht das dein Verlag immer so? Das mit der Werbung vor Ort? Der lokalen Zeitung und den Plakaten?«

Plakate?! Das Bild war noch nicht als Frage in mir, nur blank als Gefahr. Welche Plakate?! Jetzt war es auch als Frage in mir.

»Wie meinst du das – Plakate? Welche Plakate?« Während meines Gestotters, vermutlich beim letzten Wort, bei einer der Silben von *Pla-ka-te*, schoss mir das Bild ein, das mich, als ich in Litstein die Ortseinfahrt passierte, von der Seite angesprungen war. Eine Irritation, die ich nur im Augenwinkel wahrgenommen hatte: An *mir* war ich vorbeigefahren! *Mein Bild* hatte mir zugesehen dabei, als ich, gelenkt von G, hier ankam!

Drei Ortseinfahrten habe Litstein, klärte Elli mich auf, und neben jeder prange seit Tagen ein Plakat samt Foto von mir, unmöglich zu übersehen. *Prange* – sie benutzte das vielsagend altmodische Wort sicher nicht aus böser Absicht.

Die nächstgelegene Ortseinfahrt lag nur wenige Gehminuten entfernt. Wir rannten mehr dorthin, als dass wir gingen, nun, ich rannte. Ein Dreigespann aus Hektik, Angst und Ärger ritt mich. Elli versuchte, hinter mir Schritt zu halten. »Aber es war doch«, keuchte sie, »es war doch sicher gut gemeint, das mit den Plakaten. Aliza, hör doch! Wieso ärgerst du dich? Es ist doch … eine … Ehrbekundung! Du, hör doch! Du kannst es doch … als Ehrbekundung … interpretieren. Aliza, renn doch nicht so!«

»In diese Richtung?«, rief ich, mich kurz nach ihr umwendend.

Und dann: standen wir davor.

Das Ding war, nun ja, groß. Wirklich, wirklich groß. Ich meine, wir reden hier von einem Straßenplakat. Einem Plakat, dessen Maße so gewählt sind, dass es deutlich erkennbar ist, wenn man im Auto mit fünfzig Sachen unterwegs ist.

»Kaum zu glauben«, sagte Elli, »dass du daran vorbeifahren konntest, ohne es zu bemerken.«

Ich stand im Schatten, den dieses Ungetüm auf mich warf, und las den Text neben meinem überdimensionierten Porträtfoto:

Herzlich willkommen, Aliza Berg!
Wir freuen uns sehr,
dass Sie unser schönes Litstein und seine Umgebung
für Ihre nächste Romanhandlung gewählt haben!
Viel Glück beim Schreiben!
Und gutes Gelingen!

G! Er hatte es nicht mit dem gekauften Artikel im *Heimatblatt* bewenden lassen. G. Sein Hohn nun auch auf diesem … Pranger! Sein Text schrie es auf mich herab: Ich habe dich, wo ich dich wollte! Herzlich willkommen, Aliza Berg!

Und wie eitel! Er hatte nicht widerstehen können, sich als Absender zu verewigen: Das G im Wort *Glück* schien mir einen Hauch fetter gedruckt als die anderen Buchstaben, ebenso, kam mir vor, das kleine g in *gutes* und das große G in *Gelingen.* Dreifach hatte er seine Botschaft signiert. Dreifaltig G.

»Gefällt es dir nicht?«, fragte Elli. Sie ging etwas zurück, grätschte die Beine, legte den Kopf zur Seite. »Ich finde, du bist gut getroffen auf dem Bild. Das ist doch das von deiner Homepage. Das hast du doch vermutlich selbst freigegeben für solche Werbeaktionen.«

Ich reagierte nicht. Stand mit verschränken Armen da und überlegte, was ich tun sollte.

»Zugegeben«, sagte Elli, »groß ist es schon.« Sie sah mich an. »Ist es dir zu groß, Aliza? Ist es das, was dich stört?«

Ich könnte abreisen, überlegte ich, einfach abreisen, es wäre der eindrücklichste Beweis meiner Unabhängigkeit.

»Oder ist es der Text?«, versuchte es Elli. »Gefällt dir der Text nicht? Ich finde es ziemlich schlau vom Verlag, dass er so tut, als sei die Botschaft im Namen der Litsteiner verfasst. Macht die Sache sympathisch. Richtiggehend durchtrieben von deinem Verlag!« Elli schmunzelte mich an, sie versuchte mich aufzuheitern.

»Durchtrieben, ja. Aber es waren nicht die Leute in meinem Verlag. Elli.« Ich zögerte. »Elli, ich muss dir was erzählen.«

Sie sah mich erwartungsvoll an. Wie nett sie mich ansah, wie gut es war, in dieser Situation eine Freundin zur Seite zu haben, ja, so fühlte es sich an. Obwohl ich Elli erst so kurz kannte, fühlte es sich an, als hätte ich eine Freundin an meiner Seite.

»Es muss unter uns bleiben, okay?«

Sie nickte. Wie scheu sie nickte. Als ob sie sich innerlich wappnete für die auf sie zukommende Verantwortung.

»Sag mir vorher, ob dir an dem G von Glück etwas auffällt.«

Sie sah aufs Plakat. Ging näher. Nahm wieder Abstand. Machte ein paar Schritte zur Seite. Ging erneut näher, hob den Arm und strich mit den Fingern über den Buchstaben.

»Vielleicht bin ich zu blöd«, sagte sie, »aber mir fällt nichts auf.«

»Das G«, entgegnete ich, »ist doch fetter gedruckt als die übrigen Buchstaben, findest du nicht? Es ist nicht viel, aber doch entscheidend.«

»Verzeih, vielleicht sehe ich nicht gut genug. Aber für mich sind die Buchstaben alle gleich dick.«

»Okay, vergiss es!«, rief ich, verärgert, ich weiß nicht über wen, über Elli, weil sie nicht sah, was ich sah, oder über mich, weil ich mir einbildete, etwas zu sehen, wo nichts zu sehen war, oder einfach verärgert über meine Situation. »Egal, Elli. Jedenfalls ist alles von diesem G. G! Verstehst du? Das Plakat da. Und der Artikel im *Heimatblatt*. Und überhaupt alles, einfach alles, auch dass ich hier bin und bei euch recherchiere und einen Roman über das Leben schreibe, das alles ist wegen G.«

»G? Welches G?«

»Nicht welches, verdammt!«, rief ich. »G, hinter dem Buchstaben versteckt sich mein selbst ernannter Mäzen, angeblich ein Fan meiner Bücher, jemand, der mir Geld dafür zahlt, dass ich das hier mache.«

»Also eine Auftragsarbeit?«, fragte Elli vorsichtig.

»Nein«, wehrte ich ab und spürte an meinem Herzschlag, dass ich drauf und dran war, die Sache zu verteidigen, sie mir schönzureden. »Es ist keine klassische Auftragsarbeit, ich habe völlige literarische Freiheit. Aber die Idee, den Roman hier spielen zu lassen und die Leute dieser Gegend als Vorlage für meine Romanfiguren zu verwenden, die kam von G. Er hat mir anonym geschrieben, mit Absender G eben, hat mir zwanzigtausend als Anzahlung überwiesen und ich hab sie, Scheiße Elli, ich glaube, ich habe sie schon angenommen irgendwie und ich weiß nicht, wer dieser G ist, und eigentlich müsste ich auf der Stelle abreisen.«

Elli, wie langsam sie es tat, senkte ein klein wenig den Kopf, machte einen Schritt auf mich zu und nahm mich bei den Schultern. »Aliza, wir finden es raus.« Sie bedachte mich mit einem Blick, den ich noch nicht kannte an ihr. »Wir finden raus, wer der Kerl ist.«

In den folgenden Minuten erlebte ich – Elli, verzeih, dass ich dich hier so nenne – die Kampfeinheit Gräfin Elisabeth von Hohensinn. An Ort und Stelle rief sie bei meiner Bank an, tat – wir hatten es kurzerhand so vereinbart –, als wäre sie ich und verlangte Kontonummer sowie Namen des Auftraggebers. Sie gab sich nicht mit der Auskunft zufrieden, mit der ich tags zuvor vom *Helpdesk* abgespeist worden war, dass es sich um eine *nicht eruierbare, anonyme Überweisung* handle. Nacheinander ließ sie sich mit dem Filialleiter, der Privat- und Geschäftskunden-Abteilung in der Konzernzentrale, der Rechtsabteilung in der Konzernzentrale und schließlich dem Vorstand der Konzernzentrale verbinden. Ich staunte, wer aller für eine einfache Bankkundin wie mich zu sprechen war, und das im Handumdrehen, wenn man nur den richtigen Ton anschlug, an den richtigen Stellen die richtigen Schlüsselwörter fallen ließ, klug Stufe um Stufe nahm und es verstand, das jeweils Gehörte als Reisedokument in die nächste Sphäre einzusetzen. Kurzum, ich lernte, wozu Aliza Berg in der Lage war, mit der Raffinesse einer Elisabeth von Hohensinn.

»Anonyme Überweisung«, sagte sie schließlich. »Aber«, holte sie aus, »ich habe trotzdem rausbekommen, wer dir die zwanzigtausend überwiesen hat. Eine Rechtsanwaltskanzlei.«

Nach einem Telefonat mit dem *Heimatblatt* und dem Plakatunternehmen dasselbe Ergebnis: Sowohl der gekaufte Zeitungsartikel als auch das Plakatsujet war von der Kanzlei Doktor Manfred Fiegler in Auftrag gegeben und bezahlt worden.

Elisabeth von Hohensinn brauchte keine Minute, um mit dem gleichnamigen Chef der Rechtsanwaltskanzlei verbunden zu werden. Sie nannte ihm wie nebenbei ihren bedeutsamen Namen, setzte fein dosiert ihren Charme ein, kam auf gemeinsame Bekannte, gemeinsame Geschäftsfreunde zu reden, erzählte nach allerlei launigem Hin und Her von mir als ihrer Freundin, erwähnte die Geldüberweisung, den Zeitungsartikel, das Plakat, lobte alles als professionell ausgeführt und schickte voraus, dass eine Rechtsanwaltskanzlei selbstredend keine Informationen über ihre Klienten preisgebe, aber ihre Freundin doch verständlicherweise *etwas aus dem Häuschen* sei. In solchen Lebenslagen, *wir kennen das doch alle*, helfe mitunter schon eine informelle Andeutung, ein kleiner diskreter Hinweis. Ihre Freundin frage sich etwa, ob der Name ihres Gönners tatsächlich … mit G beginne und wenn ja, wie wohl der zweite Buchstabe lautete. Oder aber – da sehe der Herr Doktor, was die Fantasie seines Klienten mit jener ihrer Freundin anstelle – ob G womöglich nicht der Beginn eines Namens sei, sondern ein anderer Hinweis, ein Symbol.

Trotz all des Antichambrierens glich Ellis Redemelodie einer von leichter Hand gespielten Cello-Sonate; einem Stück, das Ellis gekonnter Ausführung wegen einnehmend und unanfechtbar klang. Und in keiner Sekunde bat Elisabeth von Hohensinn um etwas, ihr Anliegen klang einmal crescendo, ein andermal diminuendo zwischen den Notenzeilen, war lediglich nachvollziehbares Interesse, und nicht einmal ihres, sondern das einer Freundin, für die sie sprach. Somit war von vornherein ausgeschlossen, dass Gräfin Elisabeth von Hohensinn Gefahr lief, eine abschlägige Antwort hinnehmen zu müssen.

»Gnädige Frau«, sagte mit Bassstimme Doktor Manfred Fiegler, der sich als schnell von Begriff und nicht unwitzig erwies, »Sie wissen, ich kann über vertrauliche Angelegenheit meiner Klienten nicht den kleinsten Pieps machen. Aber Sie können Ihrer Freundin jede Besorgnis nehmen, es handelt sich bei meinem Klienten, der den Brief an Ihre Freundin mit G unterzeichnete, um eine überaus angenehme Person, ja Persönlichkeit. Ihre Freundin, richten Sie ihr das bitte aus, kann ganz gewiss gelassen sein. Und Gräfin, bitte grüßen Sie mir auch Ihren lieben Cousin, er möge schleunigst sein Rückhandspiel verfeinern, andernfalls wird er beim kommenden Sandplatzturnier erneut von mir betoniert.«

»Tut mir leid, dass ich nicht mehr herausfinden konnte«, sagte Elli Minuten später. Sie hatte mich mithören lassen bei ihrem Telefonat mit dem Anwalt. Wir saßen nebeneinander im Gras, das Plakat vor uns.

»Wie geht es dir, Aliza?«, fragte Elli. »Denkst du, du kommst zurecht mit der Sache?« Und dann besorgt: »Du reist doch hoffentlich nicht ab?«

Je näher ich an das Plakat herangegangen war, desto undeutlicher wurde mein Gesicht. Direkt davor, keine Armlänge entfernt, waren nur noch Flächen, Schatten und Punkte zu sehen gewesen. Bei näherer Betrachtung war ich gar nicht mehr ich.

»Ginge man nicht näher, sondern bliebe weg«, sagte ich entkräftet, »besäße man die Sicherheit, der Mensch zu sein, der man immer annahm zu sein. Zu lange das Übliche, zu lange ein und dieselbe Perspektive … und du hast null Chance, zu merken, dass du in falschem Glauben lebst.«

»Aliza?« Elli berührte mich vorsichtig am Rücken. »Aliza, ist alles in Ordnung? … Meinst du das Plakat? Redest du davon, ja?«

»Nicht nur, Elli. Ich bin gerade auf eine sehr einfache Sache draufgekommen.«

Mein erster Impuls nach dem Zeitungsartikel und dem Plakat war gewesen abzureisen, davonzulaufen vor diesen Zeilen über mich, diesem Bild von mir, diesem Roman, alldem. Doch wie Sie sehen, schwarz auf weiß hier vor sich in diesem Buch, es ist anders gekommen. Am Ende blieb ich so lange in Litstein, dass es lachhafter Selbstbetrug wäre, bloß von Roman-Recherche zu reden. Ich war gegen jede Absicht Teil der Handlung geworden.

»Du bist immer Teil der Handlung, ob du willst oder nicht, ob du es mitkriegst oder nicht.« Das sollte mir bald nach meiner Ankunft ein dahergelaufener Dreikäsehoch ins Gesicht sagen. Ich saß am Ende eines Stegs, blinzelte gegen die Sonne. Der Kleine musterte mich von oben herab. »Du kannst nicht einmal ein Buch lesen«, sagte er, »eine Krähe beobachten oder mir jetzt zuhören, ohne Teil davon zu werden.«

»Soso«, gab ich zurück. »Und wie kommt's, dass du so oberschlau bist?«

»Erfahrung«, behauptete er doch glatt. Und dann frech und schon im Davonlaufen: »Wirst schon auch noch draufkommen!«

ZWEITER TEIL

- 1 -

Das Prinzip aller Dinge ist das Wasser,
denn Wasser ist alles
und ins Wasser kehrt alles zurück.
THALES VON MILET

Es war amüsant, ihr zuzusehen, beinahe war es rührend. Am ersten Morgen nach ihrer Ankunft setzte sich die Schriftstellerin Aliza Berg ans Wasser, ans Ende des langen Stegs. Weil doch alles Leben, von dem sie schreiben wollte, aus dem Wasser und aus nichts als dem Wasser entstanden war.

Hätte gestimmt, was sie bei einem Dichter gelesen hatte, dass das Leben die Summe alle Fragen sei, wäre Aliza Berg passabel weit gewesen mit ihrer Lebensrecherche, denn die Fragen häuften sich ihr.

Wie verrückt, wie anmaßend, dachte sie. Ich, ausgerechnet ich, nehme mir vor, einen Roman übers denkbar Größte zu schreiben. Und jetzt sitze ich da, am Anfang von allem und weiß schon jetzt nicht mehr weiter. Elli, Elisabeth von Hohensinn, ihre Gastgeberin, hatte ihr den Ort empfohlen. Hier sei gut zur Besinnung zu kommen, an diesem vom Wald geschützten Platz.

Sie sah übers Wasser. Inmitten des weiten, stromgleichen Teiches, dessen Enden sie noch nicht erkundet hatte, verlief – sie wusste es von Elli – die Grenze. Aliza überlegte, wo die Grenze den Teich genau durchschneiden mochte, wo das Hier endete, das Dort begänne, die Fremde. Ob das Wasser dort kühler schmeckte? Die Fische grimmiger blickten?

Wie ruhig es hier war, wie kraftvoll. Der Teich war schwer. Ein ruhender Riese. Aliza glaubte seine Masse zu spüren. Wie zur Besänftigung trug ihr das Wasser vereinzeltes Vogelgezwitscher zu.

»Was passiert«, fragte es plötzlich hinter ihr, »wenn ich diese Münze ins Wasser gebe?«

Aliza hatte niemanden die hölzernen Planken des Stegs entlangkommen gehört. Sie erschrak. Drehte sich um, richtete sich im Sitzen auf, blinzelte gegen die Sonne. Da stand ein … ein Bub, nein, eher schon ein Bursch vor ihr. Sein Alter?, schwer zu sagen. Er war klein, mit einem gedrungenen, wie erwachsenen Körper, auf dem ein runder Kopf saß. Eine Nickelbrille klebte in seinem Gesicht.

»Was?« Aliza atmete ihren Schrecken weg. »Was hast du gesagt?«

»Was passiert«, wiederholte der Kleine, »wenn ich diese Münze ins Wasser gebe?« Er hielt sie zwischen Daumen und Zeigefinger.

»Was soll schon passieren, sie geht unter.«

»Das Wasser und ich können zaubern, wir machen, dass die Münze nicht untergeht. Wir wetten um einen Wunsch, der nichts kostet, einverstanden?«

Der Kleine begann Aliza zu gefallen. Sie lächelte ihn an, sagte »einverstanden«. Da kniete das Kerlchen nieder, beugte sich über den Steg und setzte die Münze aufs Wasser. Sie schwamm.

»Bravo!«, rief die Schriftstellerin erstaunt. »Du kannst ja wirklich zaubern«, sagte sie in wohlwollendem Ton, in dem Erwachsene oft mit Kindern sprechen. »Aber du hast ein bisschen geschummelt, stimmt's? Die Münze ist aus Plastik, keine echte Münze.«

»Echte Münze«, sagte der Kleine wie ein Geschäftsmann, der nichts zu befürchten hat, nahm sie aus dem Wasser und reichte sie dieser Frau, die seltsam dünn war und ganz in Schwarz gekleidet.

»Die ist ja federleicht!«

»Ist aus Aluminium. Ein Pengő. Eine echte Münze.«

»Du hast mich reingelegt«, sagte Aliza. »Aber schlau reingelegt. Was soll das denn sein, ein Pengő?«

»Kennst du nicht? Brauchst dir nichts draus zu machen, kennt fast keiner.«

Aliza beobachtete den Kleinen, der die Münze an seinem Hosenbein trocken rieb.

»Woher hast du den Trick?«

»Schule des Lebens.«

»Schule des Lebens, soso. Wie alt bist du noch einmal?«

»Immer noch zehn.«

»Zehn. Hm. Du bist aber ein ziemlich aufgewecktes Bürschchen.«

»Dankeschön.«

»Und ein wenig neunmalklug.«

»Dankeschön.«

»Ich glaub dir nicht, dass du erst zehn bist. Dafür bist du mir zu schlau.«

»Danke, meine Liebe«, antwortete da doch tatsächlich der Kleine. »Ich verrate dir was, weil ich dich nett finde«, ergänzte er. »Ich schwöre, ich bin zehn. Aber du darfst schon genau hinhören – auf dich nämlich, was du dir dazureimst. Zehn, hab ich gesagt, mehr nicht. Von Jahren hat niemand geredet außer dein plapperndes Oberstübchen.«

»He! Du bist frech, weißt du das?«

»Aber wo, das kommt dir nur so vor«, sagte er, winkte mit einer seltsam sparsamen Geste und machte kehrt.

»He, Naseweis!?«, rief ihm Aliza Berg hinterher.

»Mhm?«

»Wie heißt du?«

»Darfst Fred zu mir sagen.«

»Ich bin Aliza«, antwortete sie, was Fred nicht sonderlich zu interessieren schien.

»Woher kommst du, Fred? Wohnst du hier in der Gegend? Oder kommst du von drüben?«

»Drüben?«

»Na von drüber der Grenze, vom Nachbarland?«

Fred zuckte mit den Schultern, als hätte er sich darüber noch nie Gedanken gemacht. »Manchmal ja, manchmal nein«, sagte er und wandte sich erneut ab.

»He, Schlaumeier!«, rief Aliza. »Was kannst du mir übers Wasser erzählen?«

»Das Wasser? Na ja, es ist nass. Drum kannst du es trinken und reinspringen. Und es hat viel Kraft innerhalb und außerhalb von dir.«

Aliza Berg lächelte. »Danke, Fred. Das werde ich in mein Buch schreiben.«

»Aha, ein Buch willst du schreiben. Dann schreib, dass das Wasser ganz klein ist und auch ganz groß. Dass es einen Anfang hat und doch keinen Anfang. Und ein Ende und doch kein Ende. Und dass deshalb darin das Leben angefangen hat, vor drei Komma acht Milliarden Jahren in den Ozeanen, sagen sie in der Schule, aber ich glaube, das stimmt nicht ganz, und dass die Erde von weit weg aussieht wie ein fliegender Wassertropfen, obwohl sie nur zu einem Prozent aus Wasser besteht und wir Menschen nicht aussehen wie ein fliegender Wassertropfen, obwohl wir zu siebzig Prozent aus Wasser bestehen. So, genug geplappert, schreib das halt einmal. Wir sehen uns!«

»He, was ist mit unserer Wette?! Du hast noch einen Wunsch frei!«

»Nicht so wichtig. Ich schenk ihn dir, darfst dir selbst was wünschen!«, rief er, abgewandt schon, und lief davon.

Aliza war noch gut eine Stunde an diesem Teich geblieben, doch abgesehen von dem, was ihr Fred erzählt hatte, war der Schriftstellerin nichts eingefallen, nichts, was es wert gewesen wäre, notiert zu werden. Sie blickte aufs Wasser, sah darin einen sich wellenden Himmel, ihr sich spiegelndes Gesicht, doch all das wollte ihr nichts erzählen. Es war, als wäre sie vollgeräumt, als besäße sie schon alles, alle Vorurteile getroffen, alle Wahrheiten eingeholt. Gäbe es Neues, fände es keinen Platz, ihr Kopf vollgestellt, verriegelt ihre Sinne.

Dabei wäre da etwas gewesen, Unendliches wäre da gewesen. Im dunklen Wasser unter ihr etwa, nur einen Handgriff entfernt, trieb ein groteskes Holz- und Schilfklümpchen. Gebaut worden war dieses kubistische Ding, dieses Miniatur-Bilbao-Guggenheimmuseum, von einer Köcherfliegenlarve. Ein Origami-Kunststück, zusammengezimmert, geklebt, gestückelt von diesem wenige Millimeter kleinen Würmchen, das womöglich nicht bis ins Letzte wusste, was es tat, doch welch ein Werk! Ein Köcher, geschaffen aus Instinkt, körpereigenem Wissen. Zum Schutz vor Feinden, und nebenbei zum Staunenmachen aller, die es zu erkennen verstanden.

Neben, über und unter der Köcherfliegenlarve: Myriaden anderer Lebewesen. Panzergeißler etwa, Hundertstel Millimeter groß, in deren Mitte eine Rille mit zwei Geißeln, die die Kügelchenwesen durchs Wasser schoben – Pflänzchen mit autonomer Antriebstechnik. Rund um sie katapultierten sich Wasserflöhe durchs Nass, ruckartig tauchend nach den schönsten Stellen. Mit anderer Methode die Hüpferlinge: Keinen Millimeter groß, schwangen sie ihre Ruderantennen am Kopf, steuerten damit dorthin, wo ihr Zyklopenauge ein vielversprechendes Spiel aus Licht und Schatten sah. Kleineres hatte sich auf der Posthornschnecke breitgemacht – eine Kolonie von Einzellern, Millionen von ihnen wuchsen zu einem hellgrünen, winzigen Batzen auf dem schwarz glänzenden Schneckenhaus. Ein Gugelhupfstädtchen, eine Kolonie von Entdeckern, von Landnehmern auf dem spiralförmigen Planeten Posthornschnecke.

Und über ihr, weit, weit über ihr, noch weit über dem im Teich sich spiegelnden Himmel, explodierte in diesem Moment anderes Leben, nur vier Milliarden Lichtjahre entfernt, eine noch nie gesehene Superhelix, sie leuchtete auf in Magenta, Blutrot und Silber, Metatonnen barsten, Kupferglutgeruch. Asche schoss durchs Licht und eine Nanosekunde danach, jetzt, exakt jetzt, wurde eine Galaxie geboren.

Unmöglich hätte Aliza Berg das sehen, riechen, wahrnehmen können. Aber wieso denn nicht?! Natürlich hätte sie! Auf das Allernatürlichste hätte sie es wahrnehmen können! Wer sonst hätte es schmecken, riechen, sehen, hören, fühlen sollen, wenn nicht eine Schriftstellerin? Verborgenes sichtbar machen, Inexistentes benennen, Sterbendes bewahren. Zudem war alles eins. Alles konnte demnach auch alles wahrnehmen. Einsteins spukhafte Fernwirkung: Ein Teilchen reagiert schneller als mit Lichtgeschwindigkeit auf das weit entfernte andere, vollzieht die Veränderung des anderen, als wäre es mit ihm verschränkt. Wie kann das sein, wie soll das gehen nach allen Regeln der Physik? Einfach kann das gehen! Einfach, weil es *ein-fach* ist! Alles eins, seit jeher. Alles zu erkennen, zu leiden, zu freuen, zu leben, und alles im selben Augenblick, das Kleinste und das Größte. Ans eigene, wild pochende Herz sich greifen. Eins!

Das war der Moment, da Aliza Berg sich fallen ließ.

Vom Ufer aus betrachtet hätte es ausgesehen, als kippte beim Nichtstun ein schwarzgliedriges Tier tollpatschig vom Steg, platschte ins Wasser, durchschnitt dessen Oberfläche, sank nach unten, sank, um auf dem Grund liegen zu bleiben für Momente, für Jahre, zu schlafen einen Traum, und nichts störte mehr dieses Bild vom stromgleichen, unberührt glatten Teich und dem nun leeren Steg.

Bis Aliza japsend auftauchte, schrie vor Schreck und kurzatmig keuchend zum Ufer schwamm. Und dann, unbeholfen wie vor Jahrmillionen die ersten aquatischen Lebewesen, an Land kroch. Sie klatschte ihren triefenden schwarzblusigen, schwarzjeansigen Körper ins Gras. Keuchend drehte sie sich um, durchnässt, prustete, schrie noch einmal einen spitzen Laut Richtung Himmel, Richtung Teich, und dann noch einen, als wollte sie ihre Stimme hören, ihren Atem spüren, das kalte Fell auf ihrer Haut. Und dann lachte sie, wusste gar nicht warum, lachte, lachte, lachte und weinte schließlich beinahe vor Dankbarkeit, vor Dankbarkeit über dieses Lachendürfen, diese Befreiung von sich.

- 2 -

Ich gieße reines Wasser über euch,
dann werdet ihr rein.
Ich nehme das Herz von Stein aus
eurer Brust
und gebe euch ein Herz von Fleisch.

Buch Ezechiel,
Kapitel 36, Vers 25–26

Aliza zog sich die glitschig nasse Bluse von den Armen, vom Körper. Wasserbesoffen schmatzten ihre Sneakers von den Fersen. Aliza warf ihnen die Socken hinterher, schälte sich aus den an der Haut klebenden Jeans. Sie griff an ihren Rücken, öffnete, es gelang nicht gleich, die Häkchen und legte den BH zur Seite.

Es war vor Mittag, die Sonne teils wolkenverhangen. Aliza bibberte, ihr Körper wie kühl verschnürt.

Sie sah an sich nach unten. Ihre Brüste waren gänsehäutig und nass, wie alles an ihr. Aliza nahm sie in die Hände. Zitterndes barg Zitterndes. Sie lächelte wegen dieses kleinen Staunens. Auch wegen des Gefühls und wegen des Bildes, wie diese Hände, als täten sie es selbstbestimmt, zärtlich und fest ihre kleinen Brüste nahmen.

Im Sitzen ließ sie sich nach hinten in die Wiese fallen. Die Erde war kalt, Aliza zuckte zusammen und widerstand dem Impuls, in die Höhe zu fahren, blieb liegen, ließ den Schrecken zu. Ein Schauer unter ihrer Haut. Sie beobachtete ihn, bis er verebbte. Sie nahm die ersten Sonnenstrahlen wahr, die durch die Wolken brachen. Und das Licht auf ihrer weißen Haut.

An ihrer Schläfe spiegelte ein Wassertropfen die Sonne. Ein anderer kitzelte sie, glitt an der Flanke ihres Bauches nach unten. Aliza streckte im Liegen die Arme von sich, griff nach den Halmen unter ihren Händen, ballte die Fäuste, krallte sich fest am hohen Gras, am Boden. Jetzt trug die Erde sie auf ihrem Rücken. Rücken an Rücken lagen sie, schossen durchs All, unbewegt. Aliza ließ los, sie konnte ruhig loslassen. Einfach loslassen.

Der Slip war nasskalt. Sie hob ihr Becken, zog ihn nach unten, weg damit. Und schon wieder ein Moment. Schon wieder. Ein Moment. Er war passiert und zugleich hatte sie ihn gemacht. Ihr gemacht-passierter Moment.

Nackt in der Wiese. Sonnenstrahlen trockneten einen Körper. Gras zeichnete ein Muster in einen Frauenrücken. Von Alizas Schulter rann ein letzter Tropfen Teich.

***

Als Elli, Gräfin Elisabeth von Hohensinn, erwachte, war der Himmel hellblau und rosa und puppenhaus-unwirklich erleuchtet von der aufgehenden Sonne. Als wäre der Himmel frühmorgendlich sauber gewaschen worden vom Licht der Sonne, sauber und adrett und sonntäglich hell herausgeputzt. Zwischen Elli und dem Licht schwebten bauschige Wattewölkchen. Das Hellblau und das Rosa friedlich. Wie Geschwister, die an diesem Morgen noch nicht auf die Idee verfallen waren zu streiten. In Ellis Ohren summte es. Sie wollte nicht glauben, was sie doch wusste: dass dieses Summen, dieses leise, beständige Summen, nicht von außerhalb kam, sondern von ihrem Blut herrührte, vom Leben, das ihr durch Adern und Äderchen pulsierte.

Rosa und hellblau der Himmel, immer noch. Elli drehte sich im Liegen um, vergrub ihr Gesicht im Daunenpolster und schlief wieder ein.

Als sie zwei, drei Stunden später nach draußen in den Schlosshof trat, in Händen die Lieblingskaffeetasse aus dünnwandigem Porzellan, kam ihr die Schriftstellerin entgegen, das Fahrrad schob sie neben sich her. Von Weitem schon lächelte Aliza ihr zu, was heißt sie lächelte, ein Auflachen schien sie zu unterdrücken. Wie glücklich sie wirkte! Und zugleich verlegen, als stünde ihr solch kindlich pralles Glück nicht zu. Oder als wäre es angebracht, versuchsweise zumindest, dieses Glück für sich zu behalten. Weil so viel Glück, gehörte sich das denn, war das denn gerecht und drohte es nicht zu zerfallen, sobald alle Welt darauf sähe? Zerstöbe es womöglich zu nichts, zu dem, woraus es entstanden war?

War die Schriftstellerin, war ihr Gast schwimmen gewesen? Aliza trug keine Hose. Sie lag, ja, das musste ihre Hose sein, zusammengerollt auf dem Gepäckträger des Fahrrads. Im Slip und mit nackten Beinen watschelte Aliza die gekieste Einfahrt entlang, die Füße in schlabbrigen Sneakers. Die Bluse klebte feucht an Armen und Schultern. Das lange schwarze Haar, sonst beneidenswert voll, hing ihr strähnig vom Kopf.

Sie grinste verlegen. Grinste verschmitzt die Sekunde danach. Ihre Lippen waren froh, ihre Nase, Augen, Wangen waren froh und rund um diese Augen mäanderten Schlieren und Flecken aus heillos zerronnener Wimperntusche. Aliza Berg schob augengerändert und nassglücklich das Fahrrad.

»Was ist denn mit dir passiert?!«, rief Elli.

»Alles okay!« Sie kam näher.

»Hab mich irgendwie selbst getauft! Bin in den Teich gesprungen, gefallen, … jedenfalls war ich im Teich. In dem Teich, den du mir empfohlen hast.«

»Ich hab dir den Steg empfohlen, aber doch nicht, dass du samt Kleidung reinspringst. Ist wirklich alles in Ordnung mit dir?«

»Ja, ja, alles super!« Aliza wischte sich über die Wange. Die Wimperntuscheränder in ihrem Gesicht veränderten ihre Form.

»Du zitterst ja! Komm, ich nehme das Fahrrad. Und du, ab unter die heiße Dusche!«

»Ein Kaffee wäre mir lieber. Und dann möchte ich gleich loslegen.«

»Loslegen?«

»Mit der Recherche. Ich will alles rundum schnell kennenlernen, die ganze Gegend, besonders das Gebiet, das auf der Karte rot umrandet ist, und alle Menschen, die da wohnen. Ich weiß schon, dass da abgesehen von eurem Schloss nur ein Forsthaus ist und eine Hütte, aber dann eben das. Lass uns nachher gleich hinfahren, lass uns anfangen, ja?«

Erneut waren Aliza feuchte Haarsträhnen ins Gesicht gerutscht, sie versuchte, sie wegzublasen, wischte sie schließlich mit beiden Händen energisch zur Seite. Beachtlich, nun hatte ihr Wimperntusche-Aquarell etwas Kriegerisches.

»Du bist ja ganz überdreht. Wo willst du als Erstes hin, bei wem möchtest du denn beginnen?

»Dein Mann kommt erst heute Abend aus der Stadt zurück, stimmt's?«

»Ja, Leopold freut sich schon auf dich, wir werden gemeinsam zu Abend essen.«

»Dann lass uns bei dieser alten Frau beginnen, bei dieser alten Einsiedlerin im Forsthaus, von der du mir gestern erzählt hast.«

»Die hätte sicher Leopold dir gerne vorgestellt, in Wirklichkeit ist er enger mit ihr befreundet als ich. Weißt du, um ganz ehrlich zu sein, habe ich all die Jahre nie einen Draht zu ihr gefunden. Freilich grüßen wir uns, wenn wir einander zufällig begegnen, aber ich glaube, die Alte ist, was mich betrifft, ebenso skeptisch wie ich ihr gegenüber. Leopold dagegen hat regelrecht einen Narren an ihr gefressen, ich will gar nicht wissen, was die beiden so anstellen. Sie treiben sich oft den ganzen Tag im Wald herum oder sitzen auf der Veranda vorm Haus, trinken Wein und pofeln selbstgedrehte Zigaretten, die die Alte mit Kräutern aus ihrem Garten stopft.«

»Klingt vielversprechend! Bitte, Elli, stell sie mir vor! Das ist doch auch für dich eine Chance, sie neu kennenzulernen. Du kannst dich aus unserem Gespräch völlig entspannt raushalten, ich mach das schon. Und mit deinem Mann kann ich immer noch hin. Es ist ohnehin nötig, die Leute mehrmals zu treffen, die meisten erzählen beim ersten Mal kaum etwas, müssen erst auftauen und Vertrauen gewinnen, ist ganz normal bei solchen Recherchen. Wir fahren einfach einmal hin, okay, Elli? Wir zwei und die alte Einsiedlerin im Forsthaus. Vielleicht spendiert sie uns ja auch ein Glas Wein! Oder eine ihrer Selbstgedrehten!«

- 3 -

Es juckte noch immer. Wie verrückt juckte es. Der Sperber fuhr sich mit dem Schnabel durchs weiße, schwarz gebänderte Gefieder. Anteilnehmend beobachtete ihn das beinahe doppelt so große Weibchen. Das half ihm nicht. Und half ihm doch. Der Sperber rief seinem Weibchen einen vertrauensvollen Ton zu. »Djiji djiiijijiji!«

Als seine gelben Augen wie absichtslos den Wald abtasteten, schwangen sich Aliza Berg und Elisabeth von Hohensinn gerade auf die alten Damenräder und fuhren los.

Beim Steinhaufen, am Rand der Lichtung, lag ein zerbrochener, glasierter Tonkrug. Als die Bachstelze ihr Spiegelbild darin erblickte und auf den Kontrahenten losging, ihn ansprang mit ihren dünnen Beinchen und ihn entzückend entschlossen anflatterte, nochmals und nochmals und immer wieder abrutschte am glatten tönernen Gegner, der nicht den Mumm zu haben schien, sich zu wehren, glitten Elisabeth von Hohensinn und Aliza Berg von der Anhöhe des Schlosses den Weg hinab in den Forst.

Als sich der Sperber abstieß und entschlossen die Flügel öffnete, hatte die Bachstelze den Sieg gegen diesen filigranen Widersacher errungen, wackelte entsprechend stolz davon, mit ausladenden Schrittchen, eitel erhobenem Köpfchen. Aliza Berg und Elisabeth von Hohensinn genossen den Fahrtwind auf ihrer Haut.

Energie durchschnitt Luft. Als der Sperber nach unten blickte auf die beiden dahingleitenden Frauenkörper, erwog die Bachstelze, zu diesem ihr ganzes Wesen herausfordernden, ja geradezu foppenden Artgenossen zurückzukehren und es ihm nochmals ordentlich zu geben.

Als die Frauen, die nebeneinander fuhren, beim Hubertuskreuz abbogen, erhöhte der Sperber die Frequenz seines Flügelschlags. »Wie paradiesisch es hier ist«, sagte Aliza zu Elli.

Als die Bachstelze, es war ein Männchen, unvermutet sein Weibchen auf sich zukommen sah, zierlich und mit wippendem Schritt, besann es sich anders, pfiff auf den Kontrahenten drüben beim Steinhaufen. Kurz schloss es die Augen gegen die Sonne, gegen sein Weibchen, weil es zufrieden war, sich stark fühlte und leicht zugleich, jedes einzelne Federchen bereit für diesen guten Tag. Aliza und Elli indes traten bergauf in die Pedale. Ein Film aus Schweiß bildet sich an Alizas und an Ellis Stirn, ihren Schläfen und in den Achselhöhlen.

Als das Bachstelzenmännchen und das Bachstelzenweibchen sich berührten beim aneinander Vorbeigehen, beim aneinander Vorbeitänzeln, beide mit bebender Schwanzfeder, nickendem Köpfchen, schoss der Sperber – er selbst die Waffe, die er abfeuerte – durch die Wipfel.

Als das Bachstelzenmännchen ein hartes Rauschen hörte und zusammenzuckte.

Als dem Bachstelzenweibchen abrupt sein Herz so schlimm schlug.

Als das Bachstelzenmännchen in den Boden gerammt wurde von einer Himmelsmacht.

Als die Krallen des Sperbers in seinen Körper drangen.

Seine Brust und sein Kopf aufgehackt wurden.

Genossen Aliza und Elli es, wieder hügelabwärts zu rollen.

Das tote Bachstelzenmännchen wurde vom Sperber davongetragen. Als ihm die Eingeweide aus dem Körper gepickt wurden und Aliza und Elli beim Forsthaus ankamen und ihre Räder gegen den Zaun lehnten, wich vom Weibchen des Bachstelzenmännchens dieser namenlose Schrecken. Und eine sonderbare Schwere legte sich auf sein kleinfingernagelgroßes Herz.

Die Einsiedlerin schien nicht da zu sein. Elli rief mehrmals ihren Namen. Nichts rührte sich. Die beiden Frauen traten vom Kräuter-Blumengarten auf die Veranda, gingen ums Haus. Neben dem offenen Schuppen stand angerostet und eingedellt ein fetter Mercedes im hohen Gras.

»Mit dem fährt sie manchmal bis in den Ort«, flüsterte Elli Aliza zu. »Ohne Nummerntafel, ohne Führerschein, aber glaubst du, die Polizisten würden was sagen, die tun, als sähen sie nichts. Die Alte hat Narrenfreiheit in der Gegend.«

»Kann ich helfen?!«

Elli und Aliza zuckten zusammen. Sie hatten niemanden kommen gehört.

- 4 -

Vor ihnen stand eine magere alte Frau, den Rest einer Filterlosen im Mundwinkel. Herausfordernd hob sie das Kinn.

Ihr Name war Kristyna Janouch. Und sie wollte von den beiden Frauen nichts wissen. Die eine kannte sie, klar, das war die Gräfin, die Frau von Leopold, ihrem alten Freund und gelegentlichen Liebhaber. Die andere, diese Bohnenstange in Schwarz, kannte sie nicht. Einerlei. Sie mochte Besuch nicht. Und schon gar nicht, wenn er unangemeldet kam. Unangemeldeter Besuch war kein Besuch, unangemeldeter Besuch war ein Überfall. Ein feindlicher Akt. Die pure Frechheit.

Überhaupt: Kristyna Janouch mochte keine Überraschungen. *Über*-rasch, rascher als rasch, wer konnte das mögen? Unterraschungen, die mochte sie. Unterraschungen schenken dem Leben Luft. Den Vögeln zusehen – eine vorzügliche Unterraschung. Durch den Wald streifen – Unterraschung. Oder ein Buch lesen. Oder in den Feuilletons der Zeitungen schmökern. Ein Gläschen Wein trinken. Einen Ofen rauchen. Unterraschungen allesamt. Das aber, was da vor ihr stand, war das Gegenteil einer Unterraschung. Das, was da vor ihr stand, war … war … Kristyna Janouch fiel kein passend schlimmer Begriff ein.

»Bitte verzeih, wenn wir stören«, sagte Elli im ihr weichest möglichen Ton.

Die Honigsüße dieser immer so sympathisch wirkenden, dieser noch immer so verflucht attraktiven Ehefrau ihres Freundes Leopold machte die Sache nicht besser. Nichts, aber auch wirklich nichts änderte das an der Frechheit, die diese Adeligen immer glaubten, sich herausnehmen zu können. Einfach aufkreuzen! Einfach ohne zu fragen, ohne sich anzumelden, ohne Irgend-irgend-irgendwas einfach dazustehen! Und auf gesittet zu machen! Auf wohlerzogen! Und nett!

»Kristyna, bitte verzeih, dass wir unangemeldet gekommen sind. Wir sind auch gleich wieder weg. Darf ich dir, wirklich kurz nur, eine liebe Freundin vorstellen? Aliza Berg. Vielleicht kennst du sie ja. Du liest ja viel. Die Schriftstellerin Aliza Berg.«

Aliza Berg. Pah, dachte Kristyna Janouch. Alban Berg, Torberg, Altenberg, Schönberg, Strindberg. Das waren Bergs! Das waren Künstler! Aliza – alleine der Vorname. Aliza im Wunderland-Berg. Pah! Aliza Zauberberg-Berg. Pah!

Kristyna Janouch fuhr sich mit dem Ärmel ihres geflickten Hemds über die Stirn. Sie war verschwitzt, sie fühlte sich klebrig. Und rot im Gesicht, ganz gleich, ob sie nun wirklich rot war im Gesicht oder nicht. Im Wald war sie von Gelsen gestochen worden, es juckte sie, besonders an den Fußknöcheln.

Sie ging in die Knie und ließ den Korb mit den Kräutern in die Wiese sinken. Stünden jetzt diese zwei Sommerfrischlerinnen nicht da und gafften wie die Maikäfer, wenn's blitzt, könnte sie sich ausziehen und sich mit dem Gartenschlauch abspritzen. Mein Gott, wie die Tussis gaffen konnten! Eigens dezent, eigens unaufdringlich. *Wooohl*erzogen!

»Lass uns besser gehen«, flüsterte Aliza Elli zu.

Die Alte machte den Eindruck, als hörte und sähe sie sie nicht. Bis auf ihre Begrüßung »Kann ich helfen?!« – was in dieser Gegend und unter diesen Umständen nichts anderes hieß als: Was zum Teufel wollt ihr hier, macht, dass ihr davonkommt oder ich hol die Schrotflinte! –, bis auf dieses hingeschmissene »Kann ich helfen?« hatte sie sich für kein Wort hergegeben, hatte ihre Besucherinnen lediglich kurz gemustert und dann im Weidenkorb herumgenestelt, in den Kräutern und anderem Grünzeugs.

Nun richtete sie sich jäh auf, fluchte »oeda Fuchs!«, was auch immer das bedeuten mochte, entledigte sich vor den verblüfften Frauen ihres Männerhemds, ihrer unförmigen, zerschlissenen Hose, streifte auch den Slip nach unten in die Wiese, ging zur Hausmauer, drehte den Hahn auf und spritzte sich von oben bis unten mit einem zentimeterbreiten Strahl kalten Wassers aus dem Gartenschlauch ab. Er schoss über ihre sonnenbraune Haut.

Elli und Aliza sahen hin, verschämt weg, wieder hin. Entgegen ihrem Wunsch, als höflich zu gelten und dezent und anständig, zog es ihre Blicke zum nackten Körper dieser Frau. Entgegen allen gelernten Verhaltensregeln, allem Anerzogenen zog es ihre Blicke an. Jahrmillionen Jahre Natur wischten ein paar Jährchen gesellschaftlicher Konvention beiseite. Aliza und Elli gafften. Ihr Stammhirn war besänftigt, ihr Cortex staunte. Sie gafften zuvorderst gar nicht, weil diese Frau splitternackt war, sondern weil sich mit dem Ablegen ihrer zerschlissenen Waldkluft mehr verändert zu haben schien als ihr Äußeres. Was war es? Bewegte sie sich anders als zuvor? Wirkte sie plötzlich agiler? Jünger? Es war, als hätte Kristyna Janouch mit der derangierten Waldkleidung ihre Tarnung fallen lassen, ihr Bild, das die Menschen für gewöhnlich von ihr hatten. Wohin nur war die kauzige alte Einsiedlerin so rasch verschwunden?!

Das vor ihnen war noch immer eine überaus reife Frau, nie wieder aber würden sie abschätzig *die Alte* sagen können, sprächen sie über Kristyna Janouch.

Soeben ließ sie sich kaltes Wasser übers Gesicht rinnen, prustete genussvoll, strich ihr nasses Haar zurück, bespritzte – den Schlauch mit Daumen und Zeigefinger zusammendrückend – Schultern, Nacken, Brust, ließ den Strahl Wasser dann wieder üppig über ihre Oberschenkel schwappen, bewegte dabei ihren Körper, forsch und grazil zugleich.

Von Aliza und Elli nahm sie keinerlei Notiz. Die beiden also durften ihrem Instinkt vollends nachgeben.

Zu Beginn hatten sie noch aus dem Augenwinkel beobachtet, ob die jeweils andere aus Höflichkeit oder Scham wegsehen würde, doch ein kurzes Schmunzeln hatte gereicht als stilles Übereinkommen.

Nun nickten sie einander verständig zu. Beide hatten sie die Veränderung, ja Verwandlung dieser Frau wahrgenommen. Und beide waren von ihrem Anblick wie berauscht. Als wäre mit dieser Frau eine neue Perspektive in ihr Leben getreten. So, genau so wünschten sie sich zu sein in ihrem Alter, gesegnet mit solcher Energie, solcher Selbstverständlichkeit. Wie attraktiv und unbändig lebendig diese Frau war!

»Ihr gafft ja schlimmer als die Mannsbilder!«

Elli und Aliza rissen die Augen auf. Ertappt. Sie sahen einander an … und lachten – beide für einen Moment die Hand vor den Mund hebend, als bestünde Anlass zur Scham für dieses Lachen, dieses befreiende Lachen.

»Ich hab heute noch nicht einmal einen Kaffee getrunken!«, rief Kristyna im Ton einer Beschwerde, drehte den Wasserhahn ab. »Und ihr beide kreuzt einfach so auf!«

Nun war es also endlich draußen.

»Na kommt schon mit, Kruzifix!«

Hautperlend nass ging sie voraus, griff im Vorbeigehen nach dem Henkel des Weidenkorbs. Elli und Aliza tappten ihr hinterher. »Schau dir das an«, flüsterte Aliza und stieß Elli in die Seite, »sogar einen Knackarsch hat sie noch.«

Kristyna hörte es. Und ging kommentarlos weiter. Niemand sah die Lachfältchen unter ihren Augen.

Auf der Veranda wandte sie sich zu den beiden um. »Da, setzt euch halt her.« Sie wies auf die Klappsessel, die beim Gartentisch standen. *»Wauns scho amoe do sads«*, ergänzte sie missfällig. Und trat ins Haus.

Kristyna Janouch wohnte seit vielen Jahren schon hier auf dieser Lichtung im Wald, im ehemaligen Forsthaus. Das Gebäude war, so stand es geschnitzt in einem der mächtigen Deckenbalken, AD 1747 errichtet worden und gehörte seit jeher zum Besitz der *Herrschaft*, also der gräflichen Familie von Hohensinn. Kristyna hatte das schönbrunnergelbe Haus, das sich harmonisch in die Landschaft fügte, weder gemietet noch gekauft. Sie wohnte gratis darin. Graf Leopold von Hohensinn hatte Kristyna einst gebeten, kein Aufhebens darum zu machen. »Wir wollen die Leute nicht in Versuchung führen, neidisch zu sein«, hatte Leopold formuliert und Kristyna mit einem bittenden Lächeln angesehen.

»Und wir wollen«, hatte Kristyna ergänzt, »die Leute auch nicht in Versuchung führen, saublöd daherzureden über uns.«

»Genau, meine Liebe, ganz genau.« Graf Leopold hatte den Kopf selig etwas zur Seite geneigt und unwillkürlich seine Lippen zu einem Schmollmund geformt, was er tat, wenn er überraschend zufrieden und eins war mit sich und der Welt. Er, der Graf und Großgrundbesitzer, und Kristyna Janouch, die Einsiedlerin, galten als skurriles Duo, als ungleiche Freunde, freilich mit der Gemeinsamkeit, dass beide im Ruf standen, reichlich schrullig zu sein. Woher sie einander kannten, hinterfragte niemand in der Gegend. Die Leute gingen davon aus, dass die Alte im gräflichen Forsthaus zur Miete wohnte und Graf Leopold, der, wenn man ehrlich war, nicht sonderlich viel zu tun hatte, um seinen Lebensunterhalt zu verdienen, gerne zu ihr auf einen Kaffee mit Milchschaum vorbeischaute, auf eine Plauderei, und zuweilen – es war ein offenes Geheimnis – auch auf das eine oder andere Gläschen Wein. Die Litsteiner erzählten sich, dass der gute Leopold auf dem Nachhauseweg Richtung Schloss mit seinem Geländewagen schon den einen oder andren gräflichen Baum touchiert hätte und sämtliche Rehe, Hasen und Wildschweine Reißaus nähmen, sobald der Graf, rekordverdächtig laut Autoradio hörend, durch den Wald driftete.

Aliza und Elli hatten sich auf die beiden unbequemen Sessel gesetzt, die ihnen ihre Gastgeberin zugewiesen hatte. Nun warteten sie und hörten durch das offene Fenster, wie Kristyna in der Küche hantierte. Auch die Eingangstür stand offen. Ellis und Alizas Blicke überflogen den Blumen-, Kräuter-Gemüsegarten, der sich üppig, duftend und bienenumflogen von der Veranda bis nach vorne zur schmalen Sandstraße erstreckte.

Neben der Veranda, in der Wiese, die nach hinten ums Haus führte, waberten Junikäfer auf und ab. Von den Schwalben, die sich im Flug immer wieder an dem einen oder anderen von ihnen bedienten, ließen sie sich nicht stören. Als wäre der Tod es nicht wert, von ihm Notiz zu nehmen. Wie kleine Raumschiffe schwebten die Junikäfer über der Wiese auf und ab, eine luzide Flotte lautloser Flugobjekte, eine friedliche Armada des Über-den-Dingen-Stehens, ohne Fragen nach einem Woher, Wohin, Warum.

Der Gartentisch, an den Elli und Aliza platziert worden waren, stand leer, umso vollgeräumter war das Beistelltischchen neben dem Schaukelstuhl: ein randvoller Aschenbecher darauf, ein Vogelkundebuch, ein mit Arabesken verziertes Holzkistchen, eine Metallschatulle, ein Stoß internationaler Zeitungen, ein zugeklapptes Schachspiel, ein leeres Weinglas mit dunkelrotem Bodensatz darin.

Auf der anderen Seite des Schaukelstuhls stand eine Kredenz aus Fichtenholz. Auf deren offenem Mittelteil lagen etliche Bücher, weich gerundete Steine, stand ein Kofferradio, eine geschnitzte Holzfigur, womöglich Don Quijote darstellend. Elli und Aliza hörten das Fauchen der Espressokanne.

Eine Frau in elfenbeinweißem Satinkimono und mit nach hinten gekämmtem nassem Haar trat auf die Veranda. Eine Dame, barfuß, dezent geschminkt. Kristyna Janouch – schon wieder eine Verwandlung. Ein silberfarbenes Tablett trug sie in Händen, darauf eine dampfende Kaffeekanne und drei italienische Espressotassen.

»Wollt ihr Zucker?«, fragte Kristyna. »Falls ja«, fuhr sie fort, als ihre Gäste für die Antwort Luft holten, »ich glaube, ich hab grad keinen. Die Milch ist auch aus. Gehört sich aber ohnehin nicht, Milch in einen Mocca.«

Sie schenkte ein. Gepflegte Hände, weich hervortretende Adern.

Aus einer der Tassen ragte ein Kaffeelöffel. Kristyna nahm die Tasse, lehnte sich im gepolsterten Armsessel damit zurück und rührte behaglich um.

Aliza und Elli tauschten Blicke. Teils gespielt, teils tatsächlich empört, riss Elli die Augen auf. Aliza hingegen, die gerne Zucker genommen hätte, schmunzelte, konnte sich kaum halten, denn was waren für eine Schriftstellerin zwei verwehrte Löffelchen Zucker gegen diese kleine, feine Episode. Weiterhin lenkte die also doch schrullige, doch einsiedlerische Kristyna Janouch ihr Zuckerlöffelchen im Kreis der Espressotasse. Sie dachte an die im untersten Fach der Küchenkredenz verborgene randvolle Fünf-Kilo-Zuckerdose, nahm einen Schluck des picksüßen Kaffees, atmete selig durch, selig, selig, selig, und erst nachdem dieses wundersam zeitlose Kindheitsgefühl verklungen war, sah sie auf. Ihre Gesichtszüge waren nun vollständig unter Kontrolle. Eine mondäne Lady im elfenbeinweißen Satinmorgenmantel, die auf ihrer Veranda zwei Gäste abzuservieren hatte.

»Also, ihr zwei Hübschen«, sagte sie. »Womit kann ich euch denn nun helfen?«

Elli räusperte sich. »Wie gesagt, ich wollte dir Aliza Berg vorstellen. Nur das, nichts weiter.«

Kristyna Janouch legte ein Bein über das andere und entfachte, würdevoller hätte die Queen es nicht geschafft, eine selbst gedrehte Zigarette.

»Ich habe vor, ein Buch über das Leben zu schreiben«, sagte Aliza, beinahe schroff. Sie hatte für sich erkannt, dass Kristyna Janouch nur beizukommen war, wenn man Höflichkeitsfloskeln und alles Geschwurbel einfach sein ließ. »Einen Roman, kein Sachbuch.«

»Was willst schreiben?«, reagierte Kristyna Janouch und es war unklar, ob sie nicht verstanden hatte oder nicht glauben konnte, was sie eben gehört hatte. Oder ob sie, das war die dritte Möglichkeit, es durchaus glauben konnte, es aber bestenfalls albern fand.

»Einen Roman über das Leben«, wiederholte Aliza Berg.

»Einen Roman über das Leben«, gab Kristyna Janouch zurück und schüttelte den Kopf. »Übers Leben schreiben doch alle Schriftsteller.« Sie besah die Autorin, als hätte sie eine herzige Literaturstudentin vor sich. »Worüber sonst sollen Schriftsteller schreiben«, sagte sie, »wenn nicht übers Leben?«

Aliza Berg ließ sich nicht irritieren. »Ich möchte das Leben in all seinen Aspekten zeigen. Vom Kleinsten bis zum Größten. Vom Niedrigsten bis zum Höchsten. Wenn Sie so wollen, vom Einzeller bis zum am weitesten von uns entfernten Stern.«

»Bis zum am weitesten von uns entfernten Stern … wenn ich so will …« Kristyna Janouch hob eine Augenbraue und blies belustigt Rauch aus.

»Ach ja«, sagte Aliza Berg mit eisigem Blick, »und Sie, Frau Janouch, sollen auch in diesem Roman vorkommen.«

»Und wie«, die Diva im Morgenmantel nahm einen tiefen Zug, »wie willst du das anstellen, das

Leben vom Geringsten bis zum Größten zu zeigen, wenn du nicht einmal dich durchschaust?«

Nicht zu lange überlegen, rasch den Schlag parieren, lass dir nichts anmerken, dachte Aliza Berg. »Ich bin«, sagte sie und versuchte einen ironischen Ton, »durchaus guten Mutes und guten Willens.«

»Guten Mutes und guten Willens«, wiederholte ihre Gastgeberin, das Gesicht geneigt, den Kopf schüttelnd. Und dann vor sich hin murmelnd: »Wie weit wohl guter Wille einen Floh trägt, der sich vornimmt, den Ozean zu erkunden?«

Aliza starrte Kristyna Janouch an, sah dann zu Elli, die, wie sich entschuldigend, die Schultern hob. Schließlich blickte Aliza erneut Kristyna Janouch an.

»Ich kann Sie hören, Frau Janouch, ist Ihnen das bewusst? Ist Ihnen bewusst, dass ich gehört habe, was Sie eben gesagt haben?«

»Freilich ist mir das bewusst, Schätzchen. Passt dir vielleicht nicht, was ich sage, ha? Gerade vorhin behauptet die Frau Schriftstellerin noch, dass sie was übers Leben schreiben will und jetzt? Jetzt hört sie den ersten Satz und gleich der passt ihr nicht. Vielleicht will sie ja gar nichts Neues erfahren, die Frau Schriftstellerin, ha? Vielleicht dreht sie sich lieber nur im Kreis, nur um sich selbst, und tut dann im Buch, als wäre sie weit herumgekommen in allerlei Gedanken, die Frau Schriftstellerin.«

Aliza schluckte. Sie überlegte, ob sie aufstehen und gehen sollte. Sie besah die Frau, die da im Satinkimono mit übereinandergeschlagenen Beinen vor ihr saß, mit dem schönen, ja, für ihr Alter überaus schönen Gesicht, hohen Wangenknochen, wachen Augen, und alles in allem einer Ausstrahlung, als könnte nichts auf dieser Welt ihr etwas anhaben. Und nun sah diese Frau zur Seite, würdigte sie keines Blickes mehr, schien abgeschlossen zu haben mit ihr.

Wäre sie lediglich Aliza, würde sie nun aufstehen und gehen, einfach gehen, sich nicht länger dem Spott dieser Frau aussetzen. Doch sie war nicht nur Aliza, darüber hinaus war sie Schriftstellerin. Und mit der Zucker-Episode allein würde sie sich nicht abspeisen lassen. Diese Frau war eine viel zu spannende Romanfigur, als dass sie beleidigt aufstehen und gehen durfte.

»Vielleicht haben Sie recht, Frau Janouch«, sagte Aliza. »Vielleicht drehe ich mich oft nur im Kreis, nur in meinem lächerlichen Radius. Doch wie Sie sehen, sitze ich immer noch hier bei Ihnen, in Ihrem … weiten Orbit. Und das trotz der feindlichen Strahlung.«

Kristyna Janouch. Lächelte sie? War sie überrascht? Hatte sie mit einer anderen Reaktion gerechnet?

Hatte sie erwartet, die Schriftstellerin mittels ihrer schmissigen Art rasch loszuwerden? Sie dämpfte die Zigarette aus, ließ sich Zeit dabei, tat es mit einer Ruhe, die abermals eine Provokation sein mochte, und sah ihren ungebetenen Gast schließlich ausdruckslos an.

»Na schön, Schätzchen.«

»Nennen Sie mich nicht Schätzchen«, sagte Aliza.

Kristyna Janouch hielt inne.

»Sagen Sie Frau Berg zu mir, von mir aus auch Aliza. Aber das abfällige *Schätzchen* können Sie sich sparen.«

Kristyna Janouch rührte sich nicht, beobachtete Aliza.

Aliza … rührte sich ebenfalls nicht, beobachtete Kristyna Janouch.

Zwei Löwinnen. In Lauerstellung.

Löwinnen, die Kräfte der jeweils anderen abschätzend. Hochbereit, der Kontrahentin mit einem Prankenschlag das Gesicht zu zerlegen.

Elli indes in Alarmstimmung anderer Art. Himmel Herrgott! Was für eine verflixte Situation! Und war sie nicht schuld daran? Klar, sie war schuld an diesem Schlamassel! Aliza war ihr Gast, sie war für sie verantwortlich, es war ihre, Elisabeth Gräfin von Hohensinns, Gastgeberinnenpflicht (und ihre, Ellis, Freundinnenpflicht), auf Aliza zu achten. Zugleich, welches Dilemma, waren sie zu Gast bei Kristyna, waren ungebeten und unangekündigt aufgekreuzt, sie hätte aus Erfahrung wissen sollen, wissen *müssen*, dass das nur schiefgehen konnte. An dieser hochnotpeinlichen Situation war also sie alleine schuld. Was tun?, was tun?, was tun? Einfach beschwichtigen? Einfach übers Wetter reden, wie es in der Familie bei solchen Stimmungslagen üblich war. Oder mit dem Mund trompeten, eine beschwingte Melodie, wie ihr Vater es früher immer getan hatte, wenn er nicht mehr weiterwusste. Einfach die persönliche Blaskapelle aufspielen lassen, wenn eine peinliche Situation zu überleben war. Das war auch peinlich, so mit dem Mund zu trompeten, klar, es sah blöd aus, hörte sich blöd an, aber was soll's, es musste ja auch nicht für lange sein, nur diese wenigen, dafür umso verzwickteren Momente galt es zu überbrücken, diese Augenblicke, in denen, wenn man nicht übers Wetter redete oder mit dem Mund trompetete, alles, schier alles passieren konnte. Morde, uneheliche Kinder, Scheidungen oder andere schlimme Verstöße gegen die Etikette, die Sitte und den guten Anstand.

Elli blickte von Aliza zu Kristyna und von Kristyna zu Aliza. Noch immer rührten die beiden sich nicht, keinen Deut, und noch immer ließen sie sich nicht aus dem Blick. Zwei Löwinnen, die so taten, als würden sie es, wenn nötig, noch jahrelang so aushalten. Zwei Löwinnen auf dem Sprung. Angespannt bis in die Haarspitzen.

»Zigarette?«, sagte Kristyna.

»Ja«, antwortete Aliza.

Kristyna Janouch griff nach der Metallschatulle, die neben ihr auf dem Beistelltischchen lag, öffnete sie, beugte sich in die Richtung der Schriftstellerin.

»Bitte, Aliza.«

»Danke, Kristyna!«

»Puuuh!« Elli atmete durch. »Ich brauch jetzt auch eine.« Auf jede Benimmregel, geschweige denn Etikette, pfeifend, bediente sie sich ungefragt aus der Schatulle, griff sich auch die Zündhölzer vom Beistelltisch und entfachte, als bemerkte sie nicht im Geringsten, was sie da entfachte, eine der trichterförmigen Selbstgedrehten.

***

Die Amseln sangen, die Bienen summten, die Frauen rauchten.

Sie genossen es, den Rauch für eine Weile im Mund zu behalten, ihn in die Lungen rollen zu lassen. Und sie mochten das leichte Berauschtsein, das sie mit jedem Zug aufs Neue hervorriefen. Eine Bewegung zwischen den Möglichkeiten entstand so, ein Hin und Her zwischen sich selbst und einem anderen, seltenen Selbst; einem, das sich für gewöhnlich nicht blicken ließ im Leben, das aber dennoch unentwegt da sein musste, unentwegt beobachtend, oft sich wundernd über seinen Platzhalter. Die Frauen hatten sich zurückgelehnt. Löwinnen im Relax-Modus.

Für Kristyna war es normal. Sie gönnte sich stets zu sein, wer sie sein mochte. Zumeist gelang ihr sogar zu denken, was ihr guttat. Für Aliza und noch mehr für Elli hingegen war es weitgehend Neuland. Umso mehr genossen sie, ein wenig überrascht, diese Momente. Sie waren in diesen Minuten nach wie vor sie selbst – und darüber hinaus auch völlig anders als gewöhnlich. Sie hatten das Gefühl, alles im Griff zu haben. Und konnten doch völlig loslassen. Nichts *mussten* sie. Alles *durften* sie. Daraus ergab sich das alles hier.

Elli hustete, hatte einen zu tiefen Zug erwischt. Für gewöhnlich rauchte Elisabeth von Hohensinn nicht einmal herkömmliche Filterzigaretten. »Ich bin gerade hinter etwas gekommen!«, rief sie, noch immer hustend, »ich bin dahintergekommen, dass … dass, ach wie blöd, jetzt kann ich es nicht mehr formulieren. Dahintergekommen, dass nichts nötig ist, um es gut zu haben. Oder nein, dass das Nichts nötig ist, um es gut zu haben. Verflixt, ich weiß es nicht mehr!« Elli besah das qualmende, nach verbrannten Kräutern riechende Etwas zwischen ihren Fingern. »Kristyna, was hast du in die Dinger eigentlich reingemischt?!«

Kristyna lachte. »Betriebsgeheimnis, Schätzchen! Aber versprochen, nur 1A Bioware.«

»In dieser Art«, sagte Aliza zu Kristyna, »darfst du zu uns Schätzchen sagen, wann immer du willst. Auf diese Art ist das sogar richtig süß.«

Kristynas Schmunzelfältchen rund um Mund und Augen bekamen Nachschub. Sie nahm noch einen Zug und legte den Kopf zurück gegen die Lehne des Schaukelstuhls.

»Was ist das? Ist das Don Quijote?« Aliza zeigte, das letzte Stümmelchen Selbstgedrehter zwischen ihren spitzen Fingern, zur geschnitzten Holzfigur auf der Kredenz. Die Gestalt war hoch und dünn und schien überaus filigran. Ein Mann, ein absurd schlaksiger alter Mann. Er wirkte nicht nur körperlich gebrechlich, sondern schien eine unsichtbare Last mit sich zu schleppen, die ihn taumeln machte, die er aber mit Würde zu tragen suchte. Vielleicht, sein Gesicht verriet es nicht und womöglich wusste er es selbst nicht, vielleicht war gerade diese Würde jene Last, die ihm so zu schaffen machte. Vielleicht war es gar jene Würde, die ihn so albern wirken ließ für die Welt. Er hielt einen Stock, oder war es eine Lanze, in der Hand. Auf seinem schmalen, nachdenklichen Kopf saß ein Hut, womöglich aber auch ein Kübel oder Helm.

»Ist nicht entscheidend, ob es Don Quijote ist«, sagte Kristyna. »Dem Künstler war nie wichtig, wen seine Figuren darstellten.« Sie lächelte leise. »Ihm war immer nur wichtig, was seine Skulpturen darstellen.«

»Und was stellt sie dar?«, fragte Aliza.

»Wenn du das nicht fühlst, hilft dir auch keine Erklärung. Oder legst du etwa deinen Romanen Bedienungserklärungen bei, Interpretationsanleitungen? Beipackzettel wie bei Medikamenten, damit die Leute wissen, wie sie die Wörter und Sätze einnehmen sollen?«

»Chapeau«, sagte Aliza und wachelte mit dem kümmerlichen Rest der Selbstgedrehten, versuchte ihr ein letztes Quäntchen zu entlocken und stieß sie nach vorne, als wäre es eine kleine, rauchende Lanze. »Chapeau! Wirklich, Kristyna, Chapeau!«

»Und wer ist der Künstler?«, fragte Elli, die, während sie die Frage stellte, bemerkte, wie unglaublich tiefenentspannt sie war. Und so sandte sie ihrer Frage einen zärtlichen Blick nach und überlegte, dass eine Beantwortung ihrer Frage gar nicht nötig sei. Nichts, überhaupt nichts war nötig, beantwortet zu werden. Und auch keine Frage war nötig, keine einzige. Im Grunde reichte es, einfach nur hier zu sitzen, einfach nur zu rauchen, zu schauen, zu hören, ein- und aus-, aus- und einzuatmen.

»Ein Freund von mir hat sie geschnitzt, damals in Paris«, sagte Kristyna. Sie hatte begonnen, sachte mit dem Schaukelstuhl zu wippen. »Es ist eine seiner wenigen Arbeiten aus Holz.« Wieder lächelte sie, diesmal amüsiert. »Er wollte unbedingt mit mir schlafen damals. Ich war nicht abgeneigt, in Wirklichkeit wollte ich es auch und am liebsten auf der Stelle. Aber ich sagte, ich ginge erst mit ihm ins Bett, wenn es ihm gelänge, aus einem Besenstiel eine Figur zu schnitzen.« Kristyna lachte auf. »Ich habe das nur gesagt, um ihm länger zusehen zu können. Er hatte die schönsten Hände, die ich je bei einem Mann gesehen habe. Ich war schon bereit, als ich ihm nur beim Schnitzen zugesehen habe.«

»Wie ist es weitergegangen?« Aliza beugte sich nach vorne. »Wart ihr danach ein Paar?«

»Nein, wir haben nur zweimal miteinander geschlafen, nur diese eine Nacht. Danach bin ich gegangen.«

»Was?! Wieso?!«

»Künstler tun einer Frau nicht gut. Sie machen dich überglücklich an dem einen Tag und brechen dir das Herz am nächsten. Du musst den richtigen Moment erwischen. Sobald dich ein Künstler glücklich gemacht hat, musst du verschwinden. Sofort, auf der Stelle. Andernfalls bist du verloren. Ich bin früh am nächsten Morgen abgereist.

»Und er?«, fragte Elli, die für gewöhnlich an solch

einer Stelle, bei solch einer Erzählung halb ausgeflippt wäre vor Neugier, nun aber weiche, ruhige Gesichtszüge hatte. »Hat er nicht versucht, dich wiederzusehen?«

»Doch, das hat er. Er war hoch dramatisch, hat sich aufgeführt wie ein Kind. Er hat gesagt, er könne nicht mehr leben ohne mich, was bei Künstlern heißt, dass sie Angst haben, nicht mehr arbeiten zu können ohne einen, dass sie einen als Inspiration brauchen, als Muse. Er hat mich angerufen, mir Briefe geschrieben, mich angefleht. Vermutlich ging es ihm wirklich nicht gut damals. In den Zeitungen sind Interviews von ihm erschienen, in denen er über seine Schaffenskrise lamentierte und dass er nichts mehr fertigbringe; dass er Kunstwerke, die er an einem Tag zur Welt bringe, am nächsten Morgen vernichte, weil sie seinen Ansprüchen nicht gerecht würden. Diese Figur hier«, Kristyna hob das Kinn Richtung der Schnitzerei, »er glaubte, sie sei sein Meisterstück und er werde nie wieder etwas Größeres zuwegebringen, nicht jedenfalls, wenn ich nicht bei ihm sei. Aber ich bin standhaft geblieben.«

Kristyna hielt inne, schien abzuwägen, ob sie weitersprechen sollte.

»In dem Jahr«, sagte sie schließlich, »in dem er überraschend starb, meinte er während einer Ausstellungseröffnung vor laufenden Kameras, er wisse nun, dass er niemals mehr sein Ziel erreichen werde, ein perfektes Werk zu schaffen. Seit dreißig Jahren habe er jeden einzelnen Tag gehofft, morgen sei es so weit. Doch dieses Morgen sei nie gekommen. Einmal in seinem Leben sei er der Perfektion so nahe gewesen, dass es ihm den Atem verschlagen habe. Er habe an einem einzigen Abend einen zerbrechlichen, dem Leben tief dankbaren und zugleich vom Leben tief erschütterten, ja zerwackelten Menschen geschaffen. Er wisse nun, so viele Jahre danach, dass dieser Abend damals, diese Nacht, der Höhepunkt seines Schaffens und damit seines Lebens gewesen sei.«

Die Frauen schwiegen. Vor ihnen lag der Kräuter- und Blumengarten. Ein verrosteter Pumpbrunnen stand darin und ein randvoll mit Wasser gefüllter Steintrog. Das Licht der hochstehenden Sonne durchdrang das Brunnenwasser. An der Oberfläche spiegelten sich Wolken, sie zogen vorbei.

Die Frauen … schwiegen.

Ein einsamer Tropfen fiel von der Pumpe auf die Wasserfläche. Sein Aufklatschen verursachte eine Welle, die in alle Richtungen lief und sich an den steinernen Wänden brach.

Später, nachdem der Tropfen alles verändert hatte, lag der Steintrog wieder ruhig. Vorbeiziehende Wolken badeten darin.

»War es ein Fehler, damals?«, fragte Aliza.
»Wer weiß das schon«, antwortete Kristyna.

- 5 -

Meine Regel kommt mit dem Vollmond. Seit dir ist das so, seit uns. Seither kommt meine Regel wieder mit dem Mond, seither fühle ich mich wieder, mein Gott, wie ich mich fühle!

Ich habe noch keinem Menschen davon erzählt. Es fiele mir niemand ein, dem ich mich anvertrauen könnte, niemand, der es in der richtigen Art aufnähme. Gerne erzählte ich es, am liebsten einer guten Freundin, am liebsten der ganzen Welt! Es zerreißt mich beinahe, aber es ist noch nicht so weit. Unsere Liebschaft ist nur die unsere, niemand darf wissen davon, niemand.

- 6 -

Graf Leopold stolperte über die Türschwelle, als er zurückkam nach Schloss Litstein. Dass ihm das auch immer wieder passierte! Hastig durchquerte er den ovalen Vorraum, stieß die Tür zum Salon auf, latschte mit den Straßenschuhen über den Teppich, Elli würde schimpfen, sähe sie ihn, egal, und öffnete die Tür zu seinem Herrenzimmer. Dass er noch immer den Hut trug, fiel ihm nicht auf. Und obwohl es Leopold heiß war, bemerkte er nur deshalb, dass er zu viel anhatte, weil er irrtümlich mit dem Ärmel seines Tweedsakkos an der Türschnalle einfädelte, was praktisch eigentlich unmöglich war und gewiss niemand anders geschafft hätte. Es war das Tweedsakko mit den Lederflicken an den Ellenbogen, er besaß ja zwei Tweedsakkos und beide hatten Lederflicken an den Ellenbogen, allerdings, das war relevanter, das andere Tweedsakko hatte braune Lederflicken, die noch abgewetzter waren als die beigen Lederflicken an dem Tweedsakko, das er nun trug. Wobei ja nicht die Flicken das Entscheidende waren, der entscheidende Unterschied, nein, der fundamentale, das war das richtige Wort, der fun-da-men-ta-le Unterschied waren nicht die Flicken, sondern dass er dieses, dieses … beschissene (!) andere, noch viel ältere Tweedsakko nur ein einziges Mal getragen hatte, und auch das nur, weil er sich arg zusammengerissen hatte. Hätte er denn Nein sagen sollen, es ablehnen, sagen, es interessiere ihn nicht, sagen, es sei ihm gar nicht die grooße Ehre, die es ihm zu sein hatte, als sein Vater – oh, wie großzügig von Ihnen, Vater! Ich danke Ihnen, Vater! –, als sein Vater ihm dieses beschissene Tweedsakko mit den beschissenen braunen Lederflicken zu seiner beschissenen Großjährigkeit geschenkt hatte, dieses Fa-mi-li-en-erb-stückkk vom *teutschen* Großonkel Karl-Gustav-Rüdiger. Graf Leopold schmiss sein Tweedsakko in die Ecke, aus Ärger über dieses andere Tweedsakko, das seit seiner Großjährigkeit im Schlafzimmerkasten hing, mit einer ekeligen gummiartigen Schutzfolie darüber.

Leopold knipste das Licht der Stehlampe im Herrenzimmer an, verriegelte die Tür von innen, zog auch die schweren Vorhänge zu, ging zum Bücherregal, genauer gesagt zum steinernen Bücherständer Shakespeare, und drehte ihm den Kopf um. Es machte klack. Leopold drückte gegen das Regal, verbeugte sich wie immer, und betrat das Allerheiligste.

Der Geheimraum hinter dem Bücherregal maß drei Komma dreiunddreißig mal drei Komma dreiunddreißig mal drei Komma dreiunddreißig Meter. In den mit Nussholz vertäfelten Wänden waren, bis einen Meter unter die Zimmerdecke tausend

Laden eingelassen. Es sah aus wie im Lager eines zwirbelbärtigen, altkaiserlichen Apothekers: eine Lade nächst, unter und über der anderen in den verschiedensten Größen und Formaten.

Wie indes an die eintausendunderste, über allen anderen liegende Lade an der Ostseite des drei Komma dreiunddreißig Meter hohen Raumes zu kommen sein sollte, war ein Rätsel, denn es gab keine Leiter.

Bis auf diese eine, seltsam einsame, seltsam erhabene Lade waren alle mit Registrierschildchen versehen, die sich mittels Schienen auswechseln ließen. Und zudem mit Holzknöpfchen, sodass man sie bequem herausziehen und elegant wieder in den Wänden versenken konnte. In den meisten Laden befanden sich Kärtchen aus hellem Karton. Leopold ging mit sicherem Schritt zu einer der Wände, zog in Herzhöhe eine Lade heraus und entnahm ihr ein unbeschriebenes Kärtchen.

Inmitten des kubischen Raumes – man hätte glauben mögen, man befinde sich im Inneren eines hölzernen Spielwürfels – stand einsam ein Sessel. Dieser Sessel war schlicht, besaß aber ein Pult, das sich in waagrechte Position nach unten klappen ließ, um darauf zu schreiben, und nach oben klappen ließ, um ungehindert und frei aufstehen zu können. Die Rückenlehne des Schreibsessels wies zur Tür.

Über dem Sessel war in der Mitte der Zimmerdecke ein Kristallluster angebracht. Dessen dickwandiges Glas war so raffiniert geschliffen, dass sich das Licht im Raum stetig zu verändern schien, je nachdem, wo man sich aufhielt. Als tanzten Tropfen aus Licht über die Laden, als huschten Sternschnuppen durchs Zimmer. Leopold setzte sich. Er klappte das Schreibpult nach unten, legte das Kärtchen darauf und schloss die Augen.

Über ihm hing ein Stift an einem Zwirn, der aufs Erste nicht zu erkennen war, sodass es wirkte, als schwebte der Stift lotrecht frei über Leopolds Kopf. Der Zwirn kam aus dem Luster an der Zimmerdecke und als Leopold die Augen öffnete und nach dem Stift griff, gab der Zwirn nach und erwies sich als bequem verlängerbar. Leopold bemühte sich, schön zu schreiben.

Der Mensch wird geboren,
fremdbestimmt.
Als ginge es ihn nichts an,
dass er leben muss.

Als wäre es nicht seine Sache,
sondern die
einer ihn beobachtenden Macht.

Leopold hatte das Bedürfnis zu schreien.

Er atmete durch, eigens leise. Ließ das Kinn auf die Brust sinken. Saß im vollkommen stillen, von der Außenwelt abgeschiedenen Zimmer.

Er nahm das Kärtchen in beide Hände. Las die Zeilen. Hielt den Kopf ein wenig schief. Dann stand er auf, steckte das Kärtchen an seinen Platz zurück und schob die Lade in die Tiefe der holzvertäfelten Mauer. Auf dem Registrierkärtchen der Lade stand *Leben / Mittelgroße philosophische Beobachtungen und mögliche Erkenntnisse.*

Nicht selten geschah es, dass Graf Leopold von Hohensinn ein Kärtchen in eine Lade mit einer Aufschrift wie *Biologie / Große Erkenntnisse* oder in eine Lade mit dem Titel *Himmel / Wichtige Beobachtungen* steckte und das Kärtchen anderntags, mit gedanklichem Abstand und also nach genauerer Betrachtung, mehrere Etagen tiefer stecken musste, etwa in die Lade mit der Aufschrift *Doch nicht so große Erkenntnisse.*

Was er hier trieb, war kein Spleen. Das, woran er hier arbeitete, war sein Lebenswerk. Und davor war es, das war mitentscheidend und bedeutete für Graf Leopold unsagbar viel, davor war es das Lebenswerk seines geliebten Großvaters gewesen. Nicht jenes des Vaters, nicht das des Nörglers, Besserwissers und Griesgrams. Nein, das des weitherzigen Großvaters. Der hatte diesen heiligen Raum nicht dem Sohn vermacht, nicht Leopolds in Politik und Gesellschaft hoch angesehenen Vater, sondern seinem Enkel. Ihm, Leopold, hatte er das Familiengeheimnis anvertraut und das Werk weitergegeben, ihm allein. Es war eine unmöglich zu messende Ehre und eine ebenso große Bürde, denn Graf Leopold, in den einsamen Momenten schmerzte es besonders, empfand sich als schrecklich unzulänglich. Unzulänglich, was Bildung ganz allgemein anbelangte, unzulänglich, wenn es um Kunst und Literatur im Besonderen ging, die doch so wichtig waren in seinen Kreisen, unzulänglich auch, was die wirtschaftliche Leitung des Gutes betraf, die Teich- und Forstwirtschaft, was sich gottlob verbergen ließ, dank seines vortrefflichen Verwalters und Freundes, dem täglich mindestens zehn Orden gebührten, fand Leopold, nicht nur für seine solide Arbeit, sondern für seine Bescheidenheit und Loyalität. »Der Herr Graf hat andere Stärken. Und wenn du noch einmal blöd daherredest, brauchst dich nimmer blicken lassen« – das hatte er den Guten jüngst sagen gehört, als er überraschend in die Kanzlei gekommen war und Franz Sagmüller mit einem Bauern antraf, der für sein freches Maul bekannt war. Ohne ihn, seinen klugen Freund aus Litsteiner Kindheitstagen, ohne Franz Sagmüller, diesen mittlerweile gebeugt gehenden, hochanständigen Menschen mit dem allzeit picobello gescheitelten weißen Haar, hätte er das Gut längst in den Bankrott geritten, was sein in dieser Sache wohl realistischer Vater auch nie müde geworden war, ihm zu prophezeien. Unzulänglich war er, unzulänglich, unzulänglich, unzulänglich!

Im Grunde, so ließ es sich unzulänglich zusammenfassen, war er in allem unzulänglich. In allem, was das Leben anbelangte. Nein, ehrlich! Was konnte er schon? Was waren seine Stärken, nüchtern betrachtet? Wäre er nicht in die adelige Familie der Hohensinns geboren worden, sondern ein Bauern- oder Arbeiterkind gewesen, würde er jetzt Jauche zum Misthaufen fahren oder am Fließband in einer Fabrik buckeln – der feine Pinkel, der Herr Graf! Ja, so sah es aus! Das war die Wahrheit! Leopold legte seine Stirn in die Hände.

Kein Trost war ihm, dass es sich mit Gunst und Ungunst in der Welt generell so verhielt. Es machte die Sache nur schlimmer. Wie, fragte sich Leopold, kam ein Kind dazu, am falschen Ort zur falschen Zeit geboren zu werden, in Armut und Elend. Das war doch eine bodenlose Gemeinheit! Und was konnte sich auf der anderen Seite ein Mensch groß auf seine Lebensleistung einbilden, wenn er, privilegiert vom Zufall, als Säugling kuschelig in Frieden und Wohlstand aufs Erdenrund gesetzt worden war.

Gottes Wege sind unergründlich, ja, ja, ja. Deshalb war Leopold auch nicht gottesgläubig. Auf Gott pfiff er, auf so einen jedenfalls. Er fand, Gott war ihm auffallend ähnlich, was sehr gegen Gott sprach. Gott war wie er: völlig unzulänglich gemessen an der Größe seiner Aufgabe. Und hätte Gott keine Elisabeth von Hohensinns und keine Franz Sagmüllers, keine Anständigen entgegen allen Umständen, stünde es noch viel schlimmer um Gottes baufällige Burg!

Stärken. Fiel ihm denn wenigstens irgendeine Stärke ein? Irgendetwas, das er gut konnte? Er rauchte Pfeife. Das hatte er von Großvater übernommen. Aber Pfeife zu rauchen konnte beim besten Willen nicht als Stärke verbucht werden. Gut, eine Pfeife zu rauchen war nicht so deppensicher wie eine Zigarette zu rauchen. Es ging darum, den Tabak in der richtigen Weise im Pfeifenkopf zu portionieren, den perfekten Druck zu erzeugen und beim Einatmen des Rauchs keine Geräusche zu verursachen wie eine Schindmähre in den letzten Zügen. Kein Röcheln und Pfeifen durfte zu hören sein. Es galt, den Tabak behutsam am Glosen zu halten und den Rauch geräuschlos aufzunehmen. Nur dann entfaltete sich der Zauber, nur dann gelang die Unmöglichkeit, mit diesem kleinen Stück gedrechselten, geschnitzten, polierten Olivenholzes und dem darin sich zu Asche wandelnden Tabak neue Ideen aufzunehmen. Das war es dann aber auch schon. Es war nicht gerade eine Doktorarbeit dafür notwendig.

Was noch? Nun, er war gerne in der Natur, gerne im Wald. Das waren unzählige andere klarerweise auch. Und die Jagd? Das Zeremoniell der Jagd, das bei seinesgleichen oft über alles ging, womöglich, weil mit dem Ende der Monarchie der Adel seinen gottähnlichen Platz in der Gesellschaft eingebüßt hatte und eine Ersatzhandlung brauchte? Freunde und Verwandte werden zum Hochamt der Jagd eingeladen, man wird von ihnen retour eingeladen, schwadroniert unerschöpflich über Varianten des immer Gleichen und weil hinter Büschen und Tannen die Welt noch immer ausschaut wie zu Kaisers Zeiten, kann mit Weitblick durch den Feldstecher ausgeblendet werden, dass der Adel keine Rolle mehr spielt.

Doch selbst das! – Selbst die Zirkusnummer der Jagd, dieses Ignorieren der Welt außerhalb wollte ihm nicht gelingen. Nicht einmal das schaffte er! Nicht einmal das Anhalten der Zeit, indem man Löcher in die Luft knallte. Der Herr Vater, ja, der Herr Vater hatte das immer meisterhaft zelebriert, ließ sich ja selbst heute noch zur Jagd kutschieren, und das in seinem biblischen Alter. »Zwölfender erlegt heute. Und was hast du geleistet an diesem Tag, Sohn? Vermutlich nichts!« Richtig Vater, korrekt Vater, *jawoll (!),* Vater. Aber immerhin, auch kein Tier getötet, dachte Leopold und musste sich eingestehen, dass er das nicht als Ausrede gelten lassen konnte, denn die Jagd, wenn sie nicht als blutiges Gesellschaftsspiel missbraucht wurde, besaß schon ihren Sinn. Er aber hatte nun einmal auch dafür weder Talent noch Interesse. Da erwies es sich als Glücksfall, dass Elli, seine Ehefrau, zur Flinte griff. Als junge Frau hatte sie es noch nicht getan und auch noch nicht, bevor sie sich entschließen konnte, ihn zu heiraten, danach aber hatte sie es sofort übernommen. Es gehe nicht an, dass kein Familienmitglied die Oberhoheit über die Herrschaftsjagd ausübe, hatte sie befunden – und sich, wie gegen ihren Willen, das nötige Wissen und Können angeeignet. *Flintenweib*, urteilten die Verwandten, teils abfällig, teils bewundernd, immer aber mit einem schiefen Seitenblick auf ihn, Graf Leopold, der nicht Manns genug war, es selbst krachen zu lassen.

Unzulänglich war er also auch auf diesem Feld. Eines mehr, nun ja. Und dennoch war ausgerechnet er der Auserwählte. Ausgerechnet dem Tölpel und Taugenichts der Hohensinns fiel es zu, das generationenübergreifende Geheimnis des verborgenen Raumes zu wahren. Klarerweise durfte niemand wissen von dieser Ehre. Der Raum war geheim und also auch, wer darüber verfügte. Hatte Großvater deshalb ihn auserwählt? Weil kein anderer so unverdächtig schien? Der Narr als Wächter der Weisheit?

Dieses mögliche Motiv war Leopold erst als Erwachsener in den Sinn gekommen. Erst als er

Großvater nicht mehr danach fragen konnte. Nun schob Graf Leopold diesen Schatten einmal mehr zur Seite.

Mach dich nicht kleiner als du bist, Leopold.

Ja, antwortete Leopold in Gedanken. Ja, Großvater.

Was er seinen Großvater zu Lebzeiten durchaus gefragt hatte, war: Warum ich? Warum vertraust du mir den Raum an, und warum nicht Vater? Leopold von Hohensinn konnte sich nicht erinnern, ob er es damals als Halbwüchsiger genauso oder etwas anders formuliert hatte, exakt zu erinnern aber glaubte er sich an die Reaktion des Großvaters: Der schlug, wie er es oft getan hatte, anstatt zu antworten, vorerst einmal ein Buch auf. Wies schließlich mit dem Finger auf: *Erkenne dich selbst.*

Diese drei Worte, sagte Großvater, enthielten die größte Aufgabe, der ein Mensch sich stellen könne.

»Nur du kannst dich entdecken, Leopold«, hatte Großvater gesagt, »niemand anderer, keiner deiner Lehrer, nicht deine dich so sehr liebende Mutter, nicht dein Vater und freilich auch ich nicht. Du, Leopold, nur du selbst kannst erfahren, wer du bist, indem du es bist.«

Großvater hatte ihm Zeit gegeben, darüber nachzudenken, dann griff er in die Brusttasche seiner Anzugweste und zog ein Kärtchen hervor, das er für diesen Moment vorbereitet haben musste, eines der Kärtchen aus einer der Laden aus dem geheimen Raum.

Ich bin Hunderte,
glaube sie zu fühlen in mir.
Sie zanken, lachen einander aus,
kommen und verschwinden.
Ich bin sie alle.
Doch darüber hinaus bin ich nur ich.
Ich allein, der die Hunderten beobachtet in mir.

Nach diesen Zeilen, diesem Kärtchen, war es da blöd, eine durch und durch banale Frage zu stellen? Nämlich die, die ihn schlimm irritierte: Warum war der Raum denn überhaupt geheim? Ach ja, und weshalb besaß er, wenn er denn so wichtig war, nicht einmal einen Namen?

Großvater lachte herzlich. Leopold sah seine großen, vom Pfeifenrauch gelben Zähne. Offenbar mochte Großvater derlei Fragen.

Leopold fürchtete damals schon, nicht allzu viel zu wissen, umso mehr fragte er. Großvater gefiel das und seine gute Laune war ansteckend. Doch dann kam, noch immer heiter, allerdings auch mit einem Blick, der Leopolds Auffassungsgabe zu prüfen schien, Großvaters Antwort: »Den Raum gibt es überhaupt nicht. Und weil es ihn nicht gibt, hat er auch keinen Namen.«

Leopold, damals sechzehnjährig, hoffte inständig, dass das noch nicht die gesamte Erklärung gewesen war.

»Insofern«, ergänzte Großvater nach einer Weile der Stille und des Beobachtens seines Enkelsohns, »ist der Raum nicht geheim, sondern inexistent. Alles, was es also gibt, ist ... kein Raum.«

Leopold sackten die Schultern nach unten. Vater war wohl nicht von ungefähr zornig auf ihn und unzufrieden, brüllte wohl zu Recht beinahe täglich, dass er »eine Schande!« sei, ein »hoffnungsloser Fall!« und ein »gott!ver!fluch!ter! I!di!ot!«. *Den Raum gibt es nicht,* wiederholte Leopold damals für sich. *Den Raum gibt es nicht.* Doch die Sache wollte sich ihm auch bei abermaliger und abermaliger Betrachtung nicht erschließen. Was zum Himmel sollte das bedeuten, den Raum gibt es nicht und insofern ist er auch nicht geheim?! Dass Großvater ihn hänselte, konnte Leopold ausschließen. Aber es gab den Raum doch! Er und Großvater standen in diesem Augenblick doch darin! Leopold sah sich im hohen, angeblich inexistenten Raum um, mittlerweile war ihm schwindelig vom Nachdenken, und dann sah er, entschuldigend, zu Großvater.

Der ging mit ihm in die Bibliothek zurück, nahm einen einschüchternd dicken, ledergebundenen Band aus dem Bücherregal und las dem Enkelsohn eine Passage aus der *Odyssee* vor. Es lief darauf hinaus, dass Odysseus einen Zyklopen überlistete, indem er ihm sagte, er heiße *Niemand.* Als Odysseus dem Riesen im Schlaf sein Auge ausstach, und der daraufhin blind herumbrüllte und um Hilfe schrie, hielten ihn alle anderen Zyklopen für übergeschnappt und keiner kam angelaufen, um ihm beizustehen, da er rief, *Niemand* habe ihm etwas Schreckliches angetan, *Niemand* ihn geblendet, *Niemand* bedrohe sein Leben.

Der Raum hatte also keinen Namen, damit der Name des Raumes nicht verraten werden konnte und somit der Raum selbst nicht. Ein inexistenter Raum war gleichsam *kein Raum.* Es gab also nichts zu verbergen, keinerlei Geheimnis. Alles, was es gab, war *kein Raum.* Selbst wenn Leopold einen Lügendetektortest bestehen müsste: Ruhigen Herzschlags und ohne mit der Wimper zu zucken, könnte er wahrheitsgemäß antworten, im Schloss existiere *kein Geheimraum.*

Ich hab's kapiert, dachte Leopold damals erleichtert, Gott sei Dank, ich hab's kapiert. Bis Großvater in seinen mächtigen Bart brummte, es gebe noch einen entscheidenden Aspekt, warum *kein Geheimraum* existiere.

Himmel auch! Mit letzter Energie hatte Leopold verstanden und nun war das noch nicht alles gewesen?!

Großvater reichte ihm ein weiteres Kärtchen aus dem inexistenten Raum, dem *kein Raum,* dem

Nichts. Leopold kniff die Augen zusammen, konzentrierte sich darauf, die alten, spitzwinkeligen Buchstaben zu entziffern, die mit einer Füllfeder oder vielleicht gar noch mit einem Federkiel geschrieben worden waren. Wie das Namenskürzel auf dem Kärtchen anzeigte, stammte der Vers von seinem Ururgroßvater. In Kurrentschrift hatte sein Vorfahre notiert:

Etwas, das es nicht gibt,
kann nicht zerstört werden.
Liebe, eine Einbildung. Unzerstörbar.
Die Seele, eine Einbildung. Unzerstörbar.
Unendlichkeit, Ewigkeit, die Zeit. Einbildungen.
Und der Raum für all das.

In Ordnung, das war auch halbwegs verständlich. Mehr dem Gefühl nach verständlich als dem Kopf nach, aber gut, immerhin. »Ich glaube, ich habe verstanden, Großvater«, sagte Leopold. »Aber warum«, begann er kurz darauf aufs Neue, »warum ist … kein Geheimraum, also ein Raum, der … nicht existiert, überhaupt geheim? Es könnten doch alle etwas von ihm haben. Wie bei einer öffentlichen Bibliothek. Oder, Großvater?«

Die Augen, die ihn beobachteten, blickten zärtlich. Der Mund, versteckt unter dem grauen Rauschebart, schien zu lächeln.

Sein Enkelsohn hatte die Frage, die ihn anfangs beschäftigt hatte, nicht vergessen. Und sein Enkelsohn besaß den Mut, nachzufragen und nochmals nachzufragen. Er war sich nicht zu fein, eine Blöße zu riskieren. Und er besaß die Hartnäckigkeit und den Mut, Fragen zu stellen, immer wieder, selbst wenn es keinen Raum dafür gab.

»Das Hohensinn-Archiv, mein lieber Leopold, diese Bibliothek mehr noch des Hoffens als des Wissens, dieser Raum, den es im Schloss nicht gibt, wird von uns geheim gehalten, weil Wissen nicht nur die größte, sondern auch die heikelste Macht ist.« Großvater machte eine seiner bedeutungsvollen Pausen. »Wissen entscheidet darüber, wie wir leben, Leopold.« Mitunter entscheide Wissen über Leben oder Nicht-Leben. Im Lauf der Geschichte seien Bibliotheken niedergebrannt, Archive geplündert worden. Frauen und Männer seien geköpft, gehängt, gevierteilt worden wegen ihres Wissens. Oftmals auch, weil sie den Mächtigen gefährlich wurden. »Es gibt Zeiten«, sagte Großvater, »in denen ist der Beruf des Bibliothekars und Schreibers gefährlicher als der des Kriegers.«

Sein Enkelsohn hatte aufmerksam zugehört. Gedankenschwer nickte er.

Ab sofort dürfe er hierherkommen, ab sofort sich jederzeit bedienen, hatte Großvater gesagt. Wann immer es nötig sei, könne Leopold sich und anderen Gutes tun mittels dieses Wissens, das die jeweils Auserwählten der Familie über Generationen hinweg zusammengetragen hätten. Es seien Ideen und Erkenntnisse, Formeln und Skizzen, Pläne und Zeichnungen, philosophische Überlegungen und Poesien, die in keinem herkömmlichen Lexikon, keinem auch nur irgendwo käuflichen Band zu finden seien. Viele Menschen würden sich gewiss stoßen an dieser Freiheit, dieser Fülle. Manche Gedanken und Gefühle, die in keinem Raum Platz fänden, riefen bei Menschen mit festem Weltbild Ärger oder Widerstand hervor, weil die Ideen in keinem Raum eben keinem starren Weltbild folgten. So verschlossen die Laden nach außen hin seien, so offen seien sie für alle Inhalte, wenn diese nur zuvor geprüft wurden vom Wissen und vom Gewissen des Bibliothekars. Ruhig hob Großvater seinen Arm, berührte Leopold mit seiner großen Hand an der Stirn und danach am Herzen.

Heute, Jahrzehnte danach, spürte Graf Leopold von Hohensinn, wenn er nur die Augen schloss, immer noch diese sparsamen Berührungen des Großvaters. Heute noch empfing Leopold, wenn er nur die Augen schloss, diese Wahrheit von damals. Und wenn er die Augen öffnete, war diese Wahrheit immer noch da. Und er, er allein, war für sie verantwortlich.

»Hast du ein Beispiel für mich, Großvater? Welches der Kärtchen könnte die Menschen zornig machen?«

Als hätte er den Verlauf des Gesprächs vorausgesehen, zog Großvater damals ein letztes Kärtchen aus der Brusttasche seiner Anzugweste. Die Karte hier, sagte er, sichtlich in Vorfreude auf eine kleine Unverschämtheit, stamme aus der Lade mit der Aufschrift *Schöpfungsgeschichte, Erde*. Ihr neunzeiliger Text gefalle vermutlich weder den Dogmatikern der Wissenschaftsbranche, die sich amüsanterweise sicher wähnten, dass die Welt aus dem Chaos entstanden sei, noch den Dogmatikern aus der Firmengruppe der Religionen, die sich, drollig wie sie seien, jeweils ihren Gott als Weltengründer hätten patentieren lassen.

Und dann rezitierte Großvater durch seinen mosesgleichen Rauschebart die prophetischen Verse:

Nicht durch Zufall,
nicht durch Gott,
unverhinderbar durch Wissen
entstand das Leben.

Hier auf Erden.

Und durch Wissen
wird es enden, unverhinderbar.

Und durch Wissen
beginnen erneut.

Großvater schmunzelte und bei Leopold blitzten die Gehirnzellen auf, schlugen Salto, Rad und Flickflack. Und dann waren sie beide ruhig, Großvater und er. Waren beide in ihren eigenen Gedanken und doch beieinander, standen gemeinsam in diesem Raum, den es nicht gab.

Wie zeitlos stark Großvater ihm erschienen war damals. Wie unerschütterlich. Zwei Monate danach fand er ihn, im Ohrensessel des Herrenzimmers, den Kopf zur Seite gekippt, in seinen geöffneten Händen ein Buch.

Leopold war wie betäubt vor dem Toten auf die Knie gesunken. Und dann tat er etwas, das er nie einem Menschen erzählt hatte und auch nie erzählen würde. Es war etwas zutiefst Menschliches und für Leopold dennoch oder vielleicht gerade deshalb unaussprechlich. Es war eine beinahe heilige Handlung, aber eben auch eine, die missverstanden werden konnte. Leopold hatte es nicht absichtsvoll getan. Es gab keinen Grund, sich zu schämen dafür. Großvater hätte ihn gewiss verstanden. Großvater ja.

Leopold öffnete die Augen. Da stand er nun. So wie er damals als Sechzehnjähriger hier gestanden war.

Inmitten all dieses Wissens stand er, inmitten all dieser endlos vielen Laden, in diesem holzgetäfelten, würfelförmigen Raum, stand hier, einsam und klein und unwissend und doch mit einer kindlichen Zuversicht, stand hier mit seinen sechsundsechzig Jahren.

Anfangs hatte er gedacht, er würde niemals Großvaters Platz einnehmen können. Niemals an seiner Stelle in dem geradezu königlichen Ohrensessel Platz nehmen können. Doch dann geschah das Gegenteil und ausgerechnet der gepolsterte Sessel im Herrenzimmer, dieses Symbol großväterlicher Autorität, zog ihn an. Leopold fand hier eine Ruhe und Selbstverständlichkeit wie sonst nur in der einsamsten Natur.

Großvaters Bild hing im Herrenzimmer, direkt neben dem Bücherregal. Eine Schwarz-Weiß-Aufnahme in einem schlichten Rahmen aus Akazie. Wenn Leopold zum Regal schritt und Shakespeare den Kopf zur Seite drehte, um den Mechanismus auszulösen und *keinen Raum* zu betreten, ging er jedes Mal unmittelbar an Großvater vorüber – nie ohne zu ihm zu blicken, nie ohne ihm dankend zuzunicken.

Kein Bibliothekar, nicht der allerbeste, hatte Großvater ihn beruhigt, könne ein solches Archiv alleine mit seinen eigenen Einfällen ergänzen. Die Weisheit eines Archivars bestehe vielmehr darin, die richtige Auswahl aus vielerlei Quellen zu treffen. Und dann hatte Großvater ihm anvertraut, dass in *keinem Raum* ein zweites Geheimnis stecke: Die wichtigste Quelle, aus der er altes und neues Wissen schöpfte, war eine Vereinigung von Männern, der Großvater vorstand. Es gebe strenge Regeln, was die Aufnahme in diesen Bund anbelange und er, Leopold, sei noch entschieden zu jung, um aufgenommen zu werden. Da die entsprechende Regel dies nun einmal besage, habe er bewirkt, dass sie für seinen Enkelsohn zwar nicht aufgehoben werde, denn wo würde das hinführen, wenn man eine Regel einfach aufhebe, sondern Leopold werde ohne Aufnahme eingeladen, den informellen Teilen der Treffen beizuwohnen, bis er alt genug sei, regelkonform und hochoffiziell die Mitgliedschaft zu beantragen. Seine Brüder im Bund hätten dieser salomonischen Lösung einhellig zugestimmt. Wohl nicht zuletzt, Großvater lächelte leise, weil sie einiges auf ihre Klugheit und Güte hielten. Und so wurde jener junge Mann, dem erst der Flaum auf der Oberlippe spross, wurde Leopold von Hohensinn, der Erbe *keines Raumes nicht aufgenommen* in einen *nicht geheimen Geheimbund* ehrenwerter, meist reifer Männer aus aller Herren Länder und aus allen nur denkbaren Wissensgebieten. Einmal die Woche fuhr Leopold seitdem zu deren Treffen in die Großstadt. Zurück kam er oft mit einer frischen Idee, einem verblüffenden Zusammenhang, einem erhabenen gleichnishaften Satz – kurzum, mit einer Essenz für *keinen Raum.*

Freilich durften auch jene neuen Freunde Leopolds, die allesamt zumindest seine Väter hätten sein können, nicht erfahren, was sich hinter dem Bücherschrank im Herrenzimmer des Schlosses Litstein verbarg. Niemand ahnte auch nur, damals wie heute, dass Leopold der aktuelle Bibliothekar, Sekretär und Archivar eines viele Generationen übergreifenden Arkanums war.

Wenn er sterben würde, erführen nur zwei Menschen im Nachhinein davon. Alles Wissensnotwendige stand in einem versiegelten Brief, der im Tresor des Notars der Hohensinns lag. Gerichtet war dieser Brief an seinen heute zwanzigjährigen Sohn Vinzenz und seine um zwei Jahre jüngere Tochter Marianne. Sie beide sollten gleichberechtigt sein Erbe antreten. Das war außergewöhnlich, noch nie war das Geheimnis an zwei Nachfolger weitergegeben worden, immer nur an einen und immer nur an einen männlichen Erben. Warum aber eine ungeschriebene Regel nicht umschreiben? Schließlich war er der erste Enkel gewesen, dem die Aufgabe anvertraut worden war. Hätte Vater je erfahren, dass er zugunsten seines nichtsnutzigen Sohns übergangen worden war, es wären ihm gewiss reihenweise sämtliche Zacken aus der Krone gesprungen.

Und allen seinen Vorgängern, männlichen Vorgängern, wäre es trotz ihrer Weltläufigkeit, trotz ihrer betonten Offenheit undenkbar gewesen, anstatt eines Sohnes auch eine Tochter einzuweihen. Wie absurd, dachte Leopold, wie hochgradig absurd! War doch das Um und Auf des Menschseins die existenzielle Einheit aus weiblich und männlich.

Gerne hätte Leopold seine Kinder in das Familiengeheimnis eingeweiht, wie Großvater es bei ihm gehalten hatte. Doch daraus würde vorläufig wohl nichts, Vinzenz und Marianne wollten ja nichts von Litstein wissen, nichts vom Schloss, nicht einmal etwas von der Familie. Bestenfalls zu Ostern und zu Weihnachten kamen sie noch von der Großstadt nach Hause. Nun, eines nach dem anderen, sagte sich Leopold, eines nach dem anderen, vielleicht renkte sich irgendwann ja noch alles ein.

Leopold war der Zehnte aus der Dynastie der Hohensinns, der die mittels Laden sortierte Privatbibliothek leitete. Diese »schöne Zettelwirtschaft«, wie Großvater sie gerne nannte. Zehn Handschriften enthielt das Archiv, bis ins Jahr 1717 reichte es zurück, in jene Zeit, in der die Hohensinns hierher ins Grenzland gekommen waren, die Herrschaft übertragen bekamen und neben der mittelalterlichen Burg das *Neue Schloss* errichteten und darin den Raum, den es nicht gab.

Die verschiedensten Männer hatten dieser Bibliothek gedient, eines war ihnen gemeinsam: der Wille zum Wissenwollen. Der Wille zum Wissenwollen?! War nicht eher gemeint: das Wissenwollen; das Wissenwollen, was hinter den Dingen steckt? Oh nein, gemeint war es genau so, gemeint war der Wille, der uneingeschränkte, an Verrücktheit grenzende Wille zum Wissenwollen, zum Maßstäbe-Sprengen, zum Gänzlich-neue-Winkel-Ausprobieren. Und eben nicht lediglich ein zahmes Wollen. Gemeint war ein Nicht-anders-Können. Ein Wille, größer als man selbst, und eine Hingabe an diesen Willen. Summa summarum gemeint war also der Größenwahn der Litsteiner Grafen seit anno 1717, mehr entdecken, erfahren, erfühlen und erdenken zu wollen, als es andere auch nur im Entferntesten für realistisch hielten.

Auf der Strecke blieb angesichts dieser Leidenschaft jede profane Ambition, jede unternehmerische Anstrengung. Vielleicht blieb Litstein auch deshalb der bescheidenste Besitz des Hohensinn'schen Herrschaftsgeschlechts. Während andere Familienmitglieder in den Niederlanden, Deutschland, Böhmen, im Tirolischen und im Salzburgischen mehr und immer mehr Güter anhäuften und sowohl ihre Ländereien als auch ihren Einfluss im Laufe der

Jahrhunderte erweiterten, war der Litsteiner Zweig vollauf damit beschäftigt, nicht Weltliches zu mehren, sondern nach den Sternen zu greifen. Und nach dem, was gewiss dahinter lag.

Während andere mit Fabrikanten dinierten und mit Bankiers soupierten und mit Politikern debattierten, der vorteilhaften Beziehungen wegen, luden die Litsteiner Schlossherren durchgeknallte Wissenschafter zu sich, Propheten, Alchimisten, Schamanen, verköstigten mittellose Erfinder, Maler, Dichter. Umgaben sich statt mit der prestigeträchtigen Gesellschaft ihrer Zeit mit rothaarigen Seherinnen und kahlköpfigen Geistesauffälligen, mit Sonderlingen und Gauklern, von denen sie sich alles und nichts erhofften, im besten Fall das In-die-Luft-Jagen der Gewissheit von gestern.

Von Beruf waren Leopolds aristokratische Vorfahren das, was adelige Schlossherren immer schon gewesen sind: adelige Schlossherren. Manche malten außerdem, beobachteten Vögel, hielten Kontakt zum Volk, insbesondere zu Mägden und Köchinnen, genossen wie die jeweiligen Kaiser ihre gottgegebene Position und waren gerne *gnädige* Herren, weil sich das gut anfühlte für sie und richtig. Allenfalls galten sie als Philosophen, Humanisten, Spintisierer und vor allem Theoretiker, kurzum: Sie waren zu nichts gut. »Zu nichts zu gebrauchen allesamt!«, schrie sich Leopolds Vater Wilhelm in Rage, wenn er an sie dachte, die unseligen Vorfahren. Tatsächlich war er der Erste, der aus der Reihe fiel, der Erste, der geschickt Geschäfte einzufädeln wusste, in der großen Politik mitmischte, sich Ansehen erarbeitete, ein Lebenswerk schuf. Aber für wen zum Teufel? Für Leopold?!

Als Lohn dafür, dass er im Getriebe der Menschheit eines der Zahnrädchen war, das glänzender und emsiger sich drehte als jene rundum, wurde er, ohne es zu merken, von seinem Vater, Leopolds Großvater, enterbt. Es traf sich also gut für ihn, dass dessen Bruder in Bayern, der Besitzer des prächtigsten aller Hohensinn'schen Schlösser, kinderlos geblieben war und seine Nachfolgerwahl auf Leopolds ehrgeizigen Vater Wilhelm fiel. Als eine Petitesse konnte Wilhelm es daher verbuchen, dass er, was Schloss Litstein anbelangte, in der Erbfolge übersprungen und dieses bestenfalls Schlösschen zu nennende Gebäude samt der windschiefen Burg seinem Sohn Leopold vermacht wurde.

»Leopold«, hatte Großvater gesagt, »dein Vater erbt den wertvollsten Besitz der Familie, die Ländereien und das Schloss in Bayern. Du aber erbst das Wertvollste weit darüber hinaus, du erbst *keinen Raum*. Und dazu erbst du, was sich nun einmal drum herum befindet, also Litstein.«

»Philosophie?!«, schrie sein Vater, als ihm Leopold antwortete, was er einmal zu studieren gedenke. »Wozu Philosophie?!«, krächzte Wilhelm fassungslos, das sei doch das schwachsinnigste Studium überhaupt. Alles, was es da herauszufinden gelte, sei längst erledigt, von den Alten Griechen! Er solle gefälligst ein Fach wählen, mit dem die Menschheit etwas anfangen könne und womit sich Geld verdienen ließe. »Juristerei oder Wirtschaft. Herrgott noch mal!«

Leopold versuchte, sich seinen Spaß nicht anmerken zu lassen. Tags zuvor erst hatte er von den Erbschaftsplänen erzählt bekommen, hatte erfahren, dass Großvater, der klügste Mensch, den Leopold kannte, seinen Vater, den lautesten Menschen, den Leopold kannte, als Nachfolger für ungeeignet hielt.

»Und weshalb«, schrie ihn Vater Wilhelm an, »weshalb grinst du jetzt auch noch so frech?!«

Da fiel Leopold ein, dass Vater bald fort nach Bayern ziehen würde.

»Wieso du so grinst, will ich wissen! Verflucht noch einmal!«

Dass er nicht an diese eine, oberste Lade in drei Metern Zimmerhöhe käme, mache nichts, hatte Großvater gemeint. Im Gegenteil, das habe schon seinen Sinn. Leopold solle, auch wenn die Versuchung groß sei und manchmal womöglich beinahe unerträglich, nie eine Leiter hierher mitnehmen. Eine Leiter, sagte Großvater, wäre ihm nur scheinbar dienlich, in Wahrheit aber würde sie alles verderben. Leopold solle Vertrauen haben in sich, alles werde sich fügen zur rechten Zeit.

»Keine Leiter«, hatte Großvater wiederholt und dem adoleszenten Leopold nachdrücklich in die Augen gesehen. Sein Wort alleine hätte den jungen Leopold davon abgehalten, heimlich mittels einer Leiter nachzusehen, was sich in der unerreichbaren Lade verbarg. Doch zudem auch noch dieser Blick Großvaters! Wie fürsorglich er ihn betrachtet hatte. Als spräche er kein Verbot aus, sondern einen herzenswarmen Rat.

»Und, Leopold?«

»Ja, Großvater?«

Großvater hatte nicht geantwortet, sondern Leopold nur amüsiert angesehen, und das reichte, Leopold hatte verstanden. »Gut, Großvater, versprochen«, sagte er. »Auch den Schreibsessel nehme ich nicht zu Hilfe, um so vielleicht, wenn ich mich strecke, an die höchste Lade zu kommen.«

Großvater nickte zufrieden. Und lachte plötzlich. Lachte, lachte, lachte. »Weil ich mich freue für dich, Leopold«, sagte er, als hätte sein Enkelsohn ihn danach gefragt. »Weil ich mich sehr freue.«

Es war damals einer der glücklichen Tage gewesen, da sie beide, Großvater und er, sich verschworen hatten; einer der glücklichsten Tage, weil sie sich wie blind verstanden. Vielleicht war es sogar der glücklichste Tag in Leopolds Leben gewesen, als sie damals vereinbarten, dass keine Leiter nötig sei, um alles einmal zu erreichen.

Graf Leopold von Hohensinn schreckte aus seinen Gedanken hoch. Verwirrt sah er auf die Armbanduhr. 16 Uhr vorbei. Himmel! Gleich würde Elisabeth kommen, mit der Schriftstellerin, die sie eingeladen hatte. Recht war ihm das nicht, er hätte lieber seine heilige Ruhe gehabt. Aber Elli sollte es gut gehen und sie hatte sich so sehr auf den Besuch gefreut, sei's drum. Ja, Himmel, sei's drum, dachte Leopold. Hoffentlich ist diese Schriftstellerin nicht allzu neugierig, dachte er, na ja, er würde sie mit ein paar Floskeln abspeisen, freundliche Nasenlöcher machen und dann verschwinden, die beiden Frauen einander überlassen, sich ins Herrenzimmer verdrücken oder in den Wald flüchten.

Seine Vorfahren mochten sich Gott und die Welt ins Schloss geladen haben, ihm reichte Gott in der Welt und die Welt samt Gott darin in seinen Gedanken. Zudem hatte er seine sphärenweit ihn lotsenden Bücher, seinen illustren Großstadtzirkel und – das vor allem – die Natur rund um Litstein. Im Notfall, wenn die Schriftstellerin lästig würde, fiel Leopold ein, könnte er auch mit dem Ruderboot raus auf den Teich! Ja, es gab immer eine Lösung. Natürlich! Kein Problem! Leopold stand auf, warf sich das alte Tweedsakko mit den abgewetzten Lederflicken über und verhaspelte sich im linken, verkehrt herum gestülpten Ärmel.

- 7 -

Du kamst den Waldweg entlang. Ich stand auf und ging dir entgegen. Es waren nicht mehr als zehn Meter, die wir aufeinander zugingen. Während dieser zehn Meter fühlte ich mich zum ersten Mal wieder durch und durch als Frau, als weiblich, als schön und begehrenswert.

So hatte es begonnen mit uns. Erinnerst du dich? So hatte es begonnen, indem wir zugingen aufeinander.

- 8 -

Elli war hin und weg: »Es war gar nicht nötig, sie auszudämpfen, auszudrücken, auszudingsen! Und es war lustig, wie diese buckligen Kräuterzigaretten – echt lustig!, stimmt's?! – wie die einfach … verdampften im Aschenbecher. Das war doch Wahnsinn: Gerade waren sie noch da und dann … weg! Eigentlich nicht weg. Nur unsichtbar, verwandelt in einen selbst, drinnen in einem. Eine Metamorphose quasi. Der Wahnsinn.«

Nachdem sie auch noch eine zweite von Kristynas Kräuterzigaretten probiert und einen weiteren und dann noch einen allerletzten G'spritzten getrunken hatten, verabschiedeten sich Aliza und Elli von ihrer neuen besten Freundin, die davon nichts wusste.

Sie schwangen sich, ordentlich bedient, auf ihre Räder und fanden schon das Aufsteigen amüsant. Dann versuchten sie, nach Schloss Litstein zurückzuradeln. Kristyna Janouch sah ihnen nach. Ich hätte ihnen Verbandszeug mitgeben sollen, dachte sie.

Während Aliza und Elli waghalsige Bögen fuhren, von rechts nach links und von links nach rechts die Breite des Sandwegs ausreizten, dem bauchkitzelnden Hin- und Herschwappen der Erdanziehung entgegenjauchzten, dabei die Fliehkraft herausforderten und spitze Laute ausstießen, bewegten sich ein paar Hundert Meter entfernt lautlos Waldschachtelhalme im Nachmittagswind.

Waldschachtelhalme – jedes der feingliedrigen Bäumchen vielleicht dreißig Zentimeter hoch, ein friedliches, lichtgrünes Miniaturwäldchen, den Waldboden märchenhaft säumend gleich einem Teppich aus streichelweichem Nichts. Seit Anbeginn des Holozäns wuchsen die urzeitlichen Pflänzchen an diesem Ort, an dem seit wenigen Hundert Jahren ein Weg vorbeiführte, auf dem in diesen Minuten zwei Frauen auf Rädern heraneierten. Zu schnell heraneierten. Aliza war die Erste, Elli folgte unmittelbar darauf. Kreischend, wie womöglich in jedem Erdzeitalter bei Stürzen gekreischt wird, landeten sie in den Farnen. An diesem Flecken war es das Spektakulärste, was sämtliche Generationen der feengleich zarten Pflanzen erlebt hatten seit elftausendsiebenhundertvierundfünfzig Jahren.

Graf Leopold von Hohensinn fragte sich, wo Elli mit dem Gast blieb, mit dieser Schriftstellerin. Im Grunde hatte er es überhaupt nicht eilig, sie kennenzulernen. Im Grunde wäre es ihm recht gewesen, gar niemanden zu treffen. Aber Elli hatte gesagt, er solle unbedingt ab 16 Uhr wieder daheim sein, und jetzt war es fast 17 Uhr und noch keine

Spur von den Frauen – und Leopold wollte es endlich hinter sich haben.

17.09 Uhr. Elli und Aliza begutachteten die leichten Abschürfungen an sich selbst und aneinander. Und konnten gar nicht mehr aufhören zu lachen.

17.14 Uhr. Elli und Aliza fanden es witzig, wie die Fahrräder ineinander verkeilt auf dem Waldboden lagen.

17.18 Uhr. Elli und Aliza lachten über dies und das. Es war ein Lachen in Wellen. Es kam und geriet stärker, und kam und geriet stärker, aber es ging nie. Sie bemerkten, dass sie es nicht unter Kontrolle hatten. Das fanden sie unglaublich komisch. So erreichte ihr Lachen einen neuen Höhepunkt.

17.37 Uhr. Lachen – das war eine interessante Entdeckung – ermüdete.

17.42 Uhr. Elli und Aliza gähnten, lachten ein wenig darüber.

17.51 Uhr. Elli und Aliza sahen sich zum ersten Mal ruhig um. Nahmen das Wäldchen aus Waldschachtelhalmen wahr, in das sie gebettet waren. »Wie schön«, sagte Elli. »Ja, unglaublich schön«, sagte Aliza.

17.56 Uhr. Aliza und Elli legten sich, einfach so, nebeneinander auf den Rücken. Rund um sie das hellgrüne, in der frühen Abendsonne glitzernde Farnwäldchen. Flach auf dem Boden liegend, das

Gesicht zur Seite gewandt und die Pflanzen derart nahe, erschien der Waldschachtelhain als prähistorischer Urwald. Er hatte bis zum heutigen Tag der Zeit standgehalten. »Um uns aufzunehmen«, flüsterte Elli. »Um uns in sich aufzunehmen«, wiederholte Aliza brabbelnd.

17.58 Uhr. Aliza und Elli empfanden ihre Körper schwer und schwerelos zugleich, empfanden sich unglaublich jung und unglaublich erfahren, wussten sich umsorgt und sicher, und diese Müdigkeit, die war so angenehm, dass …

18.01 Uhr. Aliza und Elli schliefen.

18.32 Uhr. Waldameisen entdeckten sie. Und Käfer. Und Spinnen. Was waren das nur für neue, riesige Gebilde? Zwei waren es wohl und sie schienen zu leben und doch auch wieder nicht. Etwas mochte existieren in diesen unfassbar großen Gebilden, diesen festen und zugleich bewegten Hüllen. Etwas schien darin zu wohnen, etwas rührte sich. Womöglich verbarg sich ein Quell in diesen dickhäutigen, unförmigen, ewig reichenden Körpern. Ein Dröhnen war darin, ein Pochen und Rauschen und Strömen. Was sind das nur für ewige Wesen, fragten sich die Tiere rundum. Und begannen sie zu erforschen.

- 9 -

Die Frauen träumten.

Ellis Lider zitterten im Schlaf. Ihr Geliebter drang ein in sie. Und es war ihr, wie jedes Mal, wie das erste Mal. Und es war ihr, wie jedes Mal, ein Erwachen. War ihr, als begänne jetzt – jetzt das Leben. Nun war sie verbunden mit der Welt, nun erst war sie pur sie selbst. Alles zuvor war ein seichter Traum gewesen, alles zuvor war der Warteraum gewesen für das Leben, wie es gedacht war.

Alizas war einer jener Träume, in denen sie sich hellwach glaubte, einer jener Träume, die glasklar waren, eindrücklicher und plastischer, als wach Erlebtes sein konnte. »Wieso denn Einsiedlerin?«, sagte Kristyna Janouch glasklar real, »und wieso einsam?« Sie lebe keineswegs alleine im Forsthaus. Ihre Enkelin wohne doch bei ihr. Nicht immer, aber immer dann, wenn sie vom Job in der Bücherei wegkönne, komme sie aus der Großstadt zu ihr. Derzeit? Nein, derzeit sei sie gerade nicht da. Wie ihre Enkelin heiße? Malina. Ja, wie Ingeborg Bachmanns Roman und wie die vielleicht allegorische, vielleicht reale Figur in *Das Mädchen an der Grenze.* Aber auch wie die von Stacheln bewährte zarte Frucht. Slawisch sei der Name, Himbeere bedeute er. Und auf Hebräisch die Erhabene, die Entrückte, die auf die Welt Blickende. Ja, Himbeere, süß und weich und kostbar und rundum von feinen Stacheln bewährt. Wer nicht sorgsam sei, zerkratze sich die Handrücken, wer gefühllos vorgehe und unbedacht an den Rispen rüttle, verursache, dass die Beere unwiederbringlich im Dickicht zu Boden falle. Nein, derzeit sei sie nun einmal nicht da. Ob sie einwilligen würde, mit ihr, der Schriftstellerin, zu reden? Für den Roman, in dem alle Bewohner dieser Gegend Aufnahme finden sollen, alles Leben? Wir könnten ja nach ihr rufen. »Malina!«

Aliza riss die Augen auf. Ein Traum. Doch wie echt!

»Elli! Elli, wach auf!«

Elli erzitterte. Ihr Geliebter glitt von ihrem Körper. »Aliza! Oh nein! Warum hast du mich geweckt!?«

»Ich hab was geträumt und weiß nicht, ob es wahr ist.«

Elli sah Aliza wie betäubt an, noch halb weggetreten, selig und mitgenommen zugleich. »Es war sicher wahr«, sagte sie schlaftrunken. »Glaub mir, ich weiß, wovon ich rede, alles, was du träumst, ist so was von wahr, pfffff.« Elli wandte sich im Liegen ab, griff sich an ihre Brüste, suchte die satte Schwere ihres Körpers, wollte verschwinden noch einmal, schmiegte sich gegen den Waldboden, gegen die weiche, sie immerhin halb wieder aufnehmende

Erde, die hier mit Farnen, mit Waldschachtelhalmen bewachsen war, seit vielen Tausend Jahren.

Elli war Aliza keine Hilfe. Es stellte sich heraus, dass sie nicht die Spur einer verlässlichen Erinnerung hatte an das gemeinsame Gespräch mit Kristyna Janouch, bei der die beiden doch den halben Tag verbracht hatten, jener Frau, die ihnen so wandelbar erschienen war; die jeden Moment den Eindruck erweckte, zu tun und zu lassen, wonach ihr war, die zerlumpt und verschwitzt aus dem Wald gekommen war – und fürstlich keck logierte in diesem Nirgendwo-Haus, umgeben von ihrem betörenden Kräuter-Blumen-Garten. Sie hatte ein abenteuerliches Leben hinter sich und besaß eine Ruhe, als wüsste sie, dass sie noch das halbe Leben und das doppelte Vergnügen vor sich hatte. Stunden hatten Elli und Aliza bei ihr zugebracht, auf ihrer Veranda, und die anfängliche Spannung war rasch gewichen. Sie hatten von Kristynas selbst kreierten Kräuterzigaretten probiert und den Wein mit immer weniger Wasser verdünnt und geplaudert und gelacht und einander Gedanken anvertraut, die nur Frauen einander anvertrauen, und es schien, als kannten sie einander eine Ewigkeit, und gefühlt gab es nichts Trennendes mehr zwischen ihnen und Kristyna verfiel nicht auf die Idee, zu erwähnen, dass sie es immer wieder einmal mit Ellis Ehemann Leopold trieb.

Leopold, ihr lieber Leopold. Manchmal taten sie es wie selbstvergessene Tiere. Manchmal langsam und zart. Immer aber einander und sich selbst erstaunend wie haltlos Spielende. Für gewöhnlichen, durchaus guten, aber eben nur einfarbigen Sex, griff Kristyna auf jüngere Männer zurück, statt auf den sie so herzlich berührenden Freund. Kristyna lächelte zärtlich, als sie an Leopold dachte. Die anderen, die sie besuchen durften, waren auch ihre Freunde, alle taten ihr gut. Mit einigen unterhielt sie sich nur, spielte Schach, kochte, teilte mit ihnen die Natur, tauschte sich mit ihnen aus über Gelesenes, Gedachtes. Wobei das Körperliche doch eine Rolle spielte. Wieso hatten viele Menschen solche Scheu davor? Eine Berührung, ganz zart, unverfänglich. Atem auf Haut. Die Hand, kurz, ganz kurz und andeutend nur, auf einem Unterarm. Leben. Leben war das. Blätter, die einander im Wind berührten.

Viele Junge heutzutage konnten damit nichts anfangen, waren wie taub für diese Schönheit. Sie saßen einem Missverständnis auf. Sie trennten zwischen ihrem Herzen und ihrem Körper. Als könnten sie wahlweise ihr Herz oder ihren Körper beiseitelegen für eine Weile. Einmal dies und einmal das begehrten sie, mit dem Ergebnis, keines von beiden ganz zu erlangen.

Ihr alter Freund Leopold hingegen war diesbezüglich weise wie ein argloses Kind. Und beim

Rest hatte sie ihm geholfen, ihm Offenheit erwiesen. Und für ihn gesorgt. Wie kurzsichtig von der Welt, dass sie Leopold unterschätzte. Wie gut, dass es ihm nichts mehr anhaben konnte, seit er sich seiner gewiss war durch sie. Wind. Wind in Ästen, Zweigen, Blättern.

Alle Männer sind gleich. Dumm und unbeabsichtigt zutreffend zugleich war der Spruch. Kristyna hatte, als sie von ihren Besucherinnen danach gefragt worden war, an die Reihe ihrer Liebhaber gedacht. Keinen freilich gab sie preis. Die beiden Frauen waren so weit in Ordnung, aber diese Männer, an die sie im Moment dachte … nein, sie waren ihre, ausschließlich ihre Männer. Sie beschützte sie, nie verriet sie einen. Auch nicht vor sich selbst.

Sex war ein Seelenöffner. Sex beförderte das Ehrlichste, das Eigentliche der Männer an die Oberfläche. Sex, jedenfalls, wenn man es richtig anging mit den Männern, zeigte den Männern, wer sie waren. Vielen war das blankes Neuland. Regelrecht ein Erweckungserlebnis. Es machte sie zugeneigt und dankbar ohne Maß und Ziel. Und ehrlich und pur. Alle. Ja, alle Männer waren gleich. Alle Menschen waren gleich.

»Okay, Kristyna, wenn man es richtig angeht mit den Männern, ist das so, sagst du … aber wie geht man es richtig an?« Wenn sie lachten und lebhaft wurden, wirkten Aliza und Elli jünger, als sie waren. Schön war es, die beiden zu beobachten; schön, wie sie zuließen, mädchenhaft zu werden, freihändig sicher.

Würde sie es ihnen nahebringen können? War es möglich, jemandem Unerklärbares zu erklären? War es möglich, zu beschreiben, wie es war, ineinander zu versinken und den anderen und allumfassend Leben in sich zu haben?

»Es geht nur«, sagte Kristyna mit einem finalen Gesichtsausdruck, »wenn beide die Hosen runterlassen.«

Aliza und Elli sahen einander an ... Prusteten los.

»Nicht wortwörtlich, ihr Kindsköpfe! Nun, schon wortwörtlich, das auch ...« Kristyna hatte es geahnt, Dinge zu erklären war nicht ihre Stärke. Zudem spürte auch sie die Wirkung des Weins.

»Mädchen! Ihr wisst das doch ohnehin alles selbst! Es geht einfach ums Fallenlassen der Schutzschilder, ums Wirklich-Sein. Nicht größer machen, nicht kleiner machen, nichts vorspielen, nicht künsteln. Sondern halsbrecherisch springen. Es einfach drauf ankommen lassen, ob das, was zum Vorschein kommt von einem, für den anderen passend ist. Eigentlich geht's ums Hosenrunterlassen vor dir selbst. Der andere nimmt dann dein Bild auf, deine Art, er ist dein Lebensspiegel. Und du der seine. So führt Sex zum Einssein, zum Einssein nämlich mit dir. Du und dein Partner und alles zeitlos rundum: eins.

Beim über das Körperliche hinausgehenden Sex erfährst du das unmittelbar, weil mit einem Mal alle Schleier fallen, alle Wände, alle Dämme brechen und du wie in einer anderen Dimension bist und erlebst, dass atmen nicht atmen war, dass guter Sex nicht guter Sex war und dass deine wahre Natur eine höhere Schönheit besitzt, als du dir je erträumt hast.«

Nun lachten Elli und Aliza nicht mehr.

»So was will ich«, sagte Aliza.

Nun lachte Kristyna.

Elli hingegen, Elli rührte sich nicht. Blickte nur verträumt.

Ziemlich verquer, was da abläuft, dachte Kristyna. Sie fand Leopolds Frau Elli leider sympathisch, so sympathisch, dass sie sich für Elli und für Leopold wünschte, dass die beiden wieder zueinanderfinden mochten. Zugleich, Kristyna bemerkte es wie gegen ihren Willen, lähmte sie die Vorstellung, dass Leopold mit einer anderen Frau Ähnliches erleben könnte wie mit ihr.

Aber Unsinn, Kristyna lächelte, mit einer andern Ähnliches erleben wie mit ihr … das war ohnehin unmöglich. Jetzt war ihr ein dreckiges Schmunzeln entkommen.

Schlechtes Gewissen hatte sie nicht. Ohne ihre Liebschaft mit Leopold ginge es Elli keine Spur besser. Und gekränkt wäre sie erst, erführe sie davon. Wobei es freilich absurd war, dass sie hier wie eine verschworene Frauenrunde auf der Veranda zusammensaßen und über Männer redeten, über Sex und wie Frau und Mann es am besten anstellten. Was soll's, spätestens morgen würden sich weder Elli noch Aliza an Details erinnern. Die Selbstgedrehten, an denen die beiden hemmungsfrei saugten, als wären es rosa Zuckerstangen, würden ihnen die Festplatten löschen. Jetzt befeuerten die Filterlosen ihre Fantasie, nährten ihr Unbewusstes, bald aber bliebe an konkreter Erinnerung nicht mehr als ein Häufchen Asche und angesengte Gedankenfetzen, die bei der ersten Berührung zerfallen würden.

- 10 -

Als sich Elli und Aliza nach ihrem Schläfchen aus den Schachtelhalmen hochrappelten, ihre Fahrräder zusammenklaubten und sich, halb im Finstern schon, auf den Heimweg nach Litstein machten, etwas wackelig noch, konnten sie sich an Folgendes mit letzter Sicherheit erinnern:

Erstens, sie waren bei Kristyna gewesen.

Zweitens, sie hatten Wein getrunken. Ja, Wein, ganz sicher, es war Wein gewesen.

Drittens, sie hatten irgendwelche Kräuterzigaretten geraucht. Gut hatten die geschmeckt! Überraschend gut! Aromatisch.

Viertens, sie hatten noch mehr Wein getrunken. Oh ja!

Fünftens, der Wunderlampenrauch dieser Kräuterzigaretten schien allerlei verschiedene Farben und Formen annehmen zu können. In einem drinnen und so, oder? Ja, in einem drinnen, das war doch Wahnsinn, stimmt's? Und auch draußen, ja auch außerhalb!

Sechstens, sie hatten noch mehr Wein getrunken.

»Immerhin«, sagte Elli zuversichtlich, »wir können uns an sechs Dinge erinnern.«

»Gar nicht so schlecht«, befand Aliza.

Sie radelten nebeneinander, traten, unabgesprochen, gerade nur so fest in die Pedale, dass sie nicht umfielen. Elli balancierte links von Aliza, Aliza balancierte rechts von Elli.

»Auf dem Klo waren wir sicher auch«, sagte Aliza, die jetzt plötzlich und unversehens links von Elli fuhr.

»Genau! Am Klo müssen wir ja quasi gewesen sein!«, antwortete Elli.

»Gut! Dann haben wir jetzt schon sieben Erinnerungen.«

»Sieben. Schöne Zahl«, befand Elli.

»Sag, und worüber haben wir geredet?«

…

…

…

»Wir waren zig Stunden dort, um Himmels willen! Wir müssen doch irgendetwas geredet haben!«

»Jedenfalls war es lustig«, sagte Elli.

»Ja, lustig war's. Und spannend«, sagte Aliza. »Ich glaub, spannend war's auch.«

»Ja, Kristyna hat interessante Dinge erzählt. Aus ihrem Leben und so, oder?«

…

…

»Wir haben Wein getrunken!«

»Ja. Aber das haben wir schon abgehakt«.

»Genau! Stimmt!«

…

»Männer! Wir haben über Männer geredet.«

»Echt?«

»Ja!« Aliza bremste abrupt. Die Fahrradreifen schnaubten kurz gegen den Sandweg. »Jetzt erinnere ich mich!«, rief sie. Breitbeinig stand Aliza über dem Rahmen ihres Rads. »Wir haben über Männer geredet! Und du … genau, genau, genau! Du hast gesagt, du hättest gerne einen Liebhaber!«

Elli war vorausgefahren, blieb nun abrupt stehen, dreht sich um und rief: »Blödsinn!«

»Doch!« Aliza lachte befreit. »Zumindest hast du so eine Andeutung gemacht! So eine Andeutung, dass du gerne einen Liebhaber hättest!«

»Nein!«, protestierte Elli.

Die beiden standen mit ihren Rädern vielleicht zehn Meter voneinander entfernt.

»Doch, doch, doch, jetzt weiß ich's wieder ganz genau!«, rief Aliza. »Du hast gesagt, du willst einen, der akzeptiert, dass du verheiratet bist und dass du nicht riskieren kannst, das Schloss zu verlieren und alles, einen, der dich so nimmt, wie du bist.«

»Blödsinn!«, rief Elli. »Und außerdem, schrei nicht so!«

»Aber wir sind doch mitten im Wald. Ist doch egal, wenn ich schreie. Hört doch keiner.«

»Schrei einfach nicht so!«, schrie Elli.

Aliza fuhr nahe an sie heran. Beugte sich zu ihr.

»Und weißt du was«, flüsterte sie, »mir kam es so vor, als wünschtest du dir nicht nur einen, sondern als hättest du schon einen, als gäbe es schon wen.«

»Nein«, protestierte Elli, nun ebenfalls flüsternd, und obwohl es schon einfinsterte im Wald, war zu sehen, dass sie rot anlief. »So was habe ich sicher nicht angedeutet«, sagte sie, stieg aufs Rad und stieß sich ab. »Und falls doch, dann wäre das nur so dahingesagt gewesen.«

In diesem Moment schoss Aliza eine Möglichkeit in den Sinn – und nun war es ihr Puls, der beschleunigte. Eine einzige von irgendwoher kommende Idee hatte gereicht, um ihre Stimmung ins Gegenteil zu drehen. Ein Einfall nur und die Welt um sie war zu einer anderen geworden. Atem, Herzrhythmus, Hautspannung verändert. Die Biochemie ihres Körpers: verändert. Innerhalb eines Wimpernschlags. Der leichte, launige Zustand von zuvor: weg. War es der Trafikant, war es Peter, den Elli zum Liebhaber hatte?!

»Ist es Peter Rosenberg, der Trafikant?!«, rief Aliza Elli hinterher. »Hast du mit ihm etwas?!«

»Der Trafikant?! Was … der Peter? Nein!« Erleichtert lachte Elli, sah zu Aliza zurück. »Peter ist ein lieber Freund von mir, nichts weiter. Gefällt er dir denn?«

Die Gefechtslage zwischen den beiden Frauen hatte sich mit einem Mal gedreht. Nun fand sich nicht Elli, sondern Aliza in der Defensive. »Gefallen?? … Nein … nein, wirklich nicht! … Aber er ist nett, finde ich. Er ist schon sehr sympathisch.«

Elli fuhr los. »Das muss ich Peter unbedingt sagen!«, rief sie. »Dass du auf ihn stehst! Das freut ihn sicher!«

»Nein! Mach das ja nicht! Und bleib stehen! Warte auf mich! Bleib stehen!«

Elli trat in die Pedale, ließ das Rad dann hügelan auslaufen, sah zur hinter ihr sich abstrampelnden Aliza und hielt am Wegesrand.

Kurz darauf standen die beiden Frauen nebeneinander. Aliza schnaufte. Elli sah sie an. »Der Peter also«, sagte sie.

»Einen Liebhaber also wünschst du dir«, feixte Aliza.

Und dann blickten die beiden Frauen einander in die Augen. Und ließen einander ihre Gedanken sehen. Und ihre Mundwinkel zuckten nach oben.

Finsternis legte sich in den Wald. Und mit ihr ein flüchtiger Duft letzter Wärme. Darein mischte sich die Kühle der Nadelbäume, der Geruch von Harz und Rinde. Der Wald atmete Klarheit aus.

»Ich hätte jetzt Lust auf eine Zigarette«, sagte Elli.

»Ich dachte, das bei Kristyna war nur eine Ausnahme.«

»Ja, aber jetzt hätte ich wieder Lust.«

»Die ganze Welt hört auf zu rauchen und du beginnst damit?«

»Hm.« Elli hob und senkte die Schultern.

Die Frauen legten die Räder in den Graben neben dem Weg, kletterten die von Heidekraut bewachsene Böschung hinauf und wählten als Rastplatz einen wuchtig und breit aus der Erde buckelnden Stein. Nachdem sie sich gesetzt und die Beine anzogen hatten und nun still rauchten und, mit den Fingerkuppen die eine, mit der flachen Hand die andere, über den grobkörnigen Granit strichen, empfanden beide ähnlich. Es war ihnen leicht und auch schwer zumute. Als würden sie von diesem Steinriesen emporgehoben und zugleich mit der Welt verbunden. Nur der Scheitel dieses Hunderte Tonnen mächtigen Restlings ragte aus dem Boden. Sein Körper aber ruhte im Erdinneren, neben Tausenden anderen. Es waren Reste des Variskischen Gebirges, der höchsten Erhebung, die es je auf Erden gab und die vor dreihundertfünfzig Millionen Jahren hier die Wolken berührte. Geblieben war dieses Hochplateau, in dessen Zentrum, mitten im Wald, nun zwei Frauen zu den Gestirnen blickten.

»Wie still es hier ist«, flüsterte Aliza.

»Ja«, sagte Elli leise. »Und schau nur, wie nahe die Sterne stehen.«

***

Ein Rauschen und Dröhnen rückte näher. Als kündigte ein Meteorit sein Niederstürzen an. Das Rauschen wurde wuchtiger und kam noch näher. Und dann schoss, angekündigt und trotzdem wie aus dem Nichts, eine Tonne beleuchtetes Metall durch den Wald. Am Steuer des großen Wagens saß Leopold. Graf Leopold von Hohensinn. Er raste, als wäre er dem Wahnsinn nahe.

Nach und nach legten sich die Staubwolke und der Lärm und die Vibration der Welt.

»Ich habe ganz vergessen«, sagte Elli, »dass ich dir heute meinen Mann vorstellen wollte. Wir hätten ihn nachmittags treffen sollen. Das da«, sie hob die Hand, »das da gerade eben, das war er.«

Der Wagen hatte sich entfernt. Nach und nach wurde es wieder ruhig im Wald. Ruhig … wie ruhig. Völlig still.

»Wir hatten Glück«, sagte Aliza leise, »dass wir hier oben auf dem Stein sitzen. So wie dein Mann rast, hätte er uns glatt überfahren.«

»Die Fahrräder im Graben hat er auch nicht bemerkt.«

»Nein.«

»Sollen wir noch eine rauchen?«

»Mhm.«

…

»Kann schon einmal passieren«, sagte Aliza.

»Was?«

»Dass jemand so rast.«

»Er sucht uns vermutlich.«

»Willst du ihn nicht am Handy anrufen?«

»Hier gibt's keine Verbindung.«

»Wir stellen uns einfach runter auf den Weg und warten, bis er zurückkommt.«

»Bist du lebensmüde?«

»Stimmt … Wir fahren zurück und hoffen, beim Schloss zu sein, bevor dein Mann retourkommt und uns niederwalzt.«

»So machen wir's.«

»Ja, so machen wir's.«

***

Elli und die Schriftstellerin? Die seien vor Stunden schon aufgebrochen, sagte Kristyna Janouch, als Leopold in finsterer Nacht bei ihr auftauchte und nach seiner Frau fragte.

Leopold betrachtete Kristyna, die ihm im Kimono die Tür geöffnet hatte. Er wusste, dass das gerade unpassend war, aber er dachte und fühlte so manches, als er Kristyna so sah: ihre zarten Schultern unter dem seidig dünnen Stoff, ihre leicht geöffneten Lippen, die hohen Wangen und ihren Herbstteichblick. Das, dachte Leopold, das jetzt ist das Leben, lebe es. Er sah sie an.

Was soll der Blick?, dachte Kristyna.

Sie kannte diesen Blick natürlich. Gerade deshalb fragte sie sich ja, was dieser Blick sollte, jetzt und hier und in dieser Situation.

»Ich habe«, sagte Leopold, weil es galt, das Leben zu leben und zu feiern und zu preisen, da doch nur jetzt dieses Jetzt war und morgen und übermorgen und ewig womöglich nie mehr wieder solch ein zauberhaftes Jetzt, »ich habe dich, Kristyna … ich empfinde, Kristyna … unglaublich schöne Lust auf dich. Sollen wir?«

»Spinnst du?! Deine Frau ist da draußen irgendwo. Schon vergessen?!«

Sie verscheuchte ihn mit einer ruppigen Handbewegung.

Also zog Leopold wieder ab.

Sie sah ihm zu, wie er davonschlich und ins Auto stieg, lächelte leise. Kopfschüttelnd schloss sie die Tür. Ich empfinde unglaublich schöne Lust auf dich … Unglaublich. Schöne. Lust. Ach, wie sie ihn liebte! Wie sie ihn liebte, ihren Leopold! Ihren verrückten, lieben Leopold. Schöne Lust! Kristyna lachte hell auf, ging zurück ins Schlafzimmer.

Anfangs fuhr Leopold auffällig langsam den Weg zurück, weil er nachdachte. Nachdachte übers Leben. Und über das Jetzt von zuvor. Und über das Jetzt jetzt. Dann besann er sich – und stieg in die Vollen. Weil er sich plötzlich schreckliche Sorgen um Elli machte. Er raste den Sandweg zurück durch den Wald, touchierte in einer Kurve ein nachgiebiges Jungbäumchen und testete, ob sein Schutzengel, heftig flügelschlagend und japsend, es schaffen würde, das Tempo auch den Rest der Strecke mitzuhalten. In Litstein schoss Leopold das Kopfsteinpflaster der langen Auffahrt hinauf, driftete über das Wiesenstück bei der Burg, beschleunigte nochmals und schliff den Wagen im geschotterten Schlossvorhof so ohrenbetäubend zusammen, als bremste ein Flussfrachter mittels frontalen Einrauschens ins Kiesbett. Leopolds von anderen Ausflügen rundum lackzerkratzte und angeschrammte Land Rover kam schutzengel-exakt so zu stehen, dass die Gummierung der Stoßstange das Schlossportal zärtlich küsste. Leopold drehte also um, lief um die andere Seite des Wagens, weil er nicht über die Motorhaube klettern wollte, stürmte in den Salon und: war erleichtert. Elli und ihr Gast saßen wohlauf beisammen. Sie mussten soeben ein kleines Abendmahl vorbereitet haben, ein Korb mit geschnittenem Brot und eine einfache Platte mit Schinken und Käse standen auf dem Tisch und die beiden

Frauen schienen durchaus unversehrt, wenn sie ihn auch großäugig anstarrten, als bestünde irgendein Grund dazu.

»Guten Abend.« Leopold adjustierte sich. »Schönen guten Abend. Sie müssen Aliza Berg sein, sehr angenehm!«

DRITTER TEIL

- 1 -

Ellis Mann, Graf Leopold von Hohensinn, war ein sympathischer Chaot. Beinahe wäre er mit dem Auto durch die Wand gekommen. Er begrüßte mich mit Handkuss, war herzzerreißend komisch in seiner Höflichkeit und vergaß vor lauter Etikette beinahe seine Frau. »Dir natürlich auch einen guten Abend, Elli.« Er küsste sie auf die Wangen.

Nachdem er endlich bemerkt hatte, dass er immer noch den Jägerhut aufhatte, samt Gamsbart darauf, lupfte er ihn mit einer linkischen Bewegung vom Kopf, als wäre es mit etwas Raffinesse durchaus möglich, sein Missgeschick vor mir ungesehen zu machen. Er hatte gescheiteltes, luftig gewelltes Haar, das trotz seines Alters noch mehr brünett als grau war. Über seinem birnenförmigen Bäuchlein spannte sich ein akkurat gebügeltes, marineblaues Hemd, in das – über dem Birnbäuchlein, seitlich des Nabels – aufdringlich dezent seine Initialen LvH eingestickt waren. Er trug ein offensichtlich in die Jahre gekommenes, doch gepflegtes Tweedsakko mit beigen Lederflicken an den Ellenbogen. Seine mausgraue Knickerbockerhose bedeckte gerade noch die Knie. Dazu trug er für die Jahreszeit viel zu dicke forstgrüne Stutzen, die in braunen Halbschuhen mit Lederquasten steckten. Kurzum, Ellis Mann war mutig gekleidet. Eine Mischung aus Schulbub, Pensionist und Förster. Freundlich stand er vor mir. Lächelte mich an. Lächelte, als betrachtete er wohlwollend, doch vollends ahnungslos ein abstraktes Gemälde.

In den folgenden Wochen schaffte ich es nicht, hinter seine Fassade zu sehen. Wenn ich Augenkontakt suchte, senkte er wie verschämt den Kopf oder er blickte mich verklärt an, als befände sich lediglich sein Körper im selben Zimmer wie ich, er selbst aber in anderen Sphären, in Räumen, die zu durchmessen ihm allein vorbehalten war. Immerhin, ab und zu passierte ihm ein verschmitzter Blick. Ich konnte nicht einschätzen, was dahintersteckte – eine tatsächlich pfiffige Idee, die zu zerbrechlich war, um sie profan auszuplaudern, oder der Stolz des Einfältigen auf seine Klugheit.

Bei meinen Recherchen im Ort wurde Graf Leopold von Hohensinn allseits als gutmütig beschrieben. Er sei hier in Litstein aufgewachsen, sei gemeinsam mit den Kindern der Bauern, Handwerker und Bürgersleute in die Schule gegangen und erst zum Studieren in die Stadt geschickt worden. Ob der Graf eine außergewöhnliche Begabung besitze, erkundigte ich mich. Die Menschen schmeckten dem Begriffspaar nach. Eine … *außergewöhnliche Begabung*. Bedächtig wiederholten sie die Wörter, drehten sie im Mund, manche wie erstaunt, manche wie angenehm irritiert, manche geradezu andächtig. Eine *außergewöhnliche Begabung* – der Impuls, den ich ihnen angeboten hatte, hinterließ ein neues Licht in ihren Augen. Einigen schien meine Frage Anstrengung abzufordern, andere lachten, wie verdutzt, auch über sich selbst. Eine außergewöhnliche Begabung? Nein, damit sei Leopold zu keiner Zeit aufgefallen.

Sein Vater, der alte Graf Wilhelm, der ja. Der sei eine imposante Erscheinung gewesen, ein Regent, einer, vor dem die Leute ehrfürchtig den Hut gezogen hätten. Schneidig und zielstrebig sei Graf Wilhelm gewesen. Eine Ausstrahlung habe der gehabt. Ein Charisma, wie man so schön sage. Während seiner Zeit seien in Litstein immer wieder *hohe Herrschaften* zu sehen gewesen aus Politik und Wirtschaft, die in ihren Limousinen und Luxuskarossen die Schlossauffahrt emporgefahren seien. Wie bei einem Staatsbesuch. Aber seit der Graf Wilhelm damals – das sei jetzt auch schon wieder eine halbe Ewigkeit her –, seit der nach Bayern gezogen sei, habe *sich das aufgehört* mit den prominenten Gesellschaften. Bei Leopold sei von einem Tag auf den andern Schluss gewesen damit, der wolle seine liebe Ruh. Alles, was der brauche an Abwechslung, hole er sich in der Großstadt. An dieser Stelle zwinkerten die Litsteiner vielsagend. Vielsagend, doch ahnungslos, wie sich bei meinem Nachfragen herausstellte. In die Hauptstadt fahre er einmal die Woche, vorgeblich um Geschäften nachzugehen, aber man könne sich ja zusammenreimen, was das bedeute. Und wieder machten die Litsteiner wissensbefreit vielsagende Gesichter und meinten: *Mein Gott na, sei's ihm vergönnt!*

Die Zeit der großen Jagdgesellschaften? Die sei auch vorbei. Der Herr Graf habe die Jagd ja seiner *Gattin*, der Gräfin Elisabeth von Hohensinn, überlassen. Von den älteren Ortsansässigen bekam ich diese Information zögernd, als handelte es sich um ein Staatsgeheimnis, das ich, als Neue, die ja nun im Schloss wohnte, zwar wissen sollte, aber keinesfalls nach außen preisgeben dürfe. Eine Frau als Jagdaufseherin, *mein Gott, die Emanzipation, was soll man da machen.* Es sei nun einmal *der Lauf der Zeit,* meinten resignierend die Litsteiner. Manche aber zeigten sich angetan. Warum denn nicht, sagte aufgekratzt wehrhaft eine alte Dame mit Hut, die Frau Gräfin mache das durchaus passabel, ja, passabel, und für die Tiere im Wald sei es auch besser, dass nun nicht mehr bei jeder Gelegenheit herumgeballert werde.

Um ihren Spaß gebracht sahen sich die Bauern der Gegend und die Handwerksburschen, da Gräfin Elisabeth von Hohensinn die Treibjagden abgeschafft hatte. Ach, die Treibjagden, erinnerten sich ältere Litsteiner schwärmerisch, manche geradezu wehmütig, die Treibjagden und die Gatterjagden waren schon *ein Ereignis* gewesen. Wie ein kleines Volksfest, ein Männer-Volksfest, seien die gewesen unter dem alten Grafen Wilhelm. Die Herrschaften, also der Graf und seine hohen Jagdgäste, seien auf Hochständen gesessen und auf eigens errichteten Tribünen gestanden und dann sei ihnen das Wild zugetrieben worden. Dreißig, vierzig Einheimische hätten in einer Linie den Wald durchkämmt, hätten mit Stöcken gegen Blattwerk und Baumstämme geschlagen, um das Wild aus seinen Verstecken zu scheuchen. Die Hunde, die wie verrückt an den Leinen zerrten und kläfften und heulten, hätten das ihre beigetragen zur Stimmung. Das Zusammen-durch-den-Wald-Marschieren, dieses Geschlossenhalten der Reihen, das habe schon etwas gehabt. Da sei schon ein Gefühl aufgekommen, so ein Gefühl … na, der Stärke. Das bedrängte Wild sei aus dem Dickicht geflüchtet, davongeprescht und wie geplant der Jagdgesellschaft zu und dann sei es losgegangen, das Schießen und Feuern und Knallen. Wenn Tiere vor den auf sie einschießenden Jägern kehrtmachten und den Treibern entgegenrannten, durften sie, die Einheimischen, anlegen und die flüchtenden Eber, Hirsche, Rehe niederstrecken. In der Zange sei das Wild in so einer Situation, eingekesselt quasi. Atemraubend schnell laufe da alles ab, Zeit zum Überlegen sei da nicht, keine Sekunde, nur die Instinkte, nur darauf könne man da vertrauen. Wie im Rausch sei man da, aber einem guten, einem archaischen Rausch, weil das Wild gehört ja sowieso erlegt. Fast wie in einer Schlacht sei es, Mann gegen Tier, und gefährlich freilich, weil die Geweihe der anstürmenden Böcke und die Hauer der Wildschweine, das sei ja nicht nix, und dem Hurlinger Sepp zum Beispiel, dem sei einmal der Oberschenkel vom Knie bis zu den Ei…, na ja, bis zum Schritt halt, bis nach oben hin halt, aufgeschlitzt worden, von so einem Keiler. Nix für schwache Nerven jedenfalls und sicher nix fürs Weibsvolk, weil geschossen wird da schon kreuz und quer, da kann man sich schon vorstellen, wie das ist im Krieg und so. Freilich ist Krieg nichts, was man sich wünscht, aber man kann sich das dann schon vorstellen, wenn so ein Tumult ist und das nahe Krachen rundum und der Geruch nach Schießpulver und Schweiß und Angst und das Kläffen der Hunde und das hektische Nachladen und das Wiederanlegen und Schießen und Schießen und Schießen!

Und dann …, dann … dieser Frieden.

»Ich weiß nicht, ob Sie sich das vorstellen können«, sagte ein rüstiger Mann um die achtzig, mit vor Rührung glänzenden Augen, »dieser Frieden, wenn das Wild dann aufgereiht auf dem Waldboden liegt.«

Erhebend sei das, wenn das Wild so vor einem liege. Und feierlich. Erhebend und feierlich.

Zu den besten Zeiten seien nach einer Treibjagd zwanzig Rehgeißen dagelegen, ein halbes Dutzend Rehböcke, bis zu zwanzig Hasen und noch einmal so viele Wildschweine. Zur Andacht und aus Respekt vor dem Wild sei das Jagdhorn geblasen und danach gefeiert und gebechert und geschmaust worden, dass sich die Tafeln nur so gebogen hätten.

»Aber unter der Frau Gräfin hat sich das ja alles aufgehört. Leider, sage ich Ihnen. Wieder eine schöne Tradition zu Ende.«

Zurück zu Leopold. Gäbe es über Leopold denn nicht noch mehr zu sagen? Mehr über Leopold … Die Leute überlegten. Nun ja, er trinke manchmal gerne einen über den Durst und werde dann rührselig oder gesprächig, je nach Stimmung. Er rauche Pfeife, das habe er von seinem Großvater übernommen. Meist streife der Herr Graf einfach nur so durch den Wald, sehe in die Luft, zu den Wolken, den Baumkronen, stolpere über Wurzeln, und wenn man ihm zufällig begegnete und grüßte, tue er so, als machte er sich Notizen über den Zustand des Forsts. In Wirklichkeit verbringe er den lieben langen Tag damit, den Herrgott einen guten

Mann sein zu lassen. Die wirtschaftlichen Angelegenheiten erledige sein alter Schulfreund, der Sagmüller Franz, der teile auch die Waldarbeiter ein, kümmere sich gemeinsam mit dem Fischmeister um die Bewirtschaftung der Teiche, entscheide mit dem Förster, wann und wo und wie viele Bäume geschlägert würden. Graf Leopold hingegen sei so etwas wie der gute Geist der Gegend, so wie früher der Kaiser vielleicht. Mehr sei ja auch gar nicht nötig. Er müsse nicht groß etwas tun, er sei einfach da. Man könne jedenfalls, diese Formulierung hörte ich dutzendfach, *wirklich nichts Schlechtes sagen über ihn.*

Wenn ich Leopold bat, mir für ein Gespräch zwecks meiner Romanrecherchen zur Verfügung zu stehen, vertröstete er mich jedes Mal auf ein andermal. »Interessant, interessant«, murmelte er, wenn ich ihm berichtete, an welchen Textpassagen ich gerade arbeitete, was ich an diesem oder jenem Tag herausgefunden und erlebt hatte. Fragte ich ihn, was er davon halte, wich er mir mit einem höflichen Lächeln aus oder lenkte, wenn ich nachbohrte, mit derart themenfernen und gänzlich nichtssagenden Ausführungen ab, dass es zum Schreien war. Auf meine Provokation etwa, wonach der Adel hier in der Gegend offenbar noch immer besonderes Ansehen genieße, mindestens ein so besonderes wie eine seltene Spezies im Zoo, gluckste er amüsiert, ging aber nicht darauf ein, sondern berichtete mir ausführlich inhaltsleer und schmerzend langweilig von seinen Zoobesuchen aus Kindheitstagen.

Literarisch am meisten gab noch seine skurrile Art her, seine teils rührende Tollpatschigkeit. Er war wie der Gott einer Welt, für die er nichts konnte. Wie der unbeholfene Herrscher eines Landes, das irrtümlich das seine war.

Ich wehrte mich dagegen, doch irgendwann akzeptierte ich, widerwillig noch immer, das Ergebnis meiner Beobachtungen: Sollte Leopold, Graf von Hohensinn, denn irgendetwas verbergen wollen hinter seiner Fassade, dann sicher nur eines, das Nichts.

Nun, da ich über Leopold schreibe, bemerke ich, dass ich ihm gegenüber von Anfang an wie für einen rührenden Freund empfand, einen, der durchaus sein Bestes gibt, im Wissen, dass es Mal um Mal aufs Neue vergebens ist. Und der dennoch fortfährt, notgedrungen geduldig sein Ich zu umkreisen, da er verstanden hat, dass selbst die tausendfache Anstrengung, der tausendfache Wille nichts änderte an seinem gravitätischen Schicksal und dem Lauf der Welt. Und dass das Leben nur in der Art eines Lehrlings und nicht in der eines Meisters zu meistern ist, dass es nur andächtig und dann wild drauflos zu meistern ist, nur heulend und lachend, nur sich einmal davor in einer Ecke verkriechend und dann himmelwärts ihm entgegenspringend, und dass jeder darüber hinausreichende kluge Daseinsplan vom schallenden Lachen des Zufallsgotts flachgewalzt wird wie ein zuversichtlicher Frosch vom Autoreifen eines dahinschießenden Land Rovers.

Denn Verlass, reifenprofilfester, froschadäquater Verlass, ist lediglich auf das Chaos. Das Chaos, das alles regiert, indem es nichts regiert. Und dass darin durchaus Glück und Frieden und Liebe und Freude und Lust und Sinn gefunden werden können, nur zuzugreifen gilt es, nur die Augen aufzureißen, wenn einem die Wirklichkeit entgegengeschossen kommt und um die Ohren fliegt.

Chaos, Prinzip höchster Ordnung.
Kairos, himmlischer Moment.
Die dreißig Teilchen des Nichts.
Ich lese sie auf.
Meine Buchstabensuppe. Weltformel.

Was mir so alles durch den Kopf schießt, wenn ich an Leopold denke! Ausgerechnet, wenn ich an Leopold denke.

Vom Augenblick unseres Kennenlernens an empfand ich, als sei ich per Du mit ihm. Per Du mit dem Besitzer dieses Schlosses, in dem ich wohnen durfte, per Du mit dem Eigner des Landes, in dem mein Roman seine Handlung finden würde.

Und obwohl ich eben erst für mich festgehalten hatte, dass Leopold nichts weiter war als ein netter, hoffnungslos aus der Zeit gefallener Graf wie er im Buche steht, und dass er alles andere als geheimnisvoll war und mit seiner schrulligen Art, wenn er denn etwas verbarg, dann nur die zartbittere Wahrheit, dass in ihm erschreckend nichts existierte, das es zu verbergen galt, so sträubte ich mich doch weiterhin gegen das Ergebnis meiner Recherche. Wie beinahe alle Schriftstellerinnen sehnte ich mich wohl nach einem verborgenen Sinn, nach Bedeutung. Gegen jede Vernunft wollte ich glauben, dass das Nichts nicht nichts war.

Elli hatte derlei Zuversicht, was ihre Ehe betraf, bereits aufgegeben. Dass zwischen ihr und Leopold kein Glaube und also keine Hoffnung mehr war, berührte mich, als ich sie gemeinsam sah. Sie hatte ihn wohl noch lieb, doch mehr wie einen braven Hund. Und Leopold besah Elli mit Augen, als betrachtete er einen längst verloren gegangenen Traum. Die größte Hingabe, derer beide füreinander noch fähig waren, schien eine bemühte Höflichkeit. Der Palast ihrer Liebe war zerfallen, in dessen Ruine stand gläsern nur noch lachhafter Dekor-Nippes. Beide versuchten, nicht auch ihn noch zu Boden zu werfen.

Es war ihnen eine Herausforderung, denn beinahe jeder Satz Ellis schien bei Leopold ein Missverständnis, ein kleines Ärgernis, eine Kränkung heraufzubeschwören. Umgekehrt verhielt es sich nicht anders. Sie missverstanden einander blind. Dazu kam der Altersunterschied. Und während es bei andern Paaren vorkommt, dass sie sich im Lauf des Beisammenlebens angleichen, war es bei Elli und Leopold umgekehrt. Er schien in ihrer Gegenwart noch zerstreuter, noch deplatzierter als sonst. Und sie, die ohnehin augenscheinlich jüngere, wirkte neben Graf Leopold von Hohensinn wie ein Mädchen, das es kaum erwarten konnte, endlich wieder raus ins Freie zu dürfen.

»Die Elisabeth hat ihn damals ja nicht ganz freiwillig geheiratet«, wurde mir von einer drallen, spektakulär vollbusigen Pensionistin im strass-funkelnden Pulli zugeraunt. Ich hatte sie im Lebensmittelgeschäft am Litsteiner Marktplatz kennengelernt und sie sich mir als Frau Helga vorgestellt. »Sie hat den Leopold ja nur geheiratet« – Frau Helga sah sich um, ob uns hinter dem Regal auch niemand belauschte – »hat ihn ja nur geheiratet, weil sie in ihren Kreisen von niemandem anders mehr genommen worden ist.«

»Aber sie war doch kaum dreißig, als die beiden geheiratet haben«, sagte ich und wurde für meine Naivität mit einem Augenrollen bedacht. Da ich weiterhin nicht kapieren wollte, wackelte Frau Helga mit dem Kopf, als fragte sie sich, wie es möglich sein konnte, dass eine Frau meines Alters, noch dazu eine, die sich Schriftstellerin schimpfte, derart grün hinter den Ohren war.

»Auf das Heiratsalter«, sagte sie und neigte sich bedrohlich nahe zu mir, »kommt's in dem Fall auch gar nicht an, … sondern auf die Geschichte, verstehen Sie? Die Geschichte, die die Elisabeth hatte.«

Die Geschichte, die Elisabeth hatte … Nun ahnte ich, worauf Frau Helga hinauswollte. Zwei Optionen erschienen mir realistisch, ich wählte die harmlosere: »War Elisabeth«, fragte ich, »nicht aus gutem Haus, keine Adelige? War das das Problem?«

»Sie war aus guten Haus, mein Gott«, rief im Flüsterton Frau Helga und dabei erzitterte ihr Busen vor Zorn über mich und meine Begriffsstutzigkeit und die Glassteinchen auf ihrem körpervollen Pulli spiegelten facettenreich meine Inkompetenz. »Freilich war sie aus gutem Haus!«, zischte sie flüsternd, »aber Elisabeth ging damals auch ein und aus in guten Häusern. Sehr oft ging sie ein und aus in guten Häusern!«

Mein Ruf als Idiotin war mittlerweile ohnehin irreparabel, also entschied ich mich spaßeshalber gegen meine Einsichtigkeit und für einen abermals ahnungslosen Blick.

Im geröteten Gesicht Frau Helgas stand daraufhin dreierlei in Großbuchstaben: Erstens: Was ist diese Schriftstellerin doch für eine unglaublich hohle Nuss! Zweitens: Was hat mich geritten, mich mit der auf ein Gespräch einzulassen?! Und drittens: Jetzt bring ich es hinter mich. »Mein Gott!«, knurrte sie mich an, »von einem zum anderen ist die Elisabeth damals gesprungen, berühmt-berüchtigt war sie, und als es ans Heiraten ging, wollte sie keiner mehr nehmen, außer der Leopold. Also hat sie halt ihn genommen zur Not. Hauptsache ein Schloss. Hauptsache ein standesgemäßer Name. Kapiert jetzt endlich?!«

Ich bemühte mich um einen möglichst stupiden Gesichtsausdruck.

»Na geh bitte! So viel Blödheit gibt's doch net!«, rief Frau Helga, nun jede Contenance aufgebend, jede Camouflage fallen lassend, strafte mich schwarz gekleidete Dumpfbacken-Außerirdische mit einem fassungslosen Blick und startete ihren Einkaufswagen, beschleunigte entlang des Regals, kurvte um den Stapel mit den Bohnen, den Erbsen, den Nüssen. Und war dahin.

Tja, so geht es einem manchmal mit Informanten. Und Informanten mit mir. Eines aber vergessen die Leute gerne: Ich kann mich noch so dumm stellen oder es wirklich sein, ich kann sprachlos tun oder tatsächlich sprachlos sein, das letzte Wort aber, das entscheidende letzte Wort, jenes im Roman nämlich, habe immer ich. Immer.

Mein Gott, sagte sich Helga Lederer und verließ fluchtartig das Lebensmittelgeschäft, was soll das nur für ein Buch werden!?

- 2 -

Da mir Graf Leopold auswich und ich merkte, dass ich etwas Abstand von Elli brauchte, hielt ich mich bei meiner Recherche an andere. Ich mischte mich unter die Leute, ging in Litstein auf dem Marktplatz spazieren, setzte mich in die viel zu enge Café-Konditorei, überwand mich und aß hin und wieder sogar im Wirtshaus am Platz, in dessen Gaststube die Luft von Fritteusendampf geschwängert war und ein Blick in die Karte nicht nötig, um zu wissen, was heute dran war, herausgebacken zu werden, da die Schwade, die einen beim Eintreten niederstreckte, verräterisch genug war: Panierter Dorsch, panierter Leberkäse, Berner Würstel, Ćevapčići, Augsburger und freilich immer mit dabei: Pommes frites. *Regionale Küche*, stand neben dem Wirtshausschild. Ich ging auch meine Runden um den nahen Badeteich, der sich fragezeichenförmig hinter dem Marktplatz bis in den Litsteiner Gemeindewald erstreckte und beliebtes Ausflugsziel der wenigen Touristen und der Einheimischen war. Das alles tat ich mit dem alleinigen Zweck, über Menschen zu stolpern, sie in ein Gespräch zu verwickeln, ohne dass sie es so recht bemerkten, um herauszubekommen, ob es irgendetwas gab, das meinem Roman dienlich sein mochte, herauszubekommen, ob es hier etwas Wesentliches aufzulesen galt, das es mir überhaupt erst ermöglichen würde, einen Roman zu schreiben, kurzum: ob mein Dasein Sinn machte, hier in Litstein.

Manche Schriftstellerinnen pfeifen sich ja nichts um Inhalte, sie preisen die Form, vertrauen alleine auf die Kraft der Sprache, gehen bestenfalls eine Runde Pilze suchen, das reicht denen schon als Stoff. Sie brauchen außerhalb ihres Kopfes keine Realität für ihr Schreiben, kommen spielend mit der Realität in ihrem Kopf zurande, taumeln ganz nach Belieben durch die Seiten, zeichnen freihändig Pathos in lichtblaues Firmament. Oder sie machen aus dem Mangel eine Legende, beginnen Romane mit Sätzen wie *Die Sonne schien, da sie keine Wahl hatte, auf nichts Neues.* Gewiss, aus Sprache allein kann Inhalt erwachsen, ich aber brauche zumindest ein Zeichen der Zustimmung von der Welt, eine kleine reale Fantasie. Fester Boden soll es ohnehin nicht sein, zu vorhersehbar und befangen wäre die Schrift darauf, aber ein Anker, an den denkend ich mich halten kann, ein Anker mit einer unendlich weiten Kette, den suche ich immer, um ihn vergessen zu können, sobald mein Schiff ausgefahren ist und mich über Grenzen trägt.

Erwartete ich zu viel von Litstein? Zu viel von den Menschen hier? Was hätte *ich* denn groß zu antworten gewusst, wäre ich selbst von einer wie mir angehalten und nach dem Leben befragt worden? Einer, die nach Unentdecktem Ausschau hielt, die hinter Dinge zu blicken wünschte und nicht einmal sagen konnte, von welchen Dingen sie sprach; einer Schriftstellerin, die etwas suchte, doch nicht erklären konnte was? Nur wesentlich sollte es sein, nur uns voranbringen als Menschen, uns über uns hinaussehen lassen, um von dort uns zu erkennen erstmals.

Die Litsteiner, ich kann es ihnen nicht verdenken, sahen mich zuweilen an, als hätten sie eine Übergeschnappte vor sich, eine, die sie bat, nach Wolken zu greifen und enttäuscht war, wenn es nicht gelang. Eine, die sie aufforderte, Ungedachtes zu denken, selbst aber den Eindruck vermittelte, als wüsste sie nicht einmal mit Sicherheit, wo rechts und links war.

Ich hätte es mir vielleicht auch einfacher machen und an Ort und Stelle nach dem Urheber des Schlamassels fragen können. Kennen Sie G? Eine oder einen G? Sagt Ihnen das irgendetwas? G? Aber erstens hatte ich mir vorgenommen, meinen anonymen Briefschreiber möglichst zu ignorieren, wenn schon nicht zu vergessen, und zweitens lag mir wenig daran, in Litstein herumzuposaunen, dass die großartig freie Schriftstellerin Aliza Berg nicht selbst auf die Idee gekommen war, für einen Roman über das

Leben zu recherchieren, sondern eine billige Auftragsschreiberin war, eine Marionette – und bloß Darstellerin einer freien Schriftstellerin.

Elli hatte versprochen herauszufinden, wer der Typ war, der sich anmaßte, Regie über mich zu führen. Aber auch sie schien das geflissentlich vergessen zu haben. Wobei ich mich nicht beschweren will, Elli hatte mir Kristyna vorgestellt, die literarisch vielversprechendste Figur der Gegend. Und danach den zweiten Menschen, der weit abseits im Litsteiner Forst lebte. Er hieß Jakob. Seine Hütte lag auf einer Anhöhe, lose umringt von granitenen Restlingen, die tonnenschwer auf dem Waldboden lagen, als hätte ein Riese sie hingewürfelt. Erst bei meinem zweiten Besuch, als ich allein zu Jakob kam, bemerkte ich, dass es ein kleines Hochplateau war, auf dem wir uns befanden. Wäre der Wald nicht gewesen, wir hätten von hier aus wohl zig Kilometer weit über die Grenze hinausgesehen, bis tief ins Nachbarland. »Wenn du dir einen Ausblick wünschst«, sagte Jakob und zeigte zu einer alten Buche, deren Krone über die anderen Laub- und Nadelbäume hinausragte, »kannst du da raufklettern.« Damals hielt ich es für einen Scherz.

Ich hatte im Wald den Überblick verloren. »Wie weit ist es von hier zu Kristynas Forsthaus?«, fragte ich.

»Zu Fuß querfeldein eine knappe Stunde«, antwortete er. »Wenn du dich auf den Wegen hältst, eine viertel Stunde länger.«

Querfeldein! Ich war heilfroh, mich in diesem Wald auf den Wegen nicht zu verirren. Die beim ersten Mal unter Ellis Anleitung gefahrene Strecke zu Jakobs Hütte hatte ich nur mit Mühe wiedergefunden. Bis zur Anhöhe war ich geradelt, die letzten steilen hundert Meter zu Fuß gegangen. Beruhigende Sicherheit, dass ich richtig war, hatte ich erst, als ich durch die Bäume die Blockhütte wiedererkannte, den kleinen Teich davor und Jakobs durchgerosteten Suzuki.

Jakob. Ich konnte ihn noch nicht einschätzen. Er mochte um die fünfunddreißig sein, vielleicht vierzig. Und Reden war nicht gerade seine Stärke. Anfangs musste ich ihm die Wörter aus der Nase ziehen. »Sei froh, dass er überhaupt den Mund aufmacht«, hatte Elli zu mir gesagt. Es sei nicht lange her, da habe er überhaupt nicht gesprochen, kein einziges Wort. Niemand wisse Näheres darüber.

Er baute Holzhütten, davon lebte er. Wenn ein Kunde es wolle und bereit sei, deshalb mehr dafür zu zahlen, sagte er, habe er kein Problem, seine Hütten Lodges zu nennen. Zu Beginn habe er die Hütten nur für Leute aus der Gegend gebaut. Gartenhütten, Werkzeughütten, Waldhütten. Dann seien auch Wochenendler auf ihn zugekommen, Sommerfrischler, *Luftnarrische*. Die hätten dann ihre Lodges bekommen. Worin sich eine Waldhütte von einer Lodge unterscheide abgesehen vom Preis? Jakob wunderte sich, dass ich das nicht begriffen hatte. Er artikulierte es bemüht sachlich. »Im Namen«, sagte er.

Er war muskulös, leider nicht allzu groß, hatte struppiges flachsblondes Haar und meist trug er eine Zimmermannshose mit verstärktem Stoff an den Knien und am Hintern. Darüber ein grobes, abgescheuertes Arbeitshemd.

Warum er mitten im Niemandswald wohne und nicht im Ort, fragte ich ihn. Weil es hier schöner sei, antwortete er und prüfte, ob ich wirklich ihn gebraucht hatte, um das zu erkennen. Ob er sich nicht einsam fühle, fragte ich und sah mich um, ob er sich nicht nach einer Frau sehne, einer Partnerin, fragte ich frech. Da war zum ersten Mal diese Helligkeit in seinen schlangengrünen Augen. Nein, es gehe ihm bestens, nach einer Frau sehne er sich nicht, sagte er und besah mich, als sehnte er sich nach einer Frau.

Ich sagte nichts. Er war nicht mein Typ. Mein Beuteschema ist anders: sehr schlank, sehr groß, intellektuell ohne aufzutragen und, am wichtigsten, etwas verlebt, gezeichnet von der Welt. Jakob hingegen war ein geradliniger, kernig gesunder Naturbursch wie er im Buche steht. Ich überlegte, ob ich über meinen Schatten springen sollte, beobachtete ihn, wie er mir auf dem sonnenbeschienenen Stein gegenübersaß, den Oberkörper entspannt zurückgelehnt, die Beine gekreuzt, die Füße nackt unter der groben Arbeitshose.

Er hielt meinem Blick nicht stand. Schaute zum dunklen Waldteich, der von einem winzigen Bächlein gespeist wurde. Beständig plätscherte es über eine Wurzelrinne auf die Teichoberfläche. Meine Blase registrierte es.

Idyllisch war es hier schon. Wie es aber bei Nieselregen, Frost, Nebel und Eiseskälte sein mochte, wollte ich mir nicht ausmalen.

»Ein Froschmännchen«, sagte Jakob nach Minuten des Schweigens, »denkt vierundsechzig Mal am Tag an Sex, ein Froschweibchen einmal öfter.« Als hätte er zufällig einmal mitgezählt, dachte ich. Und beließ, eigens gelassen, den Blick auf dem Spiegel des Teichs, umschlang meine zur Brust gezogenen Knie und überlegte einen Konter.

»Der Mensch«, sagte ich und sah ihm siegessicher in die Augen, »ist die einzige Tierart, die so tut, als dächte sie überhaupt nicht daran. Ein Menschenweibchen trifft auf ein Menschenmännchen, denkt ein wenig an Sinnlichkeit und beginnt in der Sekunde danach ein Gespräch übers Wetter. Oder ein Menschenmännchen: trifft auf ein Menschenweibchen und erzählt irgendwelche Fantasiegeschichten über Frösche.«

Der Haken war scheinbar zu hart für Mister Naturbursch, Mister Einsiedler. Er blickte mich stutzig an, machte »hm«, sprang auf und war dahin. Verschwand wortlos in seiner Hütte. Tauchte nicht wieder auf.

Ich überlegte, ob ich ihm nachgehen und an die Hüttentür klopfen sollte. Nein, ich hatte keine Lust, würde ihm nicht nachrennen. Eine Weile wartete ich noch am Teich. Dann ging ich.

Zu seichtes Gewässer.

Es geschah absichtslos, glaube ich, dass ich im Gehen über die Schulter nach hinten blickte. Jakob stand in der offenen Tür seiner Hütte und sah mir nach. Ich blieb stehen. Er rührte sich nicht, blickte nur zu mir, tat nichts. Mit hängenden Armen stand er da. Ich machte kehrt.

»Das mit dem Froschmännchen vorhin«, sagte Jakob, als ich bei ihm stand, »war nicht anzüglich gemeint.«

Ich nickte. Glaubte ihm nicht.

»Es war wirklich nicht anzüglich gemeint. Und es war auch keine Anspielung.«

Ich glaubte ihm noch weniger als zuvor.

»Bitte entschuldige«, sagte er. Es war ihm anzusehen, dass er mit sich rang. »Bitte entschuldige«, wiederholte er und schluckte. »Aber du … du bist wirklich nicht mein Typ.«

Jetzt glaubte ich ihm.

»Klar«, sagte ich schnell, damit nicht auffiel, wie ich mich fühlte. Außerdem musste ich doch nicht jedem x-beliebigen Mann gefallen! Wie verwundbar ich war, verdammt! Wie leicht aus der Bahn zu werfen! »Klar, Jakob!«, rief ich mit gönnerhafter, superentspannter, superfröhlicher Stimme. »Gar kein Problem, Jakob!«

»Das mit dem Froschmännchen und dem Sex war wirklich keine Anspielung«, wiederholte er.

»He, alles klar«, sagte ich ruhig, obwohl ich ihm für seine penetrant aufrichtige Art nun gerne einen Frosch, nein, ein beschissenes Froschmännchen ins Gesicht geschossen hätte. Ein Froschmännchen, das idiotischerweise gerade an Sex dachte. Einmal von seinen täglich vierundsechzigmal.

»Das mit diesem Froschmännchen«, begann er schon wieder und ich dachte, jetzt gehe ich hin und haue ihm eine rein. Konnte dieser Typ nicht einfach den Mund halten?! Hatte es nicht geheißen, dass er bis vor Kurzem gar nicht geredet hatte? Und jetzt begann er, die Froschstory zum x-ten Mal zu reiten! Dabei war ihm die Situation sichtlich unangenehm. Und dennoch nahm er, ich sah es in seinem Gesicht, abermals Anlauf. »Also das mit dem Froschmännchen«, sagte er, »dass das vierundsechzigmal am Tag an Sex denkt und ein Froschweibchen einmal öfter – das war ein Witz. Nur ein Witz.«

»Ja, superwitzig«, sagte ich. »Aber können wir das jetzt einfach sein lassen?«

Er nickte erleichtert.

»Erzähl mir lieber, warum du bis vor Kurzem nicht geredet hast. Das stimmt doch, oder? Ich habe gehört, dass du jahrelang kein Wort gesprochen hast. Warum?« Das war jetzt fies von mir, aber ich redete mich darauf heraus, dass ich sauer war und gereizt und nicht der Typ von einem Typen, der ohnehin nicht mein Typ war. Kaum hatte ich die Frage ausgesprochen, fühlte ich, dass ich eine Grenze übertreten hatte.

Jakob sah zum Himmel, starrte nach oben, als wäre dort etwas. Dann sagte er ernst und mit gewählten Worten, wie ich es bisher nicht kannte von ihm: »Ich habe nicht mehr gesprochen, weil Sprache Missverständnisse schafft. Und nicht immer ist das Missverständnis unbedeutend wie bei uns gerade. Nicht immer geht es nur um Frösche.«

»Und warum hast du dich entschlossen«, fragte ich kleinlaut, »doch wieder zu reden?«

Er zögerte. Sah abermals zum Himmel. Dann wandte er das Gesicht in meine Richtung. »Darüber«, sagte er und blickte mich eisig an, »darüber will ich nicht reden.« Und dann, leise: »Es ist zu zerbrechlich, ich will es nicht zerstören.«

Als wir dieses Gespräch führten, stand der Halbmond am Himmel, ich erinnere mich genau daran. Der zunehmende Halbmond, obwohl die Sonne noch nicht untergegangen war.

- 3 -

Wenn sie vorhatte auszugehen und sich danach sehnte, und zwar entschieden und ausschließlich danach, nahm sie den besonderen Duft. Nicht das Parfüm, das sie sonst so gerne mochte, sondern den Duft, den es nur einmal gab auf der Welt, jenen, den sie nur an derlei Abenden verwendete. Jenen, an denen sie sich durch und durch weiblich fühlte und wünschte, noch und noch und noch intensiver zu sein, wonach sie sich fühlte. Abenden, an denen sie das Verlangen hatte, sich neu auszukosten.

Nachdem sie sich geschminkt, sich die Haare so gerichtet hatte, wie es gut war, griff sie sich, langsam, sachte, weich, in den Schritt. Schloss die Augen. Und trug sich schließlich ihren Geruch mit Zeige- und Mittelfinger auf die Haut ihres Dekolletés auf.

Lange hatte sie es schon nicht mehr getan, lange es sich nicht mehr gegönnt. Doch heute. Jetzt.

Dieses Mal war es nicht Abend, es war früher Morgen. Und Kristyna Janouch hatte nicht vor auszugehen, sie hatte vor, vors Haus zu gehen, den Garten nach vorne zum Weg zu gehen und dort einen Mann verrückt nach ihr zu machen, einen, den sie gestern zum ersten Mal gesehen hatte. Er gefiel ihr. Sie wollte ihn.

Kristyna hatte vor, den neuen jungen Postboten zu begrüßen. Sie würde ihn sich nehmen.

Die von ihrem Duft benetzten Finger strichen entlang ihres Brustbeins nach unten bis zwischen ihre Brüste. Dann hoben sie sich, glitten nun waagrecht über ihre Brust. Ein Kreuzzeichen der Verführung, feucht auf ihrer Haut.

Sie tat es absichtsvoll, als Legitimation für das, was kommen würde. Es hatte etwas Segnendes, bereitete sie vor. Ein Initiieren, Steuern und Abgeben zugleich war es, ein Sich-Fügen. Dies alles zusammengenommen machte das Reizvolle aus. Es war ein Akt der Hingabe.

Und es war: auch ein Spiel, war das Vergnügen an der aktiven Auswahl eines Mannes. Gegen jedes überholte Bild von weiblicher Unschuld, weiblicher Zurückhaltung, würde sie der Natur ihren ungehemmten Lauf lassen.

Sie schmunzelte, weil sie sich erinnerte, wie die wenigen Männer reagiert hatten, denen sie von jenem Ritual erzählte. Wie sehr es sie verstörte! Wie unbarmherzig es ihr gewohntes Bild zerbrach, wie überfallsartig es sie aufwühlte, wenn sie dann auch noch erfahren mussten, dass derlei eben nicht die Ausnahme war, dass derlei normal war, dass sich Frauen sehnten. Ja, stellt euch das einmal vor, ihr Männer, sich sehnten nach ihrer Natur, so wie es für Männer ganz normal ist, sich zu sehnen, nur dass bei Männern nicht von Sehnen die Rede ist, stattdessen derbe Worte verwendet werden. Bei sich fanden Männer Geilheit ganz normal, aber dass einer Frau, einer sanften, womöglich lieblich anzusehenden Frau ein derart tief in sie greifender Wunsch innewohnte und dass diese Frau auch noch zielsicher damit umging, das zog den Männern den Boden unter den Füßen weg.

Den jungen Postboten freilich würde sie nicht mit derlei Wissen belasten. Nein, nein, den jungen Postboten würde sie nehmen, wie er war.

Noch bevor das Postauto auf dem Sandweg angerollt kam, trat Kristyna im weichen Licht dieses Tages aus dem Haus. Den Morgenmantel hatte sie körperbetont mit einem Gürtel um ihre Hüften gebunden. Sie mochte das Gefühl des glatten Satins auf ihrer Haut, das Gefühl, als wäre ein nicht endendes Schweben um sie. Souveränität, gewebt aus Luft.

Als der Bote den Wagen neben Kristyna anhielt, einen guten Morgen wünschte und ihr durchs geöffnete Autofenster die Post geben wollte, lächelte sie ihn an, nahm den Stoß Zeitungen aber nicht, beließ die Hände in den tiefen Taschen ihres Kimonos.

»Du darfst einen Kaffee trinken mit mir«, sagte sie freundlich, »stell das Auto hinters Haus, damit es niemand sieht.« Sie beließ ihre Augen einladend in den seinen. Dann nickte sie lächelnd, wandte sich um und ging voraus zur Veranda. Es war nicht nötig gewesen, seine Antwort abzuwarten. Gebannt hatte er sie angesehen, hatte nicht recht gewusst, wie ihm geschah, war noch unsicher gewesen, aber seine Antwort war bereits in seinen Augen gestanden. Er mochte es in diesen Momenten noch nicht wissen, die Entscheidung aber war bereits gefallen. Kristyna hatte sie getroffen. Hannes Wanja, der neue junge Postbote, sah diese überaus reife, selbstsichere, auf ihn verführerisch exotisch wirkende und dennoch ihn unaufgeregt freundlich einladende Frau, wie sie sich von seinem Wagen entfernte, sich von ihm entfernte, immer weiter. Das wollte er nicht, er wollte, dass sie blieb, wollte bei ihr sein. Hannes Wanja wusste jetzt, was einzig zu tun war, wusste es mit einer Gewissheit, als wäre eine Naturgewalt über ihn gekommen.

Er fuhr den Wagen hinters Haus, streifte, weil er zu schnell war, an einer der Wäschestangen, rasierte dabei die Hartplastikschale des Seitenspiegels ab. Einerlei, völlig einerlei.

***

Zum Kuckuck aber auch, irgendetwas musste in der Luft liegen. Selbst die weißschnauzigen Jagdhunde seines Försters hatten heute Morgen geheult, als wollten sie es auf ihre alten Tage noch einmal wissen. Und er selbst, Graf Leopold von Hohensinn, hatte gleichfalls eine so … so … übermütige Stimmung. Und so ein Gefühl. In den Lenden.

Leopold griff zum Hörer des Tastentelefons, das neben dem Kühlschrank an der Wand montiert war, und wählte Kristynas Nummer. »Guten Morgen, meine Liebe.« Er sprach es weich und doch mit einem Timbre in den Hörer, nun, so einem Timbre eben, so einem verwegenen. »Guten Morgen«, wiederholte Graf Leopold, »ich«. Weiter kam er nicht.

»Heute geht's nicht, Leopold. Ein andermal. Melde dich ein andermal.« Und schon hatte sie aufgelegt.

Heute nicht. Graf Leopold stand unbewegt und still und sann nach, was geschehen war und was es bedeutete für ihn, stand in seinem hellblauen Pyjama in der modern gestalteten Küche seines Schlosses aus dem 18. Jahrhundert und hielt noch immer den Hörer in der Hand. Stand da mit zerknautschter Bettfrisur. Schließlich legte er seufzend den Hörer auf. »Ausgerechnet heute nicht«, brummte er. Heute nicht, sagt sie einfach. Ohne Erklärung. Eine Erklärung hat sie nicht nötig, die feine Freundin.

Und man selbst steht blöd da mit seinen Gefühlen, seinen männlichen; seinen blöden.

Einfach aufgelegt und schmecks! Nun, so war Kristyna eben, was sollte man da machen. Licht und Schatten. Großvater hatte es schon gewusst: Die Frauen, mein lieber Leopold, hatte Großvater gesagt und anstatt eine lange Ausführung folgen zu lassen mit den Worten geschlossen: »Licht. Licht und Schatten.«

Dann lag also doch nichts in der Luft heute Vormittag, jedenfalls nicht für ihn. »Es ist, wie's ist«, sagte sich Graf Leopold. Sein aufgebrachter Körper war, als Leopold die stoische Formel aussprach, zwar noch nicht bereit, die Konsequenzen zu akzeptieren, aber letztlich war dieses *Es ist, wie's ist* Leopold immer noch eine Hilfe gewesen. Und auch diesmal würde jene zeitlose Richtigkeit bestimmt Gelassenheit in ihm bewirken. Wenn nämlich etwas *ist, wie's ist,* also unverrückbar, tat man gut daran, es entspannt bleiben zu lassen; anstatt sich beim Anrennen dagegen den Kopf wund zu schlagen, oder das Herz. Eine Abwandlung von *Es ist, wie's ist* war *Es kommt, wie's kommt.* Aber kommen würde diesmal ja garantiert nichts. Zum Kuckuck!

Er würde, beschloss Leopold, statt zu Kristyna einfach zum Platz im Wald fahren, den er als Baugrund für die neue Waldhütte gewählt hatte. Leopold nickte besänftigt beim Gedanken daran. Es war ein wirklich idyllisches Plätzchen mit Blick auf einen Birkenhain. Jakob würde ihm eine ganz besondere Hütte dort bauen. Womöglich sogar eine Lodge, wer weiß.

Auf der Stelle aber – Graf Leopold empfing, nachdem er zum Küchentisch und der Weinflasche gesehen hatte, einen neuen Impuls –, auf der Stelle musste er sich nicht auf den Weg machen, das Plätzchen lief ja nicht davon und er könnte die Momente des Besichtigens auch später noch genießen. Und im Pyjama, Leopold blickte an sich nach unten, war er ja auch noch. Der Impuls meldete sich beim abermaligen Hinsehen erneut und diesmal noch intensiver und so also griff Graf Leopold – *es ist, wie's ist* – zum gestern Abend angefangenen burgenländischen Cuvée, der auf dem Küchentisch stand, und machte erst einmal – *es kommt, wie's kommt* – drei, vier Schlucke direkt aus der Flasche. Der Genuss brachte ihn zu seiner Hütte zurück. Nächsten Sommer oder wann immer sie auch fertig sein würde, könnte er ihre Tür öffnen, nach draußen treten und dieses herrliche Plätzchen besehen, diesen sonnenhellen Birkenhain. Nun, um den zu besehen, brauchte es die Hütte eigentlich gar nicht. Im Gegenteil, ohne Hüttenwände und Hüttentür sähe er das herrliche Plätzchen unverstellt und ohne Unterlass. Wozu – Leopold setzte den Cuvée abermals an die Lippen – wozu eigentlich eine Hütte?

Ohne Hütte … brauchte er auch nicht nach draußen zu treten, um zu sehen und zu genießen. Ohne Hütte … wäre er draußen! Ohne Hütte sähe und genösse er, von Beginn an. Zum Kuckuck, wozu noch einmal eine Hütte? Was hatte er sich nur dabei gedacht?

Aber war der Mensch nicht darauf angewiesen, sich zuvor einzusperren … wenn er sich freimachen wollte? War es für den Menschen, wenn er froh werden wollte, nicht unabdingbar, dass ihm Möglichkeiten und Mitmenschen anfangs verschlossen waren? Seligkeit bezog der Mensch schließlich erst daraus, dass Möglichkeiten und Mitmenschen sich ihm eröffneten. Kurzum: Konnte er, Leopold Graf von Hohensinn, ohne Hütte auskommen? Ohne Tür, die sich versperren ließ, ohne Tür, die ihm die Sicht verstellte, ohne Tür, die zwischen ihm und der Welt stand? Zwischen ihm und dem Leben?

Es war wohl so, der Mensch brauchte verriegelte Türen für sein Seelenwohl. Brauchte sie, um sie aufzusperren. Einschließung und Offenbarung. Schatten und Licht. Tür zu, Tür auf.

Er könnte, nun lächelte Leopold breit, könnte, er schnalzte vor Freude mit der Zunge gegen seinen rotweinbenetzten Gaumen, ja könnte Jakob beauftragen, statt einer Hütte oder gar einer Lodge: nur eine Tür mit einem einfachen Türrahmen in den Wald zu bauen!

Ja, das war's!

Graf Leopold von Hohensinn nahm noch drei sehr lustvolle Schlucke Weins. Er war sehr, sehr zufrieden. Eins mit der Welt. Genau das war die Lösung: Eine Tür – *ohne* Hütte!

Er sah die Szene schon vor sich. Sah von weit oben auf sich herab, wie er im Wald stand, unmittelbar vor der Tür und ringsum der unberührte Wald. Er darin, frei! Frei, zu tun, was immer gut sein würde. Und die Möglichkeit der Freiheit würde ihm die Tür geben, diese einsame Tür im Wald.

Wann immer es ihn verlangte, könnte er sich an diese Tür stellen; so lange, bis er es nicht mehr aushielte vor Sehnsucht. Vor Sehnsucht nach diesem dahinter verborgenen, sich entziehenden paradiesischen Birkenhain. Er könnte, wann immer er wollte, voller Vorfreude schon, die Türschnalle ergreifen und dann, wie unverhofft, mit einem Ruck diese Tür aufstoßen. Dahinter läge, läge für ihn, die Welt.

Leopold blickte, eine ruhige Zuversicht nun in seinen glasigen Augen, durchs Fenster nach draußen. Ein hochfrequentes Surren und Sirren irritierte ihn kurz darauf. Sein Blick wechselte zur Glasscheibe. Zwei Fliegen hockten da, klebrig dicht übereinander, unmäßig flügelschlagend und wie verrückt vibrierend vor Lust. Heute nicht, echote es leise in Leopolds Kopf, heute nicht.

***

Auf die neue Art gesehen habe ich dich zum ersten Mal im Wald meines Mannes. Du saßest auf deinen Fersen vor einem der Steinblöcke. Als ich näher ging, bemerktest du mich, machtest aber keine Anstalten, dich stören zu lassen. Wie eines der harmlosen Tiere im Wald war ich dir, eines, das eben auch da war und keiner Aufmerksamkeit bedurfte. Ich ging noch näher und sah, was du tatest. Mit dem Ringfinger strichst du die alten Einkerbungen im Stein entlang. So behutsam tatest du es, als berührtest du etwas Verletzliches, etwas hinter jener in den Granit gemeißelten Schrift.

Damals war ich noch nicht oft an diesem hellen Ort im Wald gewesen, der von den Alten »Tal der Dichter« genannt wird. Es heißt, Fahrende hätten vor Hunderten von Jahren die Lichtung vorgefunden und sie ringförmig mit jenen siliziumfunkelnden, granitenen Menhiren bestückt. Die in den Stein gehauenen Buchstaben sollten sie an zweierlei erinnern: die Vergänglichkeit alles vermeintlich Ewigen und die Unsterblichkeit ihrer Herzschläge während des Erfühlens jener Zeilen.

An diesem Tag war ich absichtslos ins Tal der Dichter gelangt. Vor Sonnenaufgang hatte ich das Schloss verlassen, war mit dem Jeep in den Forst gefahren und zwei Stunden auf dem Hochstand gesessen, ohne einen Schuss abzugeben. Mir war danach, still zu sein, so wie das Wild, das äsend um den Hochstand strich und mich nicht wahrnahm. Danach überfiel mich eine gegenteilige Lust: nach Bewegung und Körper und Schweiß. Die Flinte und den Feldstecher über der Schulter marschierte ich drauflos, Hauptsache schnell, Hauptsache atemreich, querfeldein durch den Wald. So gelangte ich ins Tal der Dichter, so gelangte ich zu dir.

Du hocktest bei diesem Stein, mit der einen Hand stütztest du dich an ihm ab, mit der anderen befühltest du die Zeilen im Granit. Ich beobachtete dich, währenddessen beruhigte sich mein Atem, doch nicht mein Herz. Ich stand nahe bei dir, mutig nahe, und trat noch näher, seitlich hinter dich, bis ich die Zeilen lesen konnte im Stein.

In diesem Moment
Und immer

Viele Sekunden später erst sahst du nach mir, erst als du mit dem Finger achtsam den letzten Buchstaben erspürt hattest. Ruhig wandtest du dich um. Dein Blick traf mich. Bis heute habe ich ihn in mir. Und mit ihm jene Lust nach dir, jene unstillbare und sohin ewige Lust. Auch jetzt, auch in diesem Augenblick, da ich dir dies schreibe, Geliebter.

***

Gedankenversunken kaute Aliza an ihren Fingernägeln. Das tat sie sonst nicht. Als sie es bemerkte, hielt sie inne. Warum kaust du jetzt plötzlich Nägel?, fragte sie sich – und wusste es bereits. Und weil sie es wusste und ihr der Grund fürs Nägelbeißen peinlich war, überkam sie Ärger – wegen des Nägelbeißens und mehr noch wegen dessen Ursache. Und als sie dem Gedanken an diese Ursache weiter nachhing, ärgerte sie sich noch heißer über sich, nun nämlich auch darüber, dass diese läppische, diese peinlich läppische Ursache reichte, um sie plötzlich Nägel beißen zu lassen.

Gestern war sie wieder bei Jakob gewesen. Diesem Holzhüttenbauer und Einsiedler und Naturburschen. Er war nicht ihr Typ, wirklich nicht, aber dass … dass … ach, wie peinlich!

Überhaupt nicht beschämend wäre es gewesen, sondern im Gegenteil souverän, was heißt souverän, angemessen und selbstverständlich wäre es gewesen, hätte sie seine hingeworfene Aussage, dass sie ihm nicht gefalle und alles andere als sein Typ sei, einfach als das genommen, was sie war: eine Einzelmeinung, eine stinknormale, unwichtige Einzelmeinung. Reine Geschmackssache. Punkt.

Noch dazu die Einzelmeinung und Geschmackssache eines Typen, der ohnehin nicht ihr Typ war.

Eines Typen, von dem sie überhaupt nichts wollte. Eines komischen Einsiedlers. Flachsblond noch dazu. Und nicht schlaksig und dunkelhaarig und verlebt und gezeichnet vom Leben, so wie sie das anmachte, sondern kerngesund und muskulös und viel zu jung geblieben. Überhaupt nicht ihr Typ, ehrlich nicht!

Abstoßend hatte er sie empfunden, ein knochendürres Bleichgesicht war sie, eine flachbrüstige Großstadttussi. Gleichgültig, ob er das nun so oder ein wenig anders formuliert hatte, vermutlich hatte er noch Schlimmeres über sie gedacht oder halblaut gesagt, sie es aber über Nacht verdrängt, das wäre jedenfalls typisch für sie. Verdrängungskünstlerin, wenn schon nicht Schreibkünstlerin.

Aliza schob Mittel- und Zeigefinger zwischen ihre Lippen, kaute an ihren Nägeln, jetzt bewusst, eigens jetzt, zu Fleiß, zur Strafe, weil es ohnehin schon egal war. Nägelbeißerin, das jetzt auch noch! Großartig! Aber Hauptsache, nach außen hin immer selbstbewusst. Hauptsache, nach außen hin immer auf souverän machen. Ganz, ganz großartig!

Dabei hatte er sich noch entschuldigt! *Entschuldige,* hatte er gesagt, in seiner Jakob-macht-auf-gerader-Michel-Art, *Entschuldige, du bist leider nicht mein Typ*. Wer hatte ihn denn danach gefragt!? Sie sicher nicht! Hatte sie ihm denn den Eindruck vermittelt, dass sie es nicht mehr aushalte ohne ihn, dass sie es dringend nötig habe? Dass er sie, oh bitte, bitte, muskulöser, blonder Naturbursch Jakob, an Ort und Stelle flachlegen solle?

Sicher nicht! Wenn, dann ein anderer. Es gab ja Männer, haufenweise gab es Männer, die sich für sie interessierten. Und wenn schon nicht haufenweise, so doch einige. Einige sicher. Sogar hier in diesem Kaff. Aliza dachte an den Trafikanten. Dachte an den vom Leben modellierten Peter Rosenberg, den sie zuletzt womöglich etwas zu oft besucht hatte, dachte an seinen Sechstagebart, seine Augenringe und an seinen melancholischen, aber freudebereiten Blick. Seinetwegen war sie am ersten Tag in Litstein geblieben und nicht gleich wieder abgereist aus Zorn über G und dessen Begrüßungsplakate.

Peter war das Gegenteil von G. Unaufdringlich. Ruhig. Smart. Und lebendig! Unversteckt! Zum Angreifen! Geschützt nur von seinen Lieblingsbüchern, die er auf das Verkaufspult zwischen sich und seine Kunden gelegt hatte. Auch deswegen war sie geblieben, wegen seines Eigensinns, in einem Zweitausend-Einwohner-Nest in der Auslage einer Trafik ausgerechnet Romane zu bewerben; wegen seiner Donquichotterie, Zigaretten, Papierkalender, in Leder gebundene Tagebücher und anderes hoffnungslos aus der Mode Gekommenes anzubieten. Wegen seiner Art, scheinbar Unvernünftiges zu tun, seiner Neigung, an Verlorenem festzuhalten. Und in diesem Moment war ihre Sehnsucht nach Peter Rosenberg, dem Trafikanten Litsteins, so intensiv und drängend, dass sie wünschte, sich in seinen Händen aufgehoben wieder zu finden wie eines seiner Bücher. Wort um Wort sollte er sie berühren.

Welche Sinnlichkeit plötzlich in ihr war! Welche Lust! Es war eine Lust auf Sechstagebart, auf Hände und auf Lippen. Und am dringendsten eine Lust auf diesen Blick, in dem das Leben geschrieben stand. Dieser ruhevolle Blick, in dem Erfahrung und Hoffnung lagen. Erfahrung, und dennoch Hoffnung.

Von diesem Blick wollte sie genommen werden, in diesen Blick wollte sie springen. Und nicht wieder auftauchen. Nie wieder an die Oberfläche müssen.

Sie würde nun etwas machen, wusste Aliza. In diesem Augenblick stand es fest. Machen! Nicht nur nachdenken darüber, nicht nur grübeln, abwägen, träumen. Und auch: nicht nur schreiben darüber.

Wie hatte Ilse Hofstätter, ihre wichtigste literarische Lehrerin, in ihrem letzten Fernsehinterview gesagt: *Mittels ihrer Fiktion erhöhen Romane den Schärfegrad der Realität.* Realer als die Realität seien sie. *Wahrhaftige Literatur,* hatte Ilse Hofstätter gesagt, *wahrhaftige Zauberei … eröffnet Schreibenden und Lesenden verschlossen geglaubte und selbst inexistente Räume. Und zwar in diesem* (Ilse Hofstätter wies auf ein offen vor ihr liegendes Buch) *als auch im anderen wirklichen Leben.*

Sie hätte es nie so druckreif zu denken vermocht, sagte sich Aliza, aber vom Beginn ihres Schreibens an war dies gefühlt auch ihre Überzeugung gewesen. Und nun würde sie sich beweisen, dass Ilse Hofstätters und ihre gemeinsame Philosophie dem Leben standhielt: mit einem Sprung aus dem Buch. Leibhaftig, und nicht nur wahrhaftig als eine ihrer Romanfiguren, würde sie zu Peter gehen, seine Trafik betreten, auf ihn zugehen, ihn an seinem Hemdkragen nehmen, sein Gesicht zu sich ziehen und diesen Blick küssen.

Aliza spürte, dass sich ihr die Härchen aufstellten. An ihren Armen und in ihrem Nacken. Viel zu viele und viel zu dunkle Härchen hatte sie an Stellen, wo Härchen bei einer Frau nicht hingehörten, und in Momenten wie diesen stellten sie sich auch noch auf, als bekämen sie sonst zu wenig mit von der Welt. Affenweibchen hatte ihr letzter Freund sie genannt. Er meine das nett, hatte er beteuert. Nach ihr war er von einem Tag auf den anderen mit einer samthäutigen Blondine liiert gewesen.

Aliza warf sich die Jeansjacke über, band eilig ihre Sneakers, rannte aus ihrem Gästezimmer im ersten Stock des Schlosses, rannte an Asteroiden, Astralnebeln und all den übrigen Sternenfotos vorbei nach unten in den Salon, rannte ins Freie, über den Vorplatz mit den Rosensträuchern und den steinernen Zwergen auf ihren Stelen, rannte auch noch, als sie um die alte Burg und ihren baufälligen Turm bog, rannte die gepflasterte Auffahrt nach unten bis zum Marktplatz und dort war sie schließlich so außer Atem, dass ihr schummrig wurde. Sie rannte sonst nicht, wozu auch. Keuchend beugte Aliza ihren Oberkörper nach vorne, stützte sich ab auf ihren Knien. Ihr Herz schlug. Schlug, schlug, schlug, konnte es gar nicht so recht glauben. Schlug!

Die Eile ihres Herzens war nötig: Vernunft und Vorsicht sollten es nicht einholen können. Aliza hatte die zwei so satt! Diese vorgeblichen Helfer, diese oberheiligen Schutzpatrone, die sie in Wirklichkeit einsperrten, klein hielten. So satt hatte Aliza es, nicht ganz und gar zu sein. Satt: ihre ungelebten Träume. Satt: ihre verdrängten Wünsche. Satt: ihre beiseitegeschobenen Fantasien. Worauf wartete sie? Dass ihr noch mehr Affenweibchenhaare wuchsen?! All die unter Verschluss gehaltenen Sehnsüchte! Die insgeheimen Ideen. Sich trauen endlich, einfach sich trauen! Riskieren! Sich hinausstürzen aus sich! Leben!

Aliza richtete sich auf. Noch schlug ihr Herz, noch schlug es schnell. Jetzt. Tu es! Nutze dein schnelles Herz, geh!

Aliza ging los, steuerte auf die Trafik zu. Ihr ganzes Leben hatte sie schreibend gelebt, doch lebend nur ihr halbes. *Das Leben, das wir führen könnten.* Es ist das Leben, das wir gelesen haben. Immer schon war es in uns. Und jetzt: will es raus!

Aliza ging, blieb nicht stehen, machte nicht Halt, kehrte nicht um. Ihr Herz schlug. Noch schlug es schnell. Sie würde zur Trafik gehen. Würde eintreten, Peter am Kragen seines schwarzen Hemds packen und seine Lippen mit den ihren öffnen. Und ihm die Zunge in den Mund stecken. Nein, nicht die Zunge. Nur sanft küssen. Sanft. Und wild. Doch, schon auch wild. Egal. Es würde sich ergeben. Sicher würde sich alles ergeben.

Verdammt, die alte Unsicherheit! Nicht zögern jetzt, sonst nimmt dich deine Unsicherheit und spinnt dich ein. Schnell! Einfach weiter jetzt! Einfach weiter, Affenweibchen!

Jetzt war sie da, vor der Tür der Trafik, und würde – nein, nein, nein – auch jetzt nicht zu überlegen beginnen. Rein da jetzt mit dir! Aliza hob den Arm, um gegen die Tür zu drücken, um einzutreten, da sah sie, hinter der verglasten Eingangstür, das *Geschlossen*-Schild.

Nein.

»Nein!«, sagte Aliza laut.

Nur ein Schild, das hier war nur ein Schild. Nur ein Wort. *Geschlossen*. Na und!

»Nein«, sagte Aliza nochmals zu sich und zur Welt. In einem Roman würde sie nun den Knauf mit ihrer Hand umschließen, ihn nach links drehen und die Tür würde sich öffnen. *Geschlossen* – na und, es würde nun gar nichts heißen müssen an dieser Stelle in einem Roman. Aliza griff nach dem Knauf und da wusste sie, dass offen sein würde. Keine Sorge, kein Zweifel, keine Zurückhaltung war in ihr, keine Vorsicht und Rücksicht und Umsicht, kein Funke von dem, das so oft scheiterhaufenhoch brannte in ihr.

Offen würde sein, einfach offen. Aliza drehte am Knauf, drehte ihn nach links, drückte dagegen und – die Tür sprang so leicht auf, so wunderleicht, als bestünde sie aus Pappmaché. Vor ihr öffnete sich der Raum.

»Aliza!« Peter sah überrascht auf. »Ich habe geglaubt, ich hätte schon zugesperrt.« Er freute sich, das sah sie, es bestand kein Zweifel.

»Was für eine schöne Überraschung!«, sagte er. »Komm doch ganz rein!«

Aliza trat ein, ihre Härchen an Armen und Nacken meldeten sich, nichts lag in diesen Sekunden zwischen der Welt und ihr. Kein Blatt Papier, nichts zwischen ihrem Gefühl für sich und dem fürs Leben.

Während Aliza die Tür zudrückte, sah sie zu Peter, der hinter dem Verkaufspult stand. Sie löste, genoss die Anmut dieser schlichten Geste, ihre Finger von der Tür. Und ging auf Peter zu. Es war, als würde eine Frau in einem ihrer Romane auf einen Mann zugehen, den sie wollte, eine Frau, die nichts zu verlieren hatte, weil sie sich selbst mit letzter Gewissheit besaß. Aliza ging auf diesen Mann zu, beugte sich über das Verkaufspult, nahm ihn mit beiden Händen am Hemdkragen, zog sein Gesicht zu sich und küsste ihn … auf die Wangen. Peter war erstaunt, gelinde gesagt, denn bisher hatten sie sich nicht so begrüßt. Und sein Staunen wuchs, doch viel Zeit blieb nicht, es als Staunen wahrzunehmen, weil diese Frau gerade zart seine Lippen berührte mit ihren.

Himmelsdröhnen?

Nein, Treppengetrampel.

»Papa!«, rief eine helle Kinderstimme und ein hübsches, schwarz gelocktes, vielleicht zwölfjähriges Mädchen stand im Raum. »Papa, wo bleibst du denn?! Mama hat schon gekocht. Kommst du?«

Tief drinnen hatte sie doch wissen müssen, dass so etwas kommen würde. Na und, was machte es schon. Wie unwesentlich es war, wie gelassen sie blieb. Und wie gut sich die Gewissheit anfühlte, dass nichts Falsches passiert war und nichts Falsches passieren konnte. Geschlossen oder nicht geschlossen. Einerlei. Sie würde diesen Mann haben, so oder so. Auf diese oder eben nur auf jene Art. Aliza lächelte das Mädchen freundlich an, lächelte Peter an, verabschiedete sich und ging.

- 4 -

»Er hat wieder geschrieben.« Elli gab Leopold den Brief ihres Sohns.

Graf Leopolds Gesicht erhellte sich. Er saß im Salon vor dem Fernseher, gerade war er noch bereit gewesen einzudösen.

»Ein Brief, ein richtiger Brief?«

»Freu dich nicht zu früh. Es sind die üblichen Anklagen.«

»Immerhin«, Leopold griff nach seiner Lesebrille, »immerhin, er schreibt. Und sogar einen Brief, nicht dieses Internet-Zeug! Zeig mir heute einen Zwanzigjährigen, der Briefe schreibt. Wenn er jetzt beginnt, Briefe zu schreiben, geht es bergauf. Schreibt er was vom Studium? Schreibt er, wie es ihm geht?«

Elli ging in die Küche nebenan, öffnete den Kühlschrank, mixte sich einen Gin Tonic.

Ein Brief, ein richtiger Brief, von meinem Sohn. Leopold kämpfte sich inmitten der Polster in eine aufrechte Position.

Hallo Eltern!

Ich schreibe euch auf Papier, damit ihr euch diesen Wisch aufs Häusl hängen könnt beim Scheißen. Das ist ja das Ausgiebigste, was ihr so tut für die Welt, nicht wahr, Eltern?

Ein Brief, immerhin ein Brief, sagte sich Leopold.

Was tut ihr sonst noch so? Mama, jagen? Mama, durchs Fernrohr zu den Sternen flüchten vor deinem Leben? Papi, ziellos durch den Wald trotten? Saufen?

Wenn nicht einmal ihr was tut, Leute wie ihr, gebildet angeblich, wohlsituiert, mit Kontakten in einflussreiche Kreise, wieso wundert noch irgendjemanden der Zustand der Welt? Ignorieren, darin seid ihr gut, das könnt ihr, klar, habt ihr ja auch schon jahrelang geübt gegeneinander. Es ist auch der Grund, Überraschung, Überraschung, warum Marianne nicht mehr heimkommen will, falls ihr das noch nicht begriffen habt. Ja, euer immer braves, euer immer ruhiges Töchterchen hält es, Überraschung, Überraschung, nicht mehr aus, dass ihr aneinander vorbeilebt wie Fremde. Sie sagt es nicht, weil sie ja nie was sagt, aber es schreit durch ihren Kopf! Und damit ihr das nicht vergesst, hängt euch diesen Wisch in Augenhöhe aufs Häusl, dann wisst ihr jedes Mal an diesem Ort der inneren Einkehr, dass ihr euch einen Schas, einen Scheißdreck, einen schasigen Scheißdreck kümmert um alles Wichtige im Leben! Oh, Pardon, wie ich mich gehen lasse, wie ich mich ausdrücke, also: Eine Flatulenz kümmert ihr euch! Apropos: Was tut ihr gegen die Klimakatastrophe? Die Kinderarmut? Die Waffenlobbys? Sklaventreiber wie Uber und Amazon? Was gegen Regierungen, die den Weltkonzernen die Steuern erlassen und stattdessen bei den

Sozialausgaben für die Menschen sparen? Was tut ihr gegen die geistige und materielle Vermüllung der Welt? Gegen das Zubetonieren unserer Natur? Gegen das Artensterben? Welchen politischen Druck macht ihr und alle anderen unserer so einflussreichen aristokratischen Onkel, Großonkel, Tanten und Cousins? Wir leben im neuen, scheinaufgeklärten Mittelalter wegen euch, euch allen! Wie habt ihr es so weit kommen lassen können! Was tut ihr? Nichts tut ihr! Und was tut ihr, damit ihr wieder zusammenfindet? Ich scheiß so was auf eure superschlaue, superinaktive Generation. Und wisst ihr was, ich scheiß aufs ganze Leben!

Niederachtungsvoll!
Vinzenz
Arschlochsohn von Arschlöchern

Er ist begabt, sagte sich Leopold, er weiß mit Sprache umzugehen. Leopold legte sich das Blatt Papier auf den Schoß und strich mit der flachen Hand darüber. »Immerhin«, sagte er leise. »Immerhin.« Und dann, Richtung Küche und Elli: »Immerhin ein Brief!«

»Ist das alles, was dir dazu einfällt?« Elli kam in den Salon, die Arme vor der Brust verschränkt, als fröre sie. Den Gin Tonic hatte sie in der Küche stehen lassen. Sie hatte sich ihn eigens stark gemixt, danach das randvolle Glas betrachtet und es nicht angerührt.

»Wir müssen was tun, Leopold. Vinzi entgleitet uns. Ich mache mir Sorgen, Leopold.«

»Sag nicht Vinzi zu ihm.«

»Ich sage es ja nicht zu ihm. Er ist ja nicht da. Außerdem, was ist schlimm an Vinzi?«

»Er mag es nicht. Er ist kein Kind mehr.«

»Als ob das jetzt das Wichtigste wäre, Vinzi oder Vinzenz, ich fürchte um ihn, Leopold. Verstehst du das nicht?!«

»Solange er Briefe schreibt, ist alles in Ordnung. Er ist einfach in diesem schwierigen Alter, in dem einem alles schrecklich verloren erscheint und man zugleich glaubt, dass alles doch irgendwie lösbar wäre, gäbe man sich nur ausreichend Mühe. War bei mir nicht anders.«

»Er hat auch Annerl geschrieben«, sagte Elli.

»Annerl! Hast du mit ihr telefoniert? Wie geht's ihr?«

Elli ging in die Küche, griff zum Glas, machte nun doch einen Schluck. Der Alkohol jagte ihr einen Schauer in die Eingeweide, der sie erschreckte, weil er so erfüllend war. Mit einer raschen Bewegung leerte sie den Inhalt des dickwandigen Glases in die Spüle. Ging zurück in den Salon zu Leopold.

»Annerl sagt, dass es ihr gut geht, aber du kennst sie ja. Und ihre Stimme hat sich dünn angehört, obwohl sie sich sicher zusammengerissen hat. Ich habe kein gutes Gefühl. Zuerst die Verlegung von der Kuranstalt in die Krankenabteilung wegen des Schwächeanfalls und jetzt sagt mir der behandelnde Arzt, dass sie eine Lungenentzündung hat und nicht transportiert werden sollte. Ich finde, wir müssen sie trotzdem heimholen, ins Krankenhaus kann sie auch hier.«

»Aber wenn die Ärzte sagen, dass man ihr einen Transport nicht zumuten kann. Lass uns noch ein paar Tage zuwarten. Vielleicht wird's ja besser. Und dann holen wir sie heim.«

»Wäre Aliza nicht zu Gast, würde ich jetzt wenigstens hinfahren, um sie zu besuchen.«

Die braucht dich doch gar nicht, dachte Leopold. Er zögerte. Sagte: »Es wird schon werden. Annerl ist zäh. Mach dir keine unnötigen Sorgen. Ich geh jetzt ins Herrenzimmer und schreibe Vinzenz.«

Mein lieber, wütender Sohn!

Ich habe nicht allzu viel gelernt in meinem Leben, dies eine aber versuche ich zu lernen, immer wieder aufs Neue. Vielleicht hilft es auch dir. Es ist nämlich so: Du musst dich nicht mit deinen Gedanken identifizieren. Musst nicht gekränkt sein, wenn dir deine Gedanken sagen, dass Anlass dazu besteht. Musst nicht wütend, nicht traurig, nicht verzweifelt sein, wenn deine Gedanken es dich glauben machen wollen. Du kannst unabhängig sein, völlig unabhängig fast von deiner Gedanken Welt.

Es grüßt dich, dein dich liebender Vater. Hab Dank für deinen Brief!

Vinzenz Hohensinn saß am Schreibtisch in seiner Studentenwohnung, die ganz und gar nicht wirkte wie eine Studentenwohnung, da es ein zweihundert Quadratmeter großes Domizil im Dachgeschoß eines Gründerzeithauses in der Innenstadt war, das die Familie geerbt hatte, nachdem Onkel Ferdinand, genannt Ferry, in den Armen einer seiner jungen Geliebten einen letzten lustvoll verzweifelten Schrei getan hatte. Vinzenz mochte diese Wohnung sehr und sie machte ihn rasend zugleich, denn diese Wohnung war dekadent, solange sie nicht für höhere Zwecke genutzt wurde. Revolutionäre Zwecke. Und noch hatte er keinen Finger gerührt.

Vinzenz nahm Onkel Ferrys Brieföffner und schlitzte das Kuvert mit dem Wappen der Hohensinns darauf auf. Wieder ein Brief seines Vaters. Der letzte vor zwei Tagen hatte ihn schon wütend und danach traurig gemacht. *Du musst dich nicht mit deinen Gedanken identifizieren.* Das hatte Vater ihm doch allen Ernstes geraten. Womit solle er sich denn sonst identifizieren, mit den Gedanken des Großkapitals, der Verbrecher, der Leuteschinder, der stupiden Massenmedien?

Diesmal bat Vater ihn, dass er endlich wieder einmal nach Hause kommen, mit ihm in den

Wald gehen solle, einfach einmal wieder den Kopf durchlüften, das helfe manchmal, nicht immer, aber manchmal helfe es.

Vinzenz knüllte den Brief zusammen und warf ihn davon. Nach einer Weile stand er auf, holte das Knäuel, strich es glatt, las die zerknitterten Sätze. Atmete. Knüllte den Brief erneut zusammen und warf ihn in die entgegengesetzte Richtung.

Auch Mama hatte ihm geschrieben. Getrennt von Papi natürlich, einen eigenen Brief, natürlich. Mama hatte seiner Liste an Dingen, die falsch liefen in der Welt und denen die Eltern tatenlos begegneten, Positives entgegengesetzt. Wie eine Anwältin war sie vorgegangen. Gegenbeispiele hatte sie angeführt, Gegenargumente. Eine Liste an Dingen, die gut liefen in der Welt, wie sie meinte, eine Liste an Dingen, die Hoffnung gäben, die das Leben lebenswert machten, eine Liste, die die Welt schön erscheinen ließ – entgegen jeder Wahrheit! Das also war Mamas Strategie, um ihn aufzuheitern. Vinzenz hatte den Brief in tausend Teile zerrissen.

Die knappste Antwort, den kürzesten Brief, hatte er von Annerl bekommen, die auf Kur war in einem oberfeinen, ihr sicher unangenehmen Resort, in das Mama sie geschickt hatte, der guten Bergluft wegen, und wo Annerl offenbar krank geworden war. Vinzenz hatte weinen müssen, als er Annerls Zeilen las; weinen müssen aus Rührung, einfach, weil ihn diese Zeilen an Annerl erinnerten, die so weit weg war, an Annerl, die immer da gewesen war für ihn, als er noch ein Kind gewesen war, Annerl, die nach Fenjal, dieser altmodischen Hautcreme, gerochen hatte. Es war blöd, dieses Weinen um Annerl und die verlorene Kindheit und die verlorene Zartheit in der Welt. Annerl, seine liebe, gute Annerl, hatte ihm geschrieben. Wie sehr sie sich bemüht hatte, schön zu schreiben. Der Anblick ihrer dünnen, zittrigen Schrift schnürte Vinzenz das Herz zusammen.

Mein lieber Vinzenz,

ich habe Deinen Brief erhalten, danke, dass Du mir schreibst. Wie ich mich darüber freue! Du sagst, es gibt so viel Schreckliches auf der Welt, ja, ich weiß, aber Du, Du hast mich glücklich gemacht mit Deinem Brief, und alleine damit, dass Du an mich denkst. Mein Tag ist schön dank Dir. Wie gut, dass es Dich gibt.

Deine Annerl

Ich streichle Dir über den Kopf

- 5 -

Damals hattest du noch nicht deine Hütte im Wald meines Mannes. Du begannst sie zu bauen, neben der windschiefen alten. Und ich kam beinahe jeden Tag. Und brachte dir Tee und Brote. Ich tat es nicht für dich, ich tat es meinetwegen, aus purem Egoismus. Ich wollte bei dir sein, wollte dich beobachten. Ich brauchte einen Vorwand, um dich anstarren zu können. Deshalb musstest du so viel Tee trinken damals. Du sprachst noch nicht in jener Zeit. Es sei wegen eines alten Vorfalls, vermutlich wegen eines Mädchens, erzählte mir Kristyna und behauptete, mehr wüsste sie nicht, aber ich sah ihr an, dass sie die ganze Geschichte kannte, bis ins letzte entscheidende Detail. Und sie sah, dass ich es sah. Doch beide verloren wir kein weiteres Wort darüber. Und so weiß ich bis heute nicht, ob du wirklich meinetwegen zu sprechen begonnen hast. Oder ob ich es auch ein wenig den guten Gedanken deiner Halbschwester zu verdanken habe. Ja, Jakob, ich weiß davon.

So lange warst du sprachlos, auch mir gegenüber. Ich dagegen habe dir meine gesamte Lebensgeschichte erzählt. Einem Stummen. Du schienst mir der perfekte Zuhörer, du würdest mich nicht verraten, niemals würdest du das. Im Nachhinein betrachtet ist es für mich unbegreiflich, dass wir nicht schon früher ein Liebespaar wurden. Du liebtest es, sagtest du mir später, meine schlanken Hände entspannt auf dem Waldboden liegen zu sehen, völlig entspannt auf dem Waldboden. Du konntest nicht anders, gestandest du mir, wenn du meine Hände entspannt auf dem Waldboden liegen sahst, als über mich zu kommen. Wortlos tatest du es. Nie habe ich dir gesagt, dass ich nur für dich, für dich und mich, meine Hände in dieser Weise auf den Waldboden legte, entspannt auf den Waldboden. Nach dem ersten Mal schon wusste ich, dass du nicht würdest widerstehen können. Ich setzte darauf. Schloss die Augen. Und dann kamst du über mich. Nahmst mich. Zärtlich tatest du es. Zärtlich und danach wie ein Tier. Meine Hände, meine schlanken Hände, gekrallt in den Waldboden, gekrallt in dunkle Erde. Meine Hände. Unter deinen. Unsere Hände, entspannt auf dem Waldboden.

***

Auf Varia 7, dem kleinsten der vierundvierzig um den Stern Sinus kreisenden Planeten, entstand nach der Zerstörung der Biosphäre durch die am weitesten fortgeschrittene Spezies abermals neues Leben. Daphnien durchbrachen die zähe Haut der Dauereier, in denen sie drei Jahrhunderte verharrt hatten. Sie durchstießen das Ephippium in den Stunden, da beide Monde zu sehen waren und die Membran dem Zellkern endlich das Signal ausreichender Umweltbedingungen gab.

Rasch reiften die Daphnien zu Geschöpfen, die selbst Eier austrugen, gleich ihrer ihnen unbekannten, längst verstorbenen Mutter. Zwei Millimeter kleine Wesen waren es, und betrachtete man sie im Profil, erinnerte ihre Gestalt an die luzider Vögelchen in einer verletzbar dünnen Blase; Vögelchen mit angezogenen Beinen, einem Schnabel, aus dem Zweiglein ragen, und die, wie wertvoll, hundert weißgolden schimmernde Eier bei sich trugen. Vögelchen, geboren in Asche und Schlamm. Vögelchen mit Goldenem Vlies.

Dreihundert Jahre alt und wie tagjung zugleich waren die Daphnienweibchen. Ihre Brutkammern, weißgolden schimmernd, führten sie gleichsam als Pfand mit sich, zur Einlösung abermaligen Lebens. Nach alldem, was geschehen war auf Varia 7.

Nur sieben Lichtjahre entfernt existierte weiteres körperliches Leben. Die am weitesten fortgeschrittene Spezies hatte dem atmosphärisch blau in seiner Sonne leuchtenden Planeten den Namen Erde gegeben.

- 6 -

In jüngster Zeit schien Graf Leopold von Hohensinn überaus leicht reizbar. Besonders wenn es um seinen geliebten Wald ging, der so groß war, dass selbst er nicht jeden Flecken kennen konnte. Was Leopold nur stimmig schien. Denn wie töricht wäre es zu glauben, auch nur irgendetwas zu kennen, es zu besitzen, obgleich sich doch ständig alles wandelte. Die Natur unterlag sich selbst, ihrem Rhythmus, der Symbiose ihrer Teile. Es war ein stetes Fließen, ein Werden ohne Unterlass. Die meisten Menschen hatten dafür freilich keinen Sinn, nichts schien ihnen heilig, abgesehen von ausgerechnet ihnen selbst. Am liebsten hätte Graf Leopold von Hohensinn deshalb – Gesetzeslage hin oder her – sämtliche Zweibeiner ausgesperrt aus seinem Wald. Ratzeputz ausgesperrt. Wenigstens hier, wenigstens in diesem unergründlichen, diesem baumbestandenen Raum sollte das Leben ungestört und ruhig sein dürfen, unberührte Wahrhaftigkeit.

»Nein, nein, nein!« Er wolle das keinesfalls!

Leopold reagierte mit dem trotzigen Gesichtsausdruck eines Kleinkindes, als ihm sein lieber Freund und Gutsverwalter Franz Sagmüller, flankiert vom schnauzbärtigen Förster Werner Oberkokler, eine

Angelegenheit nahezulegen versuchte. Alle Vorbereitungsarbeit war bereits abgeschlossen, das vernünftige und ohnehin konservative Projekt im Grunde unter Dach und Fach, lediglich das formelle gräfliche Nicken fehlte noch.

»Nein! Kein Naturschutzgebiet!«, rief Graf Leopold. »Wenn wir ein Naturschutzgebiet aus dem Rehtalmoor machen, kommen Hunderte Touristen und trampeln mir mitten durch den Wald und ruinieren alles.«

Franz Sagmüller bat den Förster mit einer Kopfbewegung aus dem Kanzleizimmer. Oberkokler nickte verständig, zog beim Nach-draußen-Gehen den Hut vor dem Grafen, der nur beiläufig hinsah und die Fäuste in den Taschen seiner alten Knickerbockerhose behielt.

»Vinzi«, begann Graf Leopold, als er mit Franz Sagmüller alleine war, »Vinzenz würde das sicher auch nicht wollen, ein Naturschutzgebiet, das uns alles ruiniert. Schließlich wird alles einmal ihm gehören, ihm und Marianne. Sie sollen alles gleichberechtigt bekommen, Bruder und Schwester. Gleichberechtigt.«

»Leopold«, sagte Franz Sagmüller sanftmütig. Damit er das gesenkte Gesicht seines Freundes sehen konnte, ging er vorsichtig einen Halbkreis um ihn, »Leopold, du weißt schon, dass es um eine Fläche geht, die nicht einmal ein Tausendstel vom

Wald ausmacht. Und wir schlagen zwei Fliegen mit einer Klappe, Leopold: Wenn wir das Rehtalmoor zum Naturschutzgebiet machen und der Landesrat sich damit schmücken kann, bekommen wir dafür die Genehmigung fürs große Wildschweingatter verlängert, das ist dir doch wichtig, dass da niemand reingeht. Die Ausnahme organisiert uns der Landesrat mit einem juristischen Trick. Und außerdem zahlt uns das Land, wenn wir das Moor unter Naturschutz stellen, eine jährliche Förderung, die wir für die Sanierungsarbeiten am Burgturm abzweigen können. Ich weiß …«, der Gutsverwalter hob beschwichtigend die Hände, »ich weiß, Leopold, du hasst den Turm – deine Kindheit, dein alter Herr, seine Gemeinheiten, schon klar – aber Leopold, wir sind verantwortlich, und wenn wir nichts tun, haut's uns das Ding bald einmal um die Ohren.«

»Ich hab geglaubt«, murmelte Leopold, »wir haben vor ein, zwei Jahren vom Land einen Renovierungszuschuss bekommen.«

»Ja, Leopold, aber den haben wir damals für den laufenden Betrieb verwenden müssen, weil du drauf bestanden hast, so wenige Bäume zu fällen.«

Graf Leopold wandte sich wieder ab, drückte das Kinn bockig an die Brust. Die Fäuste hatte er nach wie vor in den Hosentaschen seiner mausgrauen Knickerbocker.

»Leopold«, sagte Franz Sagmüller, »Poldi«, ergänzte er und griff dem Freund wie zum Trost an den Oberarm, »es wird deinem Wald nix passieren. Wir stellen vier kleine Schilder auf, sonst ändert sich nix, und dafür kriegst du von den Behörden das Großgatter für die Wildschweine verlängert. Ist dir klar, was das bedeutet? Du darfst deine Spezialgegend unbefristet absperren, unbefristet Leopold! Und ich, na ich krieg ein bisserl Naturschutzrenovierungsgeld für den depperten Turm. Einverstanden? Gut, Poldi?«

Leopold von Hohensinn sah auf und seufzte, kurz berührten die Blicke der alten Freunde einander. Daraufhin seufzte Graf Leopold von Hohensinn abermals. Es war ein noch hingebungsvolleres Seufzen als das ohnehin hingebungsvolle von zuvor.

Draußen, im Vorraum des Wirtschaftsgebäudes, stand Oberkokler am Fenster, sah den bebenden Blättern der Birken, Linden und Ahornbäume zu, überlegte, ob sich der Sommer für heuer denn schon verabschiedete, und strich, um sich das Warten zu verkürzen und um Ordnung zu schaffen, immer wieder mit Daumen und Zeigefinger über seinen Schnauzbart. Die Tür sprang auf. Rasch zog der Förster den Hut vor dem vorbeigehenden Grafen.

»Komm rein!«, rief Franz Sagmüller aus dem Kanzleizimmer, »komm rein, Oberkokler, du musst ein paar Schilder aufstellen. Unser Herr Graf hat beschlossen, das Rehtalmoor zum Naturschutzgebiet zu machen.«

Keinen Monat später, ein überraschend feindseliger Herbstwind bog die Wipfeln des Hohensinn'schen Forsts, stand ein Grüppchen Menschen beim Rehtalmoor, um ein neues Naturjuwel des Landes einzuweihen, wie es später im *Heimatblatt* heißen sollte. Auf dem dazugehörigen Foto war ein professionell grinsender Landesrat für Tourismus und Umweltschutz zu sehen, daneben Gräfin Elisabeth von Hohensinn, charmant lächelnd, der Bürgermeister Litsteins mit herzerfrischend bürgernaher Gesichtsfarbe, und schließlich, am Rand, Graf Leopold von Hohensinn, Eigentümer von zwölftausend Hektar Wald diesseits und jenseits der Grenze, und also auch Besitzer des Rehtalmoors, neuerdings freilich Besitzer des Rehtalmoor Naturschutzgebiets. Sein Freund Franz hatte Leopold gebeten, beim Fotografieren nicht garstig die Augenbrauen zusammenzuziehen. Leopold hatte es ihm zugesagt. Und sich Mühe gegeben, sich wirklich, wirklich Mühe gegeben. Auf dem Foto stand er stocksteif. Er war der Einzige auf dem Bild, der nicht der Aufforderung des Fotografen gefolgt war, auf das neue Naturparkschild zu zeigen.

Freilich waren auch ein paar Zaungäste herumgestanden, unter anderem die Schriftstellerin, was auch immer sie sich erhoffte von der Sache, und die üblichen Verdächtigen und Schnorrer (die enttäuscht wurden, denn es gab weder Brötchen noch sonst irgendeine Verköstigung). Immerhin, wie Franz Sagmüller versprochen hatte, dauerte die Eröffnung samt Ansprache des Landesrats und den vorhersehbaren Fragen des *Heimatblatt*-Redakteurs keine Viertelstunde.

Kaum war der Termin abgefeiert und erledigt und der Bürgermeister wieder in seinem warmen Wirtshaus und der Landesrat für Tourismus und Umweltschutz wieder in seinem warmen Dienstwagen und der Redakteur in seinem warmen Büro und Elli gemeinsam mit der Schriftstellerin im angenehm temperierten Schloss, kehrte Leopold zurück in den Wald, über den nach wie vor der Herbstwind pfiff.

Graf Leopold raste bis zu jener Stelle beim Rehtalmoor, an der kurz zuvor noch ein Pulk völlig unnötiger Zweibeiner gestanden war. Da er naturgemäß zu schnell war und sein Land Rover aus einem Baujahr stammte, in dem ABS noch als Schnickschnack galt, bremste der schwere Wagen beim Abrupt-in-die-Bremsen-Steigen nicht, sondern schlitterte auf dem nass-moosigen Boden erst einmal durch die Bäume hindurch. Mit einem erstaunlichen Tempo. Leopold saß im Wageninneren, hielt das Lenkrad mit beiden Händen fest und dachte sich nicht viel dabei, als die Bäume rechts und links und links und rechts an ihm vorbeiflirrten, obwohl sein Fuß doch fest auf der Bremse stand. Schon gar nicht verspürte Leopold Angst in diesen Sekunden, denn der Wald, der gute Wald, behütete seine Bewohner, Großvater hatte das schon gewusst, im Wald geschah einem nichts, geschah einem niemals etwas, der Wald sorgte für einen, solange man für den Wald sorgte, ganz gewiss war das. Ein morscher Baumstumpf – na also, wozu ABS, Rumms! – brachte Leopolds Land Rover schließlich zum Stehen.

Leopold stieg nicht aus dem Wagen, er sprang. Rannte. Rannte, wie er schon lange nicht mehr gerannt war, zielgerichtet auf den frisch im Waldboden vergrabenen Holzpflock zu, an dem ein fabrikneu glänzendes Kunststoffschild mit der Aufschrift *Naturpark Rehtalmoos* festgenietet war. Für alle *lieben Besucherinnen und Besucher dieses Naturjuwels* hielt es *mit freundlicher Unterstützung des Landes* pädagogisch wertvolle Informationen über Fauna und Flora bereit und wollte auch noch nicht nachgeben, als Leopold daran riss und darauf einschlug wie verrückt.

Da sich das verdammte Schild nicht vom Pflock löste – Oberkokler hatte es, gar nicht in böser Absicht, aber eben aus Mangel an natürlichem Verständnis, viel zu gewissenhaft montiert – da dieses Schild also nicht und nicht nachgeben wollte, begann Graf Leopold von Hohensinn gegen den Holzpflock darunter einzutreten. Mit der Zeit kam Leopold ins Schwitzen. Das tat gut. Ja, das tat richtig gut! Diese Wut! – Und etwas Richtiges zu tun gegen diese Wut!

»Ja!« Leopold stürmte erneut auf diesen blöden Pfosten zu, den er selbst da hatte hinpflanzen lassen. Vinzenz hatte recht, man musste etwas tun, nicht immer nur die Hände in den Schoß legen und behaupten, es hätte ohnehin alles keinen Sinn. Leopold trat auf den Pfosten ein, trat und trat und trat, und rannte mit Körpereinsatz dagegen an. Wäre Graf Leopold von Hohensinn beobachtet worden in diesen Augenblicken, der Verdacht, er sei geistesgestört, wäre schwer von der Hand zu weisen gewesen.

Der Pfosten indes vibrierte lediglich dumpf im Boden, wenn Leopold ihn ansprang, sich ihm entgegenwarf, ihm letzte, kraftraubende Tritte verpasste, motiviert bloß noch von dem Willen, alles zu geben. Am Ende spuckte Leopold nur noch nach dem Schild. Was auch nicht gelang. Daneben.

Leopold stützte sich, atemringend, keuchend, herzkammerfibrillierend, gegen den Pfosten, legte seine schweißüberströmte Stirn dagegen.

Aufgeben würde er noch lange nicht.

Eines nach dem anderen.

Eines … nach …

… Seilwinde!

An seinem Land Rover war doch eine Seilwinde montiert!

Wer brauchte schon ABS?! Eine Seilwinde! Jawohl, eine starke, motorbetriebene Seilwinde! Die brauchte man im Wald!

Das Bersten des Holzes, das Krachen dieses Pfostens verschaffte Leopold eine solche Genugtuung und er war so froh und stolz und erleichtert, dass er unwillkürlich an Kristyna dachte.

Tief befriedigt fuhr Leopold ab. Auf dem Rücksitz lag der abgerissene obere Teil des Pfostens samt Kunststoff-Naturpark-Schild. Leopold stieg aufs Gaspedal, ballte die Faust und brüllte einen Siegesschrei, dessen Wucht ihn so sehr befreite, dass nach und nach Tränen in seine Augen stiegen. Ich lebe, fühlte Leopold. Ich lebe.

VIERTER TEIL

- 1 -

Es war, als gewährte mir der Himmel Einblick in sein Geheimnis. Als führte er mir Schönheit und Schmerz, Schöpfung und Zerstörung, das Alles und das Nichts vor Augen. Und dass eines das andere bedinge, und dass das Leben nur so zu bekommen sei oder eben nicht.

Ich saß hoch über dem winterlichen Marktplatz von Litstein in meinem Zimmer. Und sah, als beobachtete ich ein universelles Schauspiel von Erwachen und Sterben, wie eine wolkengeschaffene Schneeflocke an die Fensterscheibe wehte und zerrann.

Das Leben *mit unbestechlichen Augen wie neu entdecken*. Das hatte G sich gewünscht. Lange schon war das auch mein Wunsch gewesen. Die Sehnsucht nach dem Wesentlichen, dem Unumstößlichen, dessen Existenz wir erhoffen, mitunter spüren, doch niemals in uns festzuhalten vermögen. Das Jetzt des Lebens. Das Jetzt-und-nie-wieder. Es auflesen, bewahren, Wort für Wort. Wie oft habe ich es versucht, immer wieder freilich ist es mir zerronnen.

Gemessen daran, wie meine Recherchen bisher verlaufen waren, würde mein Aufenthalt in Litstein, der G so zuversichtlich machte, nichts ändern daran. Die Menschen hier lebten, wie sie überall in den *hochzivilisierten* Teilen unserer Welt lebten: Im Großen und Ganzen verbrachten sie ihr Leben, verwalteten es, als warteten sie darauf, dass es begänne. Tatsächlich lebten sie, als sehnten sie sich eben nicht nach dem Wesentlichen, dem Jetzt.

Ich beugte mich über den Schreibtisch und öffnete beide Fensterflügel. Kühle flog mich an, Schneeflocken wirbelten ins Zimmer. Ich kletterte auf den Schreibtisch, kroch nach vorne zum Fensterbrett, krempelte die Ärmel meiner Wollweste hinauf, weit bis über die Ellenbogen, und streckte die Arme nach draußen.

Wer weiß, wie lange ich so dahockte. Nachdem sich Eiskristalle in mein Haar gelegt hatten, als wäre es ihr Schneeflockennest, ihr Kinderspielzimmer nach ihrer Wolkenhimmelsgeburt, als mein Gesicht ergiebig kalt war und kristallnass und mein Körper ausreichend zitterte vor Staunen, rutschte ich zurück auf den Schreibtisch, über meine Unterlagen, zurück Satz für Satz, und schloss die Fensterflügel. Strich mit den Händen über mein kaltgespanntes Gesicht. Und stieg vom Schreibtisch, wobei die Landung misslang. Vornüber fiel ich wie ein schneenasser Sack, weil meine vom Kauern tauben Beine einknickten. Großartig, Aliza. Bewegungsunfähig und zitternd auf allen vieren. Ganz großartig. Ich wälzte mich auf den Rücken wie ein unbeholfener Käfer und streckte mich auf dem Parkettboden aus.

Wie im Roman ist das Leben kaum einmal, wie in einer tollpatschigen Romanrecherche allemal.

Für diesen Tag hatte ich vor, mir einen Überblick über den Stand meiner Aufzeichnungen zu verschaffen, Ordnung hineinzubekommen. Ich sah die Notizen und Textfragmente durch. Entscheidend war, ob sie ausreichend Energie besaßen. Schließlich musste es gelingen, das war mein erstes Kriterium, dass die Leserinnen und Leser die Menschen des Romans am Ende besser kannten als jene Menschen sich selbst. Der Roman sollte (mein zweites Kriterium) die Leserinnen und Leser die Welt heller wahrnehmen und näher erleben lassen, als ich selbst es als Autorin vermochte. Und drittens sollten die Leserinnen und Leser mittels des Romans das für sie Zentrale in einem klareren Licht erkennen; das, was auf ihr Leben den allergrößten Einfluss hat: sich selbst.

Anmaßend? Paradox? Unmöglich? Mag sein. Ilse Hofstätter aber würde sagen, all das schaffe die Zauberin Literatur.

Was also, ich durchblätterte mein Notizbuch, was von all diesem Leben war es nicht nur wert, gelebt zu werden, sondern darüber hinaus auch wert, Literatur zu sein? Weiterzuleben Wort für Wort? Erstmals hängen blieb ich, warum auch immer, bei etwas Trivialem: Vergangenen Herbst war ein

Naturschutzgebiet eröffnet worden, ein Moor, und kurz darauf waren alle Naturpark-Schilder weggewesen. »Jammerschade«, hatte Leopold am Frühstückstisch gesagt. »Kaum ausgeschildert, schon wieder zerstört.« Im Ort waren die Leute einig: Die Welt verrohe, sogar hier in Litstein. Unbekannte hatten im gräflichen Wald die Wegweiser heruntergerissen, mutwillig auch den Pfosten der Infotafel zerstört und alle Schilder gestohlen. Wieso nur machte jemand so etwas, fragten sich die Menschen. Wie langweilig oder jämmerlich musste jemandem zumute sein, um sich blankem Vandalismus hinzugeben?! Asoziales Gesindel steckte dahinter, das war den Litsteinerinnen und Litsteinern klar, und Näheres fand auch die Polizei nicht heraus. Irgendwelche Jugendliche vielleicht, besoffene Arbeitslose, wobei man mit Vorurteilen natürlich achtsam umgehen musste. Oder es waren, das wird man wohl noch sagen dürfen, Ausländer gewesen. Besoffene, arbeitslose, ausländische Jugendliche – das schien, bei aller gebotenen Unvoreingenommenheit und ermittelt wurde selbstverständlich in alle Richtungen – doch am wahrscheinlichsten.

Bevor im Rahmen des bürokratischen Hin und Her entschieden werden konnte, wer die neu anzuschaffenden Schilder bezahlen sollte – das Land, der Bezirk, die Gemeinde oder die gräfliche Gutsverwaltung –, war der Winter übers Land gekommen. An eine Neuerrichtung der Schilder war vorerst jedenfalls nicht zu denken. »Leider«, sagte Graf Leopold und schritt davon, »leider, leider.«

Spannend für den Roman schienen mir besonders jene Menschen, die sich entzogen. Allen voran Kristyna Janouch. Ich war noch das eine oder andere Mal zu ihr gefahren, aber sie erwies sich als zunehmend wortkarg. Und wenn ich sie auf ihre Enkelin Malina ansprach, reagierte Kristyna im besten Fall schnippisch. Was ich denn so Dringendes wolle von ihr?! Mein Buch werde ich doch wohl alleine zusammenstoppeln können! Malina wolle, wenn sie aus der Großstadt zu ihr komme, in Ruhe gelassen werden! Alles in allem war Kristynas Botschaft unmissverständlich: Sie hatte mich satt. Ich war unerwünscht.

Immerhin war sie die Einzige, die mir die Existenz jenes Burschen bestätigte, den ich bald nach meiner Ankunft am stromförmigen Grenzteich getroffen und seitdem nie wieder zu Gesicht bekommen hatte. Ich war auf dem Steg gesessen, als der Kleine damals plötzlich hinter mir stand, eine Nickelbrille im Gesicht und gestraft mit einem stämmigen Körper, der ihn wie einen Erwachsenen wirken ließ. Er hatte mir eine Wette aufgeschwatzt, hatte eine Münze zwischen Daumen und Zeigefinger gedreht und behauptet, sie würde auf der Oberfläche des Teichs schweben, setzte er sie aufs Wasser. Fred war der Name des Kleinen gewesen.

Einen Fred kenne sie durchaus, sagte Kristyna, aber wenn es derselbe Fred sei, der mir auf dem Steg nachgestellt habe, handle es sich nicht um einen Burschen, sondern um einen schlitzohrigen alten Freund von ihr. Kindlich wirke Fred, weil er kleinwüchsig sei und eine seltene Genkonstellation sein Gesicht kaum altern ließe. Ich fragte Kristyna, was es sonst mit ihm auf sich habe, wo er wohne, was er tue. Doch sie meinte: »Über Freunde, die nicht wollen, dass man über sie spricht, spricht man nicht. Frag ihn doch selbst.« Das täte ich gerne, gab ich zurück, aber er sei seit jener Begegnung wie vom Erdboden verschluckt.

»Tja«, kommentierte Kristyna.

Tja. Drei Buchstaben. So sparsam konnte man jemanden also auffordern, seinen Grund und Boden zu verlassen. Als Informantin musste ich Kristyna bis auf Weiteres abhaken.

Leopold stahl sich ohnehin verlässlich davon, sobald ich auftauchte. Stets formvollendet höflich war er zu mir, doch sofort danach auf der Flucht. Allerdings wäre mir Leopold wohl auch gesprächig keine große Hilfe gewesen. Ich will keinesfalls respektlos sein gegenüber meinem Gastgeber, aber, sagen wir rein literarisch gesehen, also wirklich nur literarisch, hatte ich seichte Quellen schon genug. Als Figur allerdings taugte Ellis Mann. Er gehörte als Graf zu einer seltenen Spezies und war herrlich schrullig. Ja, so berechnend können wir Schriftstellerinnen sein, sobald wir im Arbeitsmodus sind – und wann sind wir das nicht. Die einzige Währung, die wir gelten lassen, ist nicht der Wert eines Menschen, sondern der Wert eines Menschen für unseren Roman. Derlei Kaltschnäuzigkeit ist übrigens kein Hinderungsgrund, uns einzubilden, hochempathisch zu sein und das Wohl mindestens der gesamten Schöpfung im Sinn zu haben.

Franz Sagmüller, der Gutsverwalter, gab als Figur kaum etwas her und erwies sich als Informant als ebenso wenig zu gebrauchen wie der Graf. Er war so korrekt und pflichtbewusst, wie sein stets picobello gescheiteltes Haar es versprach. Zudem schien er sich auferlegt zu haben, nicht nur seinem Schulfreund Leopold gegenüber loyal zu sein, sondern einem Ideal des Menschseins gegenüber. Er ließ sich nichts Privates oder gar Pikantes über irgendjemanden in seinem Umfeld entlocken.

Förster Werner Oberkokler? Was soll ich sagen: Schnauzbart, Jägerhut und ein wässriger Blick wie seine beiden Vorstehhunde. Unbrauchbar.

Sein Kollege, der Fischmeister. Fischmeister – da erübrigt sich wohl jeder Kommentar. Stellen Sie sich ihn einfach vor, wie Sie ihn sich vorstellen. Mehr war da nicht.

Und dann war da noch die Handvoll Waldarbeiter, die dem Förster und dem Fischmeister unterstanden. Einfache Männer mit einfachen Vorlieben. Begegnete ich ihnen im Forst oder an einem der Teiche, hatte ich mit einem Mitleid, weil es ihm merklich Qualen bereitete, auf eine Vertreterin des weiblichen Geschlechts zu treffen, bei der man nie so genau wusste, wo hinschauen und wo wegschauen. Mit einem anderen dagegen würde nicht gut Kirschenessen sein, er war so freundlich, es mich gleich bei unserer ersten Begegnung wissen zu lassen, indem er mit Zunge und Gaumen Schnalzlaute verursachte, begleitet vom dazu passenden verwegenen Blick. Die übrigen Männer schwankten zwischen den Temperamenten ihrer beiden Kollegen, je nach Pegelstand ihres Testosterons und dem in ihren Schnapsflaschen. Ich sah zu, keinem über den Weg zu laufen. Man muss das Recherchieren nicht übertreiben.

Mit Jakob traf ich mich gerne. Bei ihm wusste ich, woran ich war. Seine Ruhe und Zurückhaltung waren ungekünstelt. Was uns half nach den ersten

Anlaufschwierigkeiten, Missverständnissen und Peinlichkeiten, war, dass wir nicht aufeinander abfuhren und dennoch auf unsere Rechnung kamen. Ja, auf unsere Rechnung. Ich glaube zulasten jeder schwärmerischen Vorstellung nur an diese Form des Humanismus, glaube, dass wir seit dem Verlassen unserer steinzeitlichen Höhlen, so viele Entwicklungsstufen wir auch durchlaufen haben mögen, immer eines geblieben sind: *Homo oeconomicus*. Selbst wenn sich jemand mit einem anderen Menschen aus rein freundschaftlichen oder angeblich rein altruistischen Motiven abgibt, tut er das doch nur, sei es nun absichtlich oder unbewusst, weil es ihm eine vorteilhafte Emotion verschafft, einen schönen Moment, einen sozialen Mehrwert. Jakobs und meine Nutzenkalkulation schienen perfekt zueinander bilanziert. Der Deal zwischen uns war einfach: Ich wollte von ihm als Naturburschen Informationen über Fauna und Flora der Gegend. Schließlich gehörten Tiere und Pflanzen – auf den naheliegenden Gedanken musste mich erst Jakob bringen – zum Romanthema Leben. Und weil Jakob so etwas wie der wiederauferstandene Franz von Assisi war, gefiel es ihm, dass ich meinen Leserinnen und Lesern die Natur näherbringen würde. Wir vereinbarten das tatsächlich per Handschlag. Wie zwei Geschäftsleute. Ab diesem Moment konnten wir frei lachen miteinander. Er, der Einsiedler im

Holzhackerhemd, von dem ich nichts wollte, ich, die Autorentussi aus der Großstadt, mit der er erotisch nichts anzufangen wusste.

Am liebsten freilich besuchte ich Peter. Noch nie im Leben war ich so oft in einer Tabak-Trafik gewesen wie in jener Zeit. Und ich traue mich zu behaupten, nicht nur mir, sondern auch ihm war jeder Kunde, der sein Geschäft betrat, zunehmend eine lästige Störung. Wir rauchten, philosophierten, tranken Kaffee, redeten über Gott und die Welt. Und über Litstein, meinen unmöglichen literarischen Laborversuch zur Erforschung des Lebens. Peters Tochter beäugte mich anfangs mit offener Neugier, doch als ich auffällig oft zu ihrem Vater kam, zunehmend mit Skepsis. Direkt über der Trafik lag die Wohnung Peters und seiner Familie. Peters Frau Senta saß im Rollstuhl. Ich hatte sie noch nie zu Gesicht bekommen.

Elli war nach wie vor sehr nett zu mir, aber mir schien, es war mehr ihrer Erziehung und ihrem generellen Umgang mit Menschen geschuldet als ihren Gefühlen für mich. Verbrachten wir zusammen Zeit, hatte ich, anders als früher, nicht den Eindruck, dass sie uneingeschränkt bei mir war. Irgendetwas schien sie in Beschlag zu nehmen. Wenn sie mich anlächelte, lächelte sie auch etwas anderes an im Raum; wenn wir über meinen Roman redeten, war sie zwar bei der Sache, schien in Gedanken aber auch mit darüber Hinausreichendem beschäftigt.

Misstrauisch machte mich zudem, dass sie kein einziges Mal mehr von der zwischen uns vereinbarten Ausnahmeregelung Gebrauch machte, der Möglichkeit, auf eine heikle Frage einfach nicht antworten zu müssen, anstatt herumzustottern oder mich anzuschwindeln.

Es war nicht zu greifen, was uns trennte. Und mir war es peinlich, sie danach zu fragen. Sonderbar, wenige Monate zuvor hätte ich sie ohne Weiteres darauf angesprochen, doch nun, da unsere Freundschaft doch schon gefestigt sein sollte und ich mir einredete, eine Art Anrecht auf Ellis Offenheit erworben zu haben, scheute ich davor zurück. Denn hätte ich mich überwunden und sie mir ins Gesicht gesagt, dass sie etwas Entscheidendes nun einmal nicht mit mir teilen wollte, welche Herabsetzung unserer Freundschaft wäre das mit einem Schlag gewesen. Es auszusprechen macht zuweilen eben nicht nur den Unterschied, ob etwas bloß geschehen ist oder auch gesagt wird. Etwas auszusprechen macht zuweilen vielmehr den Unterschied, ob es geschehen oder nicht geschehen ist.

Vorerst jedenfalls, vorerst war es immer noch echte Freundschaft, die Elli und mich verband. Für mich – absurd, wie schwer es mir fällt, das hier auszusprechen (und damit wahr werden zu lassen) – für mich war es nach sehr langer Zeit zum ersten Mal eine Freundschaft, die über meine literarischen Absichten hinausging.

Für Elli, das glaubte ich fest, war es auch etwas Besonderes. Und zwischendurch etwas Abstand, das musste eine Freundschaft vertragen, das war nur natürlich. Ich erwog daher schon, für ein, zwei Wochen zurück in die Stadt zu fahren, um den Kopf freizubekommen, als die Nachricht eintraf, dass Annerl im Sterben lag.

- 2 -

Für jede Familie kommt der Tag, ab dem sie eine schwere Zeit lang seltener zur Feier des Lebens zusammentrifft, als zur Pflicht, dem Tod beim Bilanzieren zuzusehen. Diesem besonderen Tag wohnt eine Güte inne, denn der Familie gegenüber ist er barmherzig genug, sie nicht wissen zu lassen, dass er jener Tag ist; jener Moment, in dem die Waagschale kippt.

Annerl, das sechste Kind armer Bauern, war in ihrem vierzehnten Lebensjahr zu Elisabeths Eltern und Großeltern gegeben worden. Sie diente den Herrschaften als Putzfrau, Hilfsköchin und Serviererin. Als Elisabeth zur Welt kam, wurde Annerl, mittlerweile dreißigjährig und weiterhin ledig, Kindermädchen der Kleinen. Jahrzehnte später sollte Annerl zudem das Kindermädchen von Ellis und Leopolds Sohn Vinzenz und ihrer Tochter Marianne werden. Annerls Leben stand beinahe ausnahmslos im Zeichen des Dienens, es schien ihr immer nur natürlich. Ihr und ihresgleichen hatte der *liebe Gott* Arbeit, die Demut und das Dienen mit auf den Lebensweg gegeben, so wie er der gräflichen Familie nun einmal den Besitz, den hohen Stand und das Herrschen mit auf den Weg gegeben hatte.

Nie hatte Annerl über die Umstände ihres Lebens gegrübelt, nie auch hatte sie allzu lange traurig sein müssen. Im Großen und Ganzen erwies sich das Schicksal als wohlwollend mit ihr. Nur wenn der alte Herr Graf ... wenn ... aber das war lange her. Gott sei ihm gnädig. Menschen handelten manchmal, als hingen sie an unsichtbaren Fäden, als könnten sie nicht anders. Aber das ist nicht so, jeder ist sich schon selbst Rechenschaft schuldig, auch wenn das Leben die Richtung vorschlägt.

Mit ihr meinte es das Leben lange schon nur noch gut, so gut, dass sich Annerl manchmal doch ein wenig Gedanken machte, denn konnte das so bleiben, hatte sie das wirklich verdient? In ihrem Schlafzimmer, kniend vor ihrem Bett, dankte Annerl im halblauten Gebet dem Herrgott dafür, wie gut es ihr ging in Litstein. Graf Leopold war so wohlmeinend zu ihr. Einmal, das würde sie nie vergessen, hatte er sie beiseitegenommen und ihr etwas gesagt, das war so schön, dass sie weinen hatte müssen. »Annerl«, hatte Graf Leopold gesagt, »Annerl, alle Menschen, und freilich auch du und ich, sind gleich an Würde und Rechten geboren. Und höher oder reiner ist ein Mensch nie seines Standes wegen, sondern nur, wenn ein reines Herz ihm schlägt. Und deines, Annerl, weißt du, dein Herz, das ist ganz besonders rein und schön.« So hatte der Herr Graf das gesagt, genau so, ihr persönlich und ganz im Stillen hatte er das zu ihr gesagt. Ach, wie sie wünschte, dass es Leopold und Elli gut ginge miteinander, in ihrer Ehe und in ihrem gemeinsamen Los auf Erden. Beide sollten sie glücklich sein hier in Litstein, auch aneinander glücklich sein, so sehr wünschte sie es ihnen. Elli war sowieso ihr Goldschatz. Elli war, Gott sei Lob und Dank, wie ein eigenes Kind. Und Ellis Kinder Vinzenz und Marianne waren ihre eigenen, lieben Enkelkinder und Litstein ihr Daheim.

Mit der Annerl, raunten die kopftuchtragenden Frauen, die zu ihrem Begräbnis gekommen waren, mit der meist wie unsichtbaren Annerl, sei der gute Geist der gräflichen Familie gestorben, die soziale Mitte der Hohensinns.

Die Elisabeth hätte die Annerl nie und nimmer auf Kur schicken sollen, raunten sie.

Ohne Kur wäre die Annerl noch unter uns, raunten sie.

Oder sie hätte wenigstens daheim im Schloss sterben dürfen.

Ein von Norden kommender Kälteeinbruch hatte die Litsteiner damals fürchten lassen, der Sommer sei vorbei. Doch als die Menschen ums Grab standen, legte sich schlagartig der Wind. Der Pfarrer sah nach oben, überrascht, als wäre es ein Zeichen.

Eines jener Zeichen, von denen er predigte, doch an die er lange schon nicht mehr glaubte. Er sah nach oben, hielt inne und mit ihm die Begräbnisgesellschaft. Es war, als hätte der Wind den Morgen über peitschend die Wolkendecke ausgeschüttelt, auf dass sie sauber, gewiss sauber würde, gewiss gereinigt vom Ruß der Nacht. Rückhaltlos, knatternd, wild war er gewesen. Und nun … plötzlich Stille. Innehalten. Auch alle Menschen verstummten. Der Wind, er … stand. Regungslos. Mit angehaltenem Atem. Sie spürten ihn, mitten unter sich.

Vielleicht gab es Gott nicht, dachte der Pfarrer in diesem Augenblick. Aber Annerl, die gute Annerl hatte es gegeben. Der Pfarrer nahm die Augen vom sonderbar glänzenden Blau des Himmels, senkte die Stirn. Fühlte seine Gänsehaut. Und dann breitete er langsam und diesmal wie gelenkt und nicht eigens theatralisch wie sonst, langsam seine Arme aus über Annerls Grab.

Ich hielt mich etwas abseits. Näher zu gehen, fand ich, stand mir nicht zu. Halb Litstein schien auf dem Friedhof an diesem Tag. Ehrlich trauernd, teilnehmend, heimlich staunend. Ein Adelsbegräbnis.

Annerl wurde in der prächtigen Familiengruft der Hohensinns beerdigt. Die Wald- und Teicharbeiter standen Spalier, der Förster, der Fischmeister, Franz

Sagmüller. Alle hatten die Köpfe gesenkt, hielten sich an den Krempen ihrer an die Brust gedrückten Hüte fest. Auch Kristyna Janouch war da. Ich sah sie weinen. Und zum ersten Mal sah ich neben all den Einheimischen Verwandte Ellis, die ihr und Annerl zu Ehren nach Litstein angereist waren. Die meisten schlicht gekleidet, in dunkelgrüne Lodenmäntel die Herren, in knöchellange schwarze Mäntel die Damen. Nur ab und zu blitzte eine violette, eine karminrote Schalkrawatte bei einem Herrn hervor, kaum einer der Mantelkrägen der Damen war pelzgesäumt. Doch so schlicht diese Adeligen auch gekleidet waren, allen Bürgerlichen, Arbeitern und Bauern rundum waren sie, ich sah es in ihren Gesichtern, wie bunte Hunde. Aufs Erste war nicht zu sagen, was diesen Eindruck erweckte. Diese Menschen verhielten sich doch so eigens unauffällig, so dezent. Worin … worin nur bestand diese atmosphärische Besonderheit, die von ihnen ausging? War es der würdige Gang? Die aufrechte Haltung? Der anmutige Blick? Oder die so klar geschnittenen Gesichtszüge? Die gespannten Wangenknochen? Das hochgesteckte Haar der Damen? Das offene Haar der Damen? Die Seitenscheitel der Herren? Die Mittelscheitel der Herren? Oder die blitzblank polierten Schuhe unter den einfachen Lodenmänteln? War es das, was sie verriet? Camouflierten sich diese Adeligen? Versteckten sie ihren Glanz, ihren

Reichtum und ihren heimlichen Einfluss unter ihrer betont ländlichen Kleidung?

Oder musste die Raffinesse gänzlich anders gedeutet werden? Erzielten diese Aristokraten ihre Wirkung auf die Menschen, indem sie fein kalkuliert nur einen Hauch des Geheimnisses preisgaben, das hinter dieser ihrer Fassade stecken mochte, das aber zur Gänze, so war es doch immer schon gewesen, nur ihnen vorbehalten war zu sehen, *ihresgleichen*, sobald sie untereinander waren, in ihren Schlössern und ihren Burgen, und nicht Schulter an Schulter mit dem einfachen Volk. Das musste sich begnügen und durfte es umso mehr genießen, den *Herrschaften* bei öffentlichen Anlässen wie diesem nahe, ganz nahe zu kommen und alles zu ahnen von ihnen, ihre Gedankengänge und ihre Gefühle, die erhabenen und gewiss auch die allzu menschlichen. Bei Anlässen wie diesem durfte sie gekostet werden, diese sich wundersam gewöhnlich gebende Außergewöhnlichkeit.

»Ohne Annerl«, hatte Elli abends zuvor zu mir gesagt, als wir im Salon gesessen waren, »hätte ich meine Kindheit nicht überlebt. Ich wäre erfroren an der Herzenskälte, die bei uns herrschte.« Elli war aufrecht vor mir auf der Couch gesessen, die Knie eng aneinander. Sie hatte die Nacht durchgeweint und versuchte nicht, es zu verbergen. »Weißt du,

Aliza«, sagte sie, »als Bürgerliche kannst du dir das vielleicht nicht vorstellen. Aber in meiner Kindheit ging es bei uns im Schloss zu wie in einer Militärkaserne. Vater regierte das Personal und Mutter regierte uns Kinder. Sie *erzog* uns. Irgendwer, schrie sie uns an, irgendwer muss euch ja Manieren beibringen!«

Elli sah vor sich ins Leere und schüttelte leise den Kopf. »Ich kann mich an kein einziges Mal erinnern, dass Mutter mich in den Arm genommen hätte. Oder dass wir Kinder zwischen unseren Eltern irgendwelche Zärtlichkeiten wahrgenommen hätten. Die Einzige, die zart sein konnte, die Einzige, die mich und meine Geschwister streichelte und tröstete, wenn wir traurig waren, war unsere Annerl. Sie musste es heimlich tun. Wenn Mutter sie beim Liebsein mit uns erwischte, schrie sie Annerl an, was sie sich herausnehme und dass sie uns Kinder gefälligst nicht verweichlichen solle.«

Elli lehnte sich kraftlos zurück. Tränen liefen ihr über die Wangen, als wären es Wesen, die ihr Gesicht erkundeten. »Wenn ich abends nicht einschlafen konnte, kam nicht Mutter zu mir. Annerl kam. Annerl setzte sich zu mir ans Bett. Annerl las mir vor, Annerl erzählte mir Geschichten. Annerl half mir am Morgen beim Anziehen. Annerl ging Hand in Hand mit mir zur Schule, wenn ich mich alleine nicht traute. Annerl, immer Annerl. Ich verdanke ihr alles. Alles, Aliza, verstehst du? Annerl verdanke ich, dass ich hier sitze, dass ich lebe. Sie, die angeblich Ungebildete, die Tochter einfacher Bauern, die mit vierzehn als halbes Kind noch zu meinen Eltern kam, sie hat mich gelehrt, ein Mensch zu werden. Ein Mensch durch und durch und nicht nur an der perfekt gebügelten Oberfläche.«

Plötzlich lachte Elli schmerzlich auf. *»Jetzt wird aber nicht durchgeweint!* – Das hätte Mutter jetzt befohlen. *Reiß dich gefälligst zusammen!*, hätte sie mich angeschrien. *Benimm dich! Du bist nicht irgendwer!* Und Annerl wäre still dabeigestanden und hätte mich mit unserem Blick angesehen, diesem Blick, der nur uns gehörte, den nur wir verstanden, und ich hätte gewusst, dass alles in Ordnung war mit mir und dass die Welt auch gut sein konnte.«

Ellis und Leopolds Kinder Vinzenz und Marianne. Erstmals sah ich sie bei Annerls Begräbnis. Die in der Großstadt lebenden Studenten, junge Erwachsene, voller Leben. Es war aber auch etwas Zerbrechliches an ihnen, etwas durchsichtig Zartes. Weil sie immer auch noch Kinder waren, wie wir alle. Sie standen eng beieinander, gertenschlank, hübsch, sie mit blonden Zöpfen, er wie aus Protest unfrisiert. Bei ihren Eltern standen sie.

Plötzlich bemerkte ich Fred. Abseits wie ich. Er … ja, hing auf einem Grabstein. Hing. Und grinste in meine Richtung. Den Grabstein hatte er unter den verschränkten Armen, als beugte er sich über eine Mauer. Ich sah seine stämmigen Beinchen nicht, vermutlich zappelten sie auf der mir abgewandten Seite des Grabsteins. Fred winkte und rief mich mit dem Zeigefinger zu sich. Ich interpretierte die Geste absichtlich nicht so, wie sie ausschließlich zu interpretieren gewesen wäre, als anmaßende Frechheit nämlich, sondern deutete sie als harmlos kindisch. Ich wollte kein Aufsehen. Wer weiß, was dem Knirps während der Begräbniszeremonie noch alles eingefallen wäre, um meine Aufmerksamkeit zu erregen. Möglichst unauffällig ging ich zu ihm. Er sprang vom Grabstein, nickte zufrieden, als begrüßte er eine alte Bekannte, machte mit einer knappen Kopfbewegung klar, dass ich ihm folgen sollte, und dann gingen wir auch schon nebeneinander an der Innenseite der Friedhofsmauer entlang. Ein sonderbares Paar: dürre Bleichgesichtige mit kleinem Django. Großartig. Fred trug eine schwarze Bomberjacke wie ein Halbstarker.

Er führte mich durch ein schmales gusseisernes Tor nach draußen, sprach nichts, sah nur immer wieder erfreut zu mir auf und blieb schließlich vor einem Birkenwäldchen stehen. »Das«, sagte er, »ist der weit interessantere Friedhof in Litstein. Besonders«, fügte er an, »für eine Schreiberin.« Statt zu antworten, hob ich die Augenbrauen. »Es stimmt doch, was du mir am Teich erzählt hast?«, fragte er. »Du bist doch eine Schreiberin. Das hast du mir doch erzählt, und dass du ein Buch schreiben willst.« Mir ging es wie damals, als ich Fred zum ersten Mal gesehen hatte, ich traute ihm nicht recht über den Weg, aber auf eine sonderbare Weise war er mir sympathisch. Vermutlich lächelte ich ihn an. »Also, du Schreiberin eines Buches«, begann er erneut. »Das da«, er stemmte seine Daumen wichtig hinter seine Gürtelschnalle und bog den Oberkörper zurück, als wäre er ein unglaublich cooler Typ, der seine Dulcinea wissen ließ, dass die ganze Gegend da ihm alleine gehörte, »das da«, er zuckte mit der Schulter, die Daumen beharrlich hinter der Gürtelschnalle, »ist der Friedhof der verlorenen Worte.« Er beäugte mich, ob ich auch angemessen beeindruckt reagierte. Ich tat ihm den Gefallen. »Du kannst ihn auch Friedhof der gestorbenen Gedanken nennen.« Fred setzte eine professionell abwägende Miene auf. »Aber ich finde«, er bestätigte sich seine Meinung mit einem Nicken, »ja, in einem Buch klingt Friedhof der verlorenen Worte besser als Friedhof der gestorbenen Gedanken. Und du kannst ja schreiben, wie und was du willst, nicht wahr? Das ist doch so bei Schreibern. Und Schreiberinnen, Verzeihung, die Emanzipation! Oder sind Schreiberinnen – bei dem G-G-Gedanken fange ich g-g-gleich zu stottern an – sind die denn an irgendwas gebunden? Am

Ende womöglich gar an die Realität? Die klitzekleine Universale in ihrem G-G-Gehirn?«

»Fred, du bist ziemlich durchgeknallt, weißt du das?«

»Oh ja, tausend Dank. Freundlich von dir, bemerkt nicht jeder, Dankeschön.« Er verneigte sich.

Der Birkenhain vor uns sah aus wie andere Wäldchen auch. Hübsch, aber nichts daran ließ erkennen, weshalb dies hier *Der Friedhof der verlorenen Worte* sein sollte. »Sind eigentlich alle Schreiberinnen buchstäblich blind wie du?«, fragte Fred, als wünschte er sich ernsthaft eine sachliche Auskunft. Als ich demonstrativ gähnte, nahm er mich bei der Hand und sagte freundlich »na komm, ich zeig's dir«.

Wir gingen ein paar Schritte. Die Birken trugen, als wäre es Spätherbst, nur noch vereinzelt gelbe Blätter. Abgefallenes Laub lag blassgolden uferlos über der Binsengraswiese. An vielen Stellen waren die Halme von Nässe und Wind niedergedrückt, doch anscheinend nirgends von Fußtritten. Beim Gehen musste ich darauf achten, mit den Fußspitzen nicht in den feuchtverschlungenen Binsen einzufädeln. Fred hatte es unvergleichlich schwerer, er hob seine Beine, als stelzte er durch kniehohes Wasser. Vielleicht hatte er mich ja deshalb wie hilfsbereit bei der Hand genommen.

Gut hundert, vielleicht zweihundert Birken mochte der Hain zählen. Hinter den glatten Stämmen, diesen hochweißen Rufzeichen aus Licht, zogen Zirruswolken.

»Es ist direkt vor dir«, sagte Fred gutmütig und so fürsorglich, als wäre nicht er der Kleine, sondern ich sein einfältiges, liebes Mädchen. »Mach einfach die Augen auf, Aliza«, sagte er.

Meine Konzentration war darauf gerichtet gewesen, mich nicht an der Nase herumführen zu lassen. Daneben blieb kaum Sinn für Aufmerksamkeit. Blind für die Welt war ich gewesen wegen des Bedachtnehmens auf mich. Nun aber sah ich es mit einem Mal; und wie Fred gesagt hatte, direkt vor mir: Vom Stamm der Birke hatte sich hauchdünn die Rinde gelöst, waagrecht entrollte sie sich, eine beginnende Papiergirlande. Darauf zitterten, still im Wind, verblassende Wörter, zart, als lägen sie im Sterben, fahl, als wären sie bald nicht mehr. Ich getraute mich kaum zu greifen nach der verletzlichen Birkenhaut. Wie mit einem Federkiel gemalt waren die steingrauen Buchstaben darauf.

Ich werde eine andere sein, sehr bald.

Ich blickte zu Fred.

»Was hat das zu bedeuten?«

Er zuckte mit den Schultern.

Wir gingen ein Stückchen weiter.

Wenn diese Worte nicht mehr sind, werden sie, gleich dir, für immer sein.

Langsam und bedächtig las ich den Satz, konnte ihn gerade noch entziffern auf der durchsichtigen, vom Stamm sich lösenden Rinde.

Dieses Gedicht entdeckte ich wenige Meter weiter:

Immer ist ganz wahr, was du liest.
Immer ganz und gar wahr, was du fühlst.
Wahr, was du bist.
Alles echt, alles wirklich, alles gewiss,
jede einzelne Fantasie.

Friedhof der verlorenen Worte, der gestorbenen Gedanken, dachte ich.

»Weißt du«, fragte ich Fred, »wer das alles hier geschrieben hat, diesen Wald voller Wörter?«

»Die Alten sagen, Gedanken gehören denen, die sie denken können. Und geschriebene Wörter allen, die sie erwecken in sich.« Fred hob machtlos die Arme und ließ sie fallen, seufzte »verstehe, wer kann«.

»Fred«, begann ich und wunderte mich über die absurde Idee, war aber schließlich, als ich sie aussprach, weniger darüber irritiert, als es angebracht gewesen wäre, »Fred, gibt es dich wirklich?«

Fred sah mich an. Verblüfft. Machte große Augen hinter seiner silberrunden Nickelbrille. Und schrie los vor Lachen. Man hörte ihn gewiss bis zum Friedhof.

»Fred«, zischte ich, »leise, die Leute am Friedhof!«

»Gibt es dich wirklich?!«, japste Fred, mich nachäffend, und hielt sich den Bauch. »Sie, ausgerechnet sie, die Schreiberin, fragt mich, ob es mich wirklich gibt. Die Schreiberin!«

Ich hatte Sorge, dass uns jemand so sehen könnte. »Schon gut«, versuchte ich Fred zu beruhigen, »schon gut, verstehst du keinen Spaß?«

»Du kannst ja im Buch nachsehen, ob es mich wirklich gibt, schwarz auf weiß steht es dort.«

»In welchem Buch?«

»In welchem Buch?! Na in deinem! Schon vergessen? Du wolltest doch eines schreiben. Sag, willst du mich zum Narren halten?«

Fred war ausgefuchst. Ich dachte an Kristyna, die mich gewarnt hatte, dass er ein schlitzohriger alter Freund von ihr sei. Jetzt erst überriss ich, dass er mich auf der Schaufel hatte.

»Dich zum Narren halten, Fred, wie sollte das gehen?«, sagte ich aufgesetzt. »Du bist doch neunmal klüger als ich. Und darum schreibe ich – vorausgesetzt, du möchtest es – in dem Buch auch von dir.«

»Schwarz auf weiß? Auf echtem Papier? Und nicht nur elektronisch fiktional? Ein richtiges Buch, in dem sich Raum, Zeit und Bewegung durchblättern lassen?«

»Versprochen. Ein echtes Buch, kein fiktionales. Und du wirst so etwas wie der heimliche Star darin, der geheimnisvolle Fremde, die personifizierte Katachrese, Hyperbel, Ironie.«

Sein Gesichtsausdruck, seine Freude, die er nicht zu verbergen schaffte. Darauf also hatte er es angelegt: Im Roman wollte er vorkommen.

»Wenn es fertig ist«, fragte ich, »soll ich dir das Buch dann zuschicken?«

»Klar, warum nicht.«

»Dazu bräuchte ich deine Adresse«, sagte ich in gewiefter Beiläufigkeit. Gleich würde mir Fred verraten, wo er wohnte.

»Kein Problem.« Er zog eine Visitenkarte aus seiner Bomberjacke, als hätte er nur darauf gewartet, die einstudierte Geste vorzuführen.

Herr von und zu Hochwohlgeboren
Fred Zenon
Friedhof Litstein
Sektor V, Reihe 7, Grab 43

»Spektakulärer Künstlername«, sagte ich. »Und beinahe noch spektakulärere Adresse. Damit alleine schaffst du es schon locker in mein Buch. Du wohnst also in bester Litsteiner Gegend, ruhige

Lage und doch zentral.« Ich drehte die Karte in der Hand. »Friedhof Litstein, Grab dreiundvierzig. Ist es eine Miet- oder eine Eigentumswohnung?«

»Mach dich nicht lächerlich, Aliza. Vorerst ist es freilich nur ein Postfach. Aber je verrückter die Zeiten, desto vernünftiger sollte ein Mensch von Welt denken. Jedenfalls habe ich nicht vor, von dort noch einmal groß wegzuziehen. So, meine Liebe«, wurde er plötzlich geschäftig, »jetzt wird's aber Zeit für mich, ich hab nämlich noch Wichtigeres zu tun, als mich in deinem Buch beobachten zu lassen.«

»Fred, warte, sag, kennst du eine Malina? Sie soll Kristynas Enkelin sein. Aber sie war noch nie da, wenn ich Kristyna besuchte, langsam zweifele ich an ihrer Existenz.«

»Malina!« Fred sang es geradezu. »Selbstredend und verständlich kenne ich Malina! Ist eine gute Freundin von mir. Patentes Mädchen! Ein bisschen oberschlau vielleicht, aber patent, oh ja, patent!«

»Möchtest du sie mir nicht vorstellen? Ich wäre dir sehr dankbar. Und überhaupt, Fred, was hältst du davon, mich ein wenig zu begleiten, mich ein wenig herumzuführen in der Gegend. Ich habe den Eindruck, du könntest mir noch viel Neues zeigen, obwohl ich schon eine ganze Weile hier bin.«

»Oh ja, da hast du gewiss recht, meine Liebe. Das könnte ich, dir deine Welt und dein Leben zeigen. Aber das machen alle hier und du merkst es nicht einmal. Schau dich einfach um in Litstein. Ist sowieso ein textgewordenes Lapidarium, alle halbwegs relevanten Figuren schreiben oder lesen oder pfeifen dir was. Ist's dir noch nicht aufgefallen?

Aber jetzt wollen wir den Spaß nicht übertreiben. Stimmt's? Nicht wahr? Wenn du von dir hören willst und von mir, kannst du ja schreiben, du Schreiberin. Hast ja jetzt meine Adresse. Und übrigens, am siebenten Baum dort hinten steht noch was geschrieben, das dich interessieren könnte, aber du solltest dich beeilen, ich glaube, es ist gleich nicht mehr.«

Tatsächlich löste sich soeben seidenpapierene Rinde vom Stamm. Ich lief hin und hob sie auf.

In diesem Moment
Und immer

Ich kannte diesen Vers. Irgendwo hatte ich ihn schon gelesen.

Als ich mich nach Fred umwandte, war er weg. Das brauchte mich nun nicht wundern, er hatte ja gesagt, dass er gehen würde.

Ich streifte noch lange durch den Birkenhain, durch Freds Friedhof der verlorenen Worte. Aber so gut ich auch nachsah, an keiner der Rinden konnte ich auch nur irgendeine weitere Zeile finden.

Als ich zurück zum Friedhof kam, hatte sich die Begräbnisgesellschaft zerstreut. Die Familiengruft der Hohensinns, Annerls bekränztes, über und über blumengeschmücktes Grab, lag einsam.

Ich sah auf die Visitenkarte, die Fred mir gegeben hatte, und suchte sein … seine Adresse. Sektor V, Reihe sieben, Grab dreiundvierzig. Ich hätte darauf gewettet, dass ich an der Stelle nichts Besonderes vorfinden würde, bestenfalls ein Zettelchen, eine ulkige Nachricht, eines von Freds Späßchen.

Grab dreiundvierzig, das ich adressgemäß in Sektor V, Reihe sieben fand, war schlicht, die Oberfläche des Grabsteins aus glattem Granit. Ich stand davor und schüttelte den Kopf – baff und mehr aus Respekt gegenüber meinem kleinen Freund als belustigt. Ein einziges Wort war in den Stein graviert: Fred. Darunter hing, statt einer Grablichtlaterne, ein Briefkasten.

- 3 -

Die Lebenden träumen die Gedanken der Verstorbenen, schauen ihre Bilder, übernehmen ihr Hellstes und ihr Dunkelstes. Und am Tag des Verabschiedens geht wie zur Bestätigung auch metaphorisch eins ins andere, beim Verzehr des Totenmahls.

Als Annerl begraben wurde, war es augenfällig wie nie gewesen: Diese besonnene Frau hatte Gott und die Welt gekannt. Das Hotel zur Post, in dessen großem Saal der Leichenschmaus stattfand, war so voll, dass seine Besitzer Hubert und Lisi Čerlak ihr Glück kaum fassen konnten.

Annerl hatte in ihrer zurückhaltenden Art Kontakt zu allen Gesellschaftsschichten Litsteins gepflegt, hatte ihr unterschiedliches Denken und Reden verstanden, war mit allen gleichermaßen zurechtgekommen, mit den Bauern, den Kaufleuten, den Handwerkern, den Schülern und Lehrern, auch mit den Fischern und Künstlern jenseits der Grenze, mit dem Pfarrer und seiner langjährigen Köchin, den Trinkern und den allzeit um ihr Ansehen Bedachten, den Polternden und den Verschüchterten, den geistig und körperlich Beeinträchtigten und den äußerlich völlig Intakten, den Bettelarmen und den Vermögenden, den Einsamen und den Angesehenen, und freilich den adeligen Gästen, die immer wieder zu Besuch gekommen waren, den nahen und den weitschichtig Verwandten der Hohensinns.

Bei Annerls Beerdigung fanden sich all diese Menschen ein, die wie sie allesamt gleich an Würde und Rechten geboren worden waren, deren Leben allerdings schon in der Sekunde danach in den unterschiedlichsten Herbergen stattgefunden hatte, in Schlössern und in Baracken, im wohlig Warmen und im Bitterkalten, und deren Leben schon in den allerersten Stunden nach der Geburt keineswegs von gleicher Würde, sondern von den unterschiedlichsten Handschriften gezeichnet worden war, grazilen und groben, hellen und hässlichen, und in so komplementären Farben, dass einem schwindelig werden konnte.

Es bedurfte des alle zusammenführenden Todes, bedurfte der Momente an Annerls Grab, damit sich diese Menschen an ihre ursprüngliche, ihnen allen gemeinsame Würde erinnerten. Es fühlte sich an wie eine lange schon verlorene Heimat, wie ein allen bevorstehendes Ziel. Und die Tränen, die die Menschen über Annerl und sich weinten und über dieses schmerzlich schöne Leben, schmeckten allen nach Salz und ihr Flüstern besaß denselben Herzton und alle schlugen die Augen nieder vor ihren Gedanken.

Und dann ging es vom Friedhof zurück in den Ortskern, ging es ins Hotel zur Post, in den großen Saal, wo die Tafeln schon bereitstanden, wo schon gedeckt war. Leichenschmaus.

Nach der üblichen anfänglichen Betretenheit und Zurückhaltung kehrte im Saal nach und nach das befreiend oberflächliche Alltagsleben zurück, wurde die Stimmung wieder heiter, besonders nach dem Servieren von Bier und Wein und dem Auftragen der knusprig panierten Karpfen aus den herrschaftlichen Fischteichen. Und am Ende war die Stimmung im größten Festsaal Litsteins kaum anders, als hätte zuvor nicht ein Begräbnis, sondern eine Taufe, ein Geburtstag, was auch immer für ein Freudenfest stattgefunden. Die Menschen lachten, die Menschen waren ausgelassen, das übliche Durcheinander. Leichenschmaus.

Umso stiller war die Stille, als spätnachmittags alle verabschiedet, alle Litsteiner heimgegangen und die Auswärtigen abgereist waren und nur Elli und Leopold mit ihren erwachsenen Kindern Marianne und Vinzenz sowie der Schriftstellerin Aliza Berg das leere Schloss betraten.

- 4 -

»Heute ist es so weit. Heute zeige ich dir mein Reich«, hatte Elli gesagt und bedeutungsvoll mit dem Finger nach oben gewiesen. Es war am Tag nach Annerls Begräbnis, kurz nachdem sich Vinzenz und Marianne wieder Richtung Großstadt aufgemacht hatten und Leopold in Tweedsakko und Knickerbockerhosen in den Wald abgerauscht war.

»Nein!«, rief ich und riss gespielt die Augen auf, wohl um mir meine tatsächliche Freude nicht gar so anmerken zu lassen. Gezählte dreimal hatte ich mir eine Abfuhr eingehandelt, als ich Elli nach ihrem Dachboden gefragt hatte, ihrer privaten Sternwarte, an die ich täglich erinnert wurde, wenn ich die Treppe vom Salon in den ersten Stock benutzte und an ihren Fotografien vorbeiging: an Alpha Centauri C etwa, dem unserer Sonne nächsten Stern; am diskusförmigen Andromedanebel, der in seinem Inneren weiß leuchtete und an den Rändern violett; und an der diffus und Fata-Morgana-gleich im All schwebenden Großen Magellanschen Wolke.

»Ja«, sagte Elli. »Heute zeige ich dir alles, ich habe dich lange genug hingehalten.«

»Ich hätte mich nicht getraut, ein weiteres Mal danach zu fragen.«

»Aliza, verzeih«, sagte sie, »ich weiß, ich war unmöglich zu dir, aber es ist der einzige Bereich im Schloss, der wirklich nur mir, mir allein gehört. Er ist mir heiliger als mein Schlafzimmer. Du verstehst das doch, dass man sich manchmal zurückziehen muss«, sagte sie, und während sie diesen Satz sprach, während dieser Sekunden, veränderte sich die Neigung ihres Kopfes, öffneten sich ihre Lippen und stand, einen wie angehaltenen Moment lang, erstmals diese eine Frage in ihren Augen: *Weißt du es, Aliza?*

Und unmittelbar dahinter stand: *Kann ich dir vertrauen? Kann ich dir sagen, dass: ich einen Geliebten habe? Dass ich eine geheime, hochriskante Liebschaft habe – mit Jakob. Jakob, den um so vieles Jüngeren. Jakob, der mich zu lieben versteht, wie kein Mann es je getan hat. Mit Jakob, dem Hüttenbauer. Mit Jakob, der im Wald meines Ehemannes lebt. Und mit dem du, Aliza, dich immer wieder einmal für deine Recherchen triffst. Jakob, dem Mann, der auch deshalb nichts von dir will, Aliza, weil er mit mir schläft, nur mit mir?*

Ich durchschaute Elli. Und sie fühlte es, ihr Blick flüchtete vor meinem. Das offene Fenster zwischen uns schloss sich. Ihr Geheimnis blieb unausgesprochen. Doch es kochte ihr im Herzen über; ich sah es, als Elli noch einen letzten schnellen Blick wagte. Auch ihre bittende Hoffnung registrierte ich, dass ich es ihr abnehmen könnte, dass ich die Hand ausstreckte nach ihrem Geheimnis, ihr hälfe, es auszusprechen, auf dass wir es fortan gemeinsam tragen würden, zwei Freundinnen, und dass aus ihrer einsamen Last eine befreite Freude, eine Freundinnenfreude würde. Dahinter aber sah ich auch Ellis Sorge, ihre Angst, mit einer Offenbarung alles zu riskieren, alles falsch zu machen, alles zu zerstören.

Ich half Elli nicht. Ich kam ihr nicht entgegen. Ich nahm Elli ihr schweres, schönes Geheimnis nicht vom Herzen. Ich berührte und besah es nur.

Warum? Weil für mich abzusehen war, was geschähe. Weil es auf der Hand lag, dass Elli, vertraute sie sich mir an, es mit der Auflage verbände, dass ich nichts preisgeben dürfte, dass ich: nichts davon für mein Buch verwenden dürfte. Stimmte ich der Bedingung zu, wäre ich als ihre Freundin um ein Geheimnis reicher, wäre beschenkt mit Ellis Vertrauen und Zuneigung. Als Schriftstellerin aber? Als Schriftstellerin nähme ich dem Leben meines Romans etwas Bedeutsames, vielleicht etwas Lebenswichtiges.

Ich durfte Elli gegenüber also nicht sentimental werden, keinen Kunstfehler begehen. Hebamme des Romans musste ich sein, Wortefängerin, Geheimniskidnapperin, Schriftstehlerin.

Gut also, dass sie nichts zu sagen wagte, gut, dass sie ihr Geheimnis behielt – das ich ohnehin schon von ihren Augen raubkopiert hatte. Auf diese Weise dürfte ich davon schreiben. Es wäre nicht Ellis mir anvertraute Wahrheit, es wäre ausschließlich meine Wahrheit. Meine erfundene Wahrheit. Es wäre Wirklichkeit, Literatur.

***

Elli standen vor Aufregung rotscheckige Flecken an Wangen und Hals. Sie hatte angekündigt, Aliza endlich ihr Refugium unterm Schlossdach zu zeigen, ihren Rückzugsort. Tatsächlich und darüber hinaus aber wollte sie der Schriftstellerin, die ihr zur vielleicht wichtigsten Freundin geworden war, die Liebschaft mit Jakob anvertrauen. Sie könnte ihr sagen: Aliza, du darfst das aber keinesfalls in deinem Roman erwähnen. Und müsste augenblicklich erkennen, dass auf Aliza kein Verlass war.

Wenn du es schon unbedingt schreiben musst, könnte sie zu ihr sagen, schreib es so, dass es nicht auf mich zurückfällt. Verwende andere Namen, verlege den Ort der Handlung, die zeitliche Ebene. Würde sich Aliza daran halten? Könnte sie der Freundin trauen? Für ihre Literatur mache sie alles, schier alles – so deutlich hatte Aliza es ihr am Tag des Kennenlernens gesagt. War das nicht Warnung genug gewesen?

»Also, wollen wir?«, fragte Elli. »Bereit für mein Oberstübchen im Schloss?«

Die beiden Freundinnen gingen vom Salon die Treppe nach oben.

»Ich muss«, sagte Elli und blieb unvermittelt stehen, zufällig neben der Aufnahme des Sternbilds Orion, »ich möchte«, sie zögerte, straffte dann ihren Rücken, sah der Schriftstellerin geradewegs in die Augen und sagte in unverrückbarer Klarheit: »Ich werde dir jetzt ein Geheimnis anvertrauen, Aliza. Aber nur unter einer Bedingung.«

- 5 -

Die massive, schmiedeeisern beschlagene Tür, die zu Ellis Dachboden-Sternwarte führte, befand sich im ersten Stock gegenüber der ehemaligen Wohnung Annerls. Oft war ich davorgestanden, oft mit Neugier, nervöser Ungeduld. Manches Mal hatte ich die Hand an die kühle Oberfläche der schweren Tür gelegt, manches Mal heimlich die Klinke nach unten gedrückt, in der kindlichen Hoffnung, dieses Mal würde mir der Raum nicht versperrt sein. An anderen Tagen wiederum, in anderer Stimmung, war ich an der Tür einfach vorbeigegangen, ohne sie auch nur wahrzunehmen.

Elli steckte einen klobigen Schlüssel ins Schloss, drehte ihn. Ich beobachtete die gespannten Sehnen an ihrem Handrücken, böllernd klackte der Riegel zur Seite. Elli zog an der Klinke, öffnete die Tür.

»Nach dir.« Mit einer Handbewegung lud sie mich ein, die Stufen nach oben zu gehen.

***

Weißt du noch, Geliebter? Unter deiner Liebe nahmen meine Lippen eine andere Form an. Von der Sonne be-

schienene Frühlingsblätter, sagtest du. So zerbrechlich, sagtest du. So weich, so pures Sein.

Als wir uns liebten? Da verstand ich Bisheriges kaum mehr von mir und der Welt. Alles, was vielleicht einmal gewesen war, wurde zu Schatten. Wie echt dagegen du warst. Und wir. Wie befreiend echt.

Und meine Lippen lieferten sich dir aus, zitternd baten sie dich, bettelten dich an, sie zu beschützen, indem du sie verschlingen mögest.

Geliebter, weißt du noch? Weißt du noch, als uns vor Fassungslosigkeit und Glück Tränen über die Wangen liefen, nachdem wir miteinander geschlafen hatten? Manches Mal, sagtest du, sei Sex nicht genug. Dann brauche es zur Wahrmachung des Wunders auch diese wie von irgendwoher, diese wie von nirgendwoher kommenden Tränen.

***

Ein Falke stieß sich vom Wipfel der großen Fichte ab. Er tauchte nach Nordwesten in die noch kühle, doch baldige Wärme versprechende Luft. Sie legte sich um ihn und er legte sich in sie. Die Luft und er waren zwei und eins zugleich.

Der Falke schrie ein helles Ki-ki-kii. Daraufhin stieß sich sein Weibchen vom Wipfel der großen Fichte ab und tauchte nach Nordwesten in die noch kühle, doch baldige Wärme versprechende Luft.

***

Ein andermal, Geliebter, unternahmen die Blätter der Birken ihre ersten Ausgehversuche, die obersten nach Süden gewandten Triebe, sie öffneten sich schon. Wir lagen im Gras, sahen nach oben zu ihnen. An diesem Tag lagen Tränen nur in meinen Augen, während wir miteinander schliefen. Du warst nicht beunruhigt, weil du um diese Tränen wusstest, sie kanntest, als wären es deine. Es waren Tränen des unverständigen Glücks, auch der Dankbarkeit, und der Wehmut vielleicht. Du legtest dein Gesicht nahe an meines, küsstest, während du mit mir schliefst, meine Tränen. Kaum salzig waren sie, sagtest du. Tränenfeucht deine Lippen.

Die Sonne war in meinen Augen. Sie leuchteten, sagtest du, als zeigten sie mein Leben. Nahe, ganz nahe warst du meinen Augen, meinen tränenglänzenden Augen, und dich erinnerte dieses Bild an Nachmittage, wenn das Wasser die Farben des Regenbogens annimmt und in jedem Tropfen ein anderes Leuchten schon wartet auf sein Vergehen. Noch aber glühte alles. Und umso mehr, weil es doch nur dieses Jetzt gab und gibt und geben wird und wozu also sich sorgen, warum nicht sein, ganz sein!

- 6 -

Ich hatte ein Freizeitteleskop erwartet: vielleicht einen Meter lang, schlank, auf einem dreibeinigen Stativ. Was mich aber auf Ellis Dachboden erwartete, glich einem Raumschiff, dessen Kanonenrohr zur Dachschräge und dessen hoher Glasfront justiert war. Im Ernst, das Ding war riesig. Zu Schulzeiten hatte ich einmal etwas ähnlich Dimensioniertes erlebt, bei einer Exkursion ins städtische Planetarium.

»Ich wollte dir all das bei Tag zeigen«, sagte Elli.

Es war nicht bloß ein Dachboden. Wir standen in einer Kathedrale aus Licht. Und während dessen Pforte, die alte Eisentür, noch einen verstaubten, nach Kohle riechenden dunklen Raum hatte erwarten lassen, lag hier nun alles hellklar, weit und wie vom Himmel her saubergefegt.

Der hohe, weite Saal war mit glattem Industriebeton ausgelegt. Die riesigen Dachschrägen strahlten weiß. In der Mitte des Saals ein altes, burgunderrotes Sofa auf einem abgetretenen Perserteppich, darauf eine kupferne Stehlampe mit vergilbtem papierenem Schirm. »Hier lese ich«, sagte Elli. »Und manchmal schlafe ich auch da.«

Ellis Sofa teilte den Dachboden in gleich große Hälften: die rechte beeindruckend bestückt mit dem Teleskop, die linke wie leer. Nichts weiter stand da als ein verloren weißer Tisch mit einem Mikroskop darauf und einem Drehhocker davor. »Die identischen Hälften sollen mich nie vergessen lassen«, sagte Elli, »dass mir das Kleinste und das Größte gleich nahe und gleich entfernt sind. Wenn ich durchs Teleskop ins Weltall blicke, glaube ich mich winzig, schaue ich durchs Mikroskop, erlebe ich mich riesig, doch es sind nur Täuschungen. Für dich klingt das sicher verrückt«, sagte sie mit entspannter Selbstsicherheit, »aber ich habe eine wie schlafwandlerische Gewissheit in mir, dass alles um uns eins ist, alles nur ein variantenreiches Abbild des jeweils anderen.«

Ich nickte wohlwollend, in Wirklichkeit aber zog es mich längst – typisch für die Vermessenheit einer Schriftstellerin – zum Größten, zum am meisten Weite Versprechenden, zum bis zur Decke reichenden Teleskop. Elli aber lud mich ein, in der Mitte des Saals auf ihrem Lesesofa Platz zu nehmen. »Ich habe etwas vorbereitet für dich«, sagte sie. »Zur Einstimmung. Damit erkennst du in wenigen Minuten, was ich glaube, während all der vergangenen Jahre für mich gelernt zu haben. Möchtest du?«

Was blieb mir übrig?

Ich bekam eine Art Headset-Maske aufgesetzt.

Mit einem Mal war es tiefdunkle Nacht um mich. Ich fühlte mich wie in einer Taucherglocke.

Tausend Meilen unter dem Meer. »Entspann dich«, sagte Elli, »lehn dich gemütlich zurück.«

Und dann ging's los. Was für eine Show!

Die Aufnahmen waren kristallklar und wie herangezoomt. »Das, Aliza, ist Merkur«, hörte ich Ellis fröhliche Stimme aus den Kopfhörern. »Ich dachte, dir zu Ehren beginnen wir mit ihm, da er als Hermes doch der Gott des gesprochenen und des geschriebenen Wortes ist.« Unwillkürlich streckte ich meinen Arm aus, als könnte ich Merkur berühren. »Wir fliegen nun«, sagte Elli, »in immer weiteren Kreisen um die Sonne, erleben einen Planeten nach dem anderen.« Venus und Erde erschienen vor meinen Augen, real, als flöge ich als Astronautin an ihnen vorüber. Der Asteroidengürtel folgte, Jupiter, Saturn, Uranus und Neptun mit ihren Monden, der Kleinplanet Pluto.

Ich entfernte mich und sah, als führe ich per Panoramalift das All empor, unser Sonnensystem unter mir kleiner und kleiner werden. Ich flog, flog immer weiter weg. »Das nun«, sagte Ellis Stimme nach einer Weile, »ist die Milchstraße, unsere Galaxis. Sie gleicht, wie du erkennst, einer schimmernden Zimtschnecke, die in der Mitte dicker ist als an ihren Rändern. Ihr Durchmesser misst mehr als hunderttausend Lichtjahre, ihre Höhe an den Rändern rund dreitausend und in der Mitte etwa sechzehntausend Lichtjahre. Und das«, es legte sich eine rote, kreisrunde Markierung um ein Pünktchen innerhalb der Zimtschnecke, »das, Aliza, dieser Hauch von einer Ahnung, ist unser Sonnensystem, das du vorher gerade noch in seiner gesamten Größe durchflogen hast.«

Nun entfernte ich mich auch von der Milchstraße. Sie wurde kleiner und kleiner unter mir. »Kennst du die nächstgrößere Dimension im All, Aliza?«

»Ich habe einmal von einer *Lokalen Gruppe* gehört, die etliche Galaxien vereint«, antwortete ich, weil ich zu spät registrierte, dass nicht Elli, sondern ihre Audio-File-Stimme über die Kopfhörer zu mir sprach. Wie einfältig von mir, reingelegt worden war ich. »Schon gut, Aliza«, sagte Elli. Oder sagte es Ellis aufgenommene Stimme? Oder sprach Elli live über die Kopfhörer zu mir?

»Stimmt«, sagte sie, »in der *Lokalen Gruppe* ist auch unsere Galaxis, die Milchstraße, enthalten, daneben der Andromedanebel und Dutzende weitere Galaxien und Zwerggalaxien. Das sieht dann so aus.« Unversehens nahm meine Fluggeschwindigkeit zu, der Raum weitete und weitete sich, immer dunkler wurde es um mich, nur noch leuchtende Pünktchen und kleine Nebelflecken waren auszumachen.

»Die *Lokale Gruppe*, die du nun vor dir hast, ist freilich noch nicht alles«, sagte Ellis Stimme. »Die nächstgrößere Dimension ist der Virgo-Superhaufen. Schon einmal davon gehört?«

»Noch nie.«

»Sonderbar, nicht wahr?« Elli lachte sympathisch. »Ist es nicht bezeichnend für uns Menschen«, sagte sie, »dass wir, was viel mächtiger ist als unser Sonnensystem, viel mächtiger auch als unsere Milchstraße, nicht kennen, weil es zu groß ist für unsere Sinne?« Der Bildausschnitt, den ich vor Augen geführt bekam, muss um das Tausendfache weiter gewesen sein als der vorangegangene. Die zuvor noch immens große *Lokale Gruppe* war zu einem kleinen weißen Nichts inmitten eines glitzernden Meeres aus Dunkelheit geschrumpft.

»So, und weiter geht's!«, sagte Elli, als imitierte sie eine Zirkusdirektorin, die eine im Grunde unmögliche, aber in Zirkuszelten ohne Weiteres herbeizuzaubernde Sensation ankündigt. »Der gerade gesehene, unvorstellbar große Virgo-Superhaufen nämlich steckt: als Miniatur in Laniakea.«

Laniakea. Klingt mythisch, dachte ich, als während meines Entfernungsflugs nach und nach die dreidimensionale Gestalt Laniakeas vor meinen Augen zu entstehen begann.

»Wir erleben mit Laniakea eine Raumausdehnung von mehr als fünfhundert Millionen Lichtjahren und hunderttausend Galaxien. Laniakeas Name ist hawaiisch und bedeutet *unermesslicher Himmel.*«

Nun sah ich Laniakea vor mir. Und war sofort eingenommen von ihr. Für mich nämlich war Laniakea weiblich. Und trotz ihrer unglaublichen Größe jung und verspielt und leicht. Sie glich einer strahlend weißen Daunenfeder, die im Nachthimmel schwebte.

»Wie in einem großen Roman«, sagte ich halblaut zu mir.

»Wie bitte?«, fragte Elli.

»Ach nichts, ich dachte nur gerade … nun, Laniakea erinnert mich an einen Roman, von dem man durchaus die Seiten sieht, die Zeilen liest, die Wörter, der seine Wirkung aber aus etwas weit darüber hinaus bezieht, aus etwas, von dem selbst die Autorin nichts weiß, allenfalls ahnt. Nicht weiter wichtig. War nur so ein Gedanke.«

»Ein schöner Gedanke«, sagte Elli.

Dann schwiegen wir. Ich empfand die Stille als angenehm. Als Ruhe, die alles auch in mir ruhig werden ließ.

Laniakea indes, dieses weiße Daunenfederchen, diese Metadimension in unserem Universum, schwebte vor mir, als wartete sie nur darauf, dass ich sie berührte. Oder übermütig davonblies.

»Laniakea«, hörte ich Ellis Stimme, »besteht aus beispiellos mächtigen Galaxiehaufen, die im All Filamente bilden, dreidimensionale, fadenförmige Strukturen. Am Ende eines dieser unzähligen Fäden schwebt gravitätisch eingenistet unsere Galaxie, die Milchstraße, schweben wir.«

»Noch«, fuhr Elli fort und hob etwas die Stimme, »noch wissen wir nicht, ob es über Laniakea eine nächstgrößere Dimension gibt oder ob alles in der Unendlichkeit des Nichts endet … wo es einen erneuten Anfang nehmen könnte. Die Quantenphysik erklärt uns diese Möglichkeit mit dem Phänomen der Nullpunktenergie, also dem Umstand, dass selbst das Nichts für Septellionstelsekunden immer wieder Energie besitzt und somit den Keim eines neuen Alls und eines neuen Alles bereits in sich trägt.«

Laniakea war mir, während Elli gesprochen hatte, wie eine Heimat vor Augen gestanden. Nun aber bewegte ich mich weg von ihr, hob ab, entfernte mich mehr und mehr. Bis Laniakea nur noch als vage Hoffnung inmitten einer schwarzen Unendlichkeit auszunehmen war.

Als mein Augenlicht auch dafür nicht mehr reichte, lag um mich nur noch stockdunkles Nichts, schwereloses, geräuschloses, raumloses Nichts. Wenn aber alles Nichts war … was war dann ich? Die Situation ängstigte mich und zugleich faszinierte sie mich. Ich durfte mich daran erinnern, dass ich auf Ellis Couch saß, auf ihrem Dachboden im Schloss, mit einer Headset-Maske über Augen und Ohren. Wenn ich wollte, könnte ich die Maske jederzeit abnehmen, sie mir vom Gesicht reißen, dann säße Elli vor mir, selbstverständlich säße dann Elli vor mir, und alles wäre wieder wie gewohnt, normal und licht.

»Elli?«

»Ich bin da, Aliza. Keine Sorge, ich bin da.«

Das sagte Elli zu mir, ruhig und wie selbst in Gedanken versunken.

Später erst vertraute sie mir an, was sie beschäftigt hatte in diesen stillen Sekunden: dass in diesem Alles und Nichts, in diesem Zustand des Gehenden und Kommenden, womöglich auch Annerl, ihre liebe Annerl nun sei.

Und dann kam ins schwarze Nichts wieder Bewegung, mein imaginärer Panoramalift durchs Universum musste sich also erneut in Bewegung gesetzt haben.

»Was ist das?«, fragte ich. »Ist das die Dimension hinter Laniakea?«

Elli antwortete nicht.

»Elli?«

»Schau einfach zu, Aliza«, sagte sie. Da erst bemerkte ich das Fließen und Tun um mich. Und den Unterschied zu vorhin. All die Monde und Planeten, all die Sonnen und Galaxien, die ich bisher wahrgenommen hatte, waren wie unbewegt gewesen im Raum. Nun aber, diese – ich wusste nicht, wie ich sie nennen sollte – diese Strukturen, diese … Gebilde, die mit nichts bisher Gesehenem vergleichbar waren, in ihnen schien etwas, etwas: unmittelbar Lebendiges zu sein. An manchen glaubte ich, ein zartes Vibrieren zu bemerken, ein Zittern, das außerhalb ihrer Ränder eine Aura entstehen ließ. Und plötzlich zog, kometenhaft, ein waberndes, kleines, ringförmiges Etwas an mir vorüber.

»Sind das Sternformationen? Galaxien im Zeitraffer?«, fragte ich.

»Was du hier siehst, Aliza«, antwortete Elli, »ist live, es geschieht in diesen Augenblicken. Es ist das Leben in einem Tropfen Wasser. Und das Kügelchen, das soeben in diesem zarten Bogen durchs Bild huschte, war ein Einzeller.«

»Unglaublich, ich hätte geschworen, dass ich mich noch immer im Universum befinde.«

»Das tust du ja auch. Und siehst du, Aliza, genau das ist es, was ich dir zeigen wollte. Das Größte und das Kleinste. Das Alles und das Nichts. Es ist wie eins. Und an uns liegt es, uns hierhin oder dorthin zu wenden. Daheim sind wir überall.«

Die Bilder kamen von Ellis Mikroskop. Elli hatte einen Tropfen Teichwasser zwischen Objektträger und Deckglas gepresst und übertrug das Geschehen in mein dreidimensionales Headset-Kino.

»Das, was da gerade rechts über dir näher ins Zentrum rückt, ist eine Kolonie von Goldalgen. Sie haben sich zusammengeschlossen, um gegen Fressfeinde sicherer zu sein. Du würdest sie mit freiem Auge nicht wahrnehmen, sie sind nur Tausendstelmillimeter klein.« Das Wesen, das heranzuckte, leicht dabei sich hin- und herdrehend immer wieder, glich dem hellweißen Umriss eines Tulpenstraußes, der sich gegen die Dunkelheit abhob. Dutzende gallertartige Kügelchen befanden sich darin.

»Und dieses Kerlchen, das da«, sagte Elli, »dieses so ungestüm, so vorwitzig sich drehende Plankton, nennen wir Panzergeißler. Es nutzt seine Flagellaten, winzige peitschenartige Fortsätze, um sich in dem Hauch von Wasser fortzubewegen, das ich zwischen zwei Glasplättchen gequetscht habe. Zwischen zwei flach geschliffenen, plan übereinanderliegenden Laborgläsern schwimmt dieser Panzergeißler. Frei, als befände er sich im Meer.«

Wollte Elli mir etwas sagen, etwas über dieses Plankton hinaus? Frei fühlte es sich, frei wie im Meer, und war doch gefangen zwischen gläsernen Scheiben. Spielte Elli darauf an, dass es uns womöglich ebenso erging, dass auch wir gefangen waren ohne es zu bemerken? Ich nahm, langsam, als wäre mir nicht dringend zumute, meine Maske vom Gesicht.

- 7 -

Im gleichen Maß, in dem Elli sich mir wieder öffnete, ging, nein rannte mir Leopold aus dem Weg. Und anders als bisher ohne jedes diplomatische Geplänkel. Dann aber stolperte ich in einem großen Nachrichtenportal über seinen Namen – und lernte eine gänzlich neue Seite an Leopold kennen. *Adeliger und Physiker testen Unsterblichkeit.* Das war die Schlagzeile. Der Artikel bezog sich auf ein Experiment, das von den Wissenschaftsmagazinen *Nature* und *Science* zeitgleich veröffentlicht worden war, was hieß, dass es eine heiße Nummer sein musste. Leopold, der im Web-Artikel mit vollem Namen samt Adelstitel genannt wurde, und der populäre Quantenphysiker Anton Czech, der offenbar ein enger Freund Leopolds war, hatten eine Hypothese aufgestellt und mit einem spektakulären Versuch untermauert, was in Wissenschaftskreisen für hitzige Diskussionen sorgte. Manche hielten die Sache für hanebüchenen Unsinn – *Graf und Physiker narren die Welt!* –, andere sprachen von der wichtigsten Erkenntnis in der Quantenphysik seit Max Planck und Albert Einstein.

***

Der erste Grundgedanke, auf dem das Experiment basierte, war simpel und immens zugleich. Alles Leben, alles Sein, alles Existente und selbst alles scheinbar Inexistente und dunkle Nichts im Universum entspringe ein und demselben Impuls, ein und demselben fluktuierenden Quantenteilchen, das als ein und dieselbe Energie noch immer in allem stecke, auch in dem Widersprüchlichsten und dem am weitesten voneinander Entfernten. »Mit dieser Energie«, wurde der in Fachkreisen renommierte Physiker Anton Czech zitiert, »lässt sich gedankenschnell alles verbinden, lässt es sich an allem teilhaben. Diese Prim-Energie ist wie ein Ticket ins gleichzeitige Überall.«

Zweitens: Leide ein Mensch, versuche er, sich das zuzuführen, was die Unvollständigkeit, also sein Leiden, verursacht habe. Das ihm fehlende Element könne ein Mineral sein, ein Vitamin, Wärme, nötige Ruhe, zuträgliche Nahrung, Liebe, manches Mal ein Notbehelf wie ein Medikament, immer jedenfalls führe es dazu, wieder vollständig zu werden, ermögliche es dem Menschen, sich zu komplettieren.

Auf diese beiden Prämissen ließ Graf Leopolds Physikerfreund Anton Czech die eigentliche Ungeheuerlichkeit folgen: Über das Genannte hinaus stünde es jedem Menschen offen, sich gedankenschnell mit allem Sein und dem gesamten Universum zu komplettieren, womit er bis ins kleinste innerste Teilchen grenzenlos vollständig wie das All werden könne – und also unsterblich.

Der Wirbel, den diese Chuzpe in der wissenschaftlichen Community anrichtete, ist vorstellbar. Und wäre das darauffolgende Experiment, das Leopold und Anton Czech in zig Versuchsanordnungen wissenschaftlich sauber dokumentiert hatten, nicht auch öffentlich ein weiteres Mal geglückt, die beiden ungleichen Freunde hätten sich wohl noch viel öfter als ohnehin anhören müssen, dass sie durchgeknallte Scharlatane seien, die Gott spielten.

Die Testperson des wissenschaftlichen Versuchs war Leopold selbst. Ich klickte auf den Video-Link im Artikel des Nachrichtenportals. Das erste Bild zeigte Leopold mit geschlossenen Augen. Er hatte ein gummiartiges Ding auf dem Kopf, das an eine altmodische Badehaube erinnerte und von dem zahlreiche Kabel abgingen. Auch der Rest des Anblicks war nicht gerade schmeichelhaft. Augenscheinlich hatte Leopold es sich nicht nehmen lassen, über seiner nackten Brust, auf der Elektroden klebten, sein geliebtes Tweedsakko mit den Lederflicken zu tragen.

Neben Leopold stand, klein, weltberühmt und mit sympathischem Mäusegesicht, Professor Anton Czech. Zudem waren etliche Apparate zu sehen, die – so erklärte Anton Czech – Leopolds Zellstatus, entscheidende Blutbildparameter, seine Gehirnströme und sämtliche andere Lebensfunktionen aufzeichneten. Leopold indes saß da, als meditierte er. Oder als träumte er wohlig.

Mittels einer ins Bild eingeblendeten Infoleiste konnten Leopolds wichtigste körperliche Parameter mitverfolgt werden. Derart vergingen einige Minuten, während derer Anton Czech flüsternd und routiniert wie ein die Pause überbrückender Alleinunterhalter technische Details über die Messungen und Scans dargelegte. Leopold indes rührte sich nicht. Er saß nur da. Friedlich. Sehr friedlich. Und dann – von einem Augenblick auf den nächsten – fiel sein Zellalterungsfaktor auf null. Und verharrte dort.

Dies war das Bild, das um die Welt gehen sollte: ein Mensch, ruhig, lebend. Daneben eingeblendet die Anzeige, die nach allgemeinem Verständnis definitiv das Ende seines Lebenslaufs dokumentierte.

Nach exakt sieben Minuten und dreißig Sekunden beendete Anton Czech die neue kopernikanische Wende, diese buchstäblich metaphysische Nummer. Anton griff seinem Freund Leopold an den Arm und sagte »Willkommen zurück.«

Leopold schlug die Augen auf. Und lächelte. Lächelte, als wäre jenseits zu sein und gleich darauf wieder diesseits, das Normalste der Welt.

***

Wie, hatten der beim Experiment anwesende englische Wissenschaftsjournalist von *Nature* und der US-amerikanische von *Science* gefragt, nachdem Leopold von seiner Kosmonauten-Elektronenbadehaube befreit worden war, wie habe er das angestellt? Wie konnte ein Mensch seine Zellalterung einstellen? Perspektivisch betrachtet bedeutete das doch die Möglichkeit ewigen Lebens, bedeutete das doch Unsterblichkeit!

Leopold hatte nach einem verlegenen Räuspern und sich Besinnens geantwortet, er sei lediglich entspannt dagesessen und habe gedanklich alles Sein in sich geholt, das gesamte Leben.

Das war glatt gelogen – was allerdings nur sein Freund Anton Czech wusste, der dank langjähriger Erfahrung nicht nur die physikalischen Gesetze zu nutzen verstand, sondern ebenso die Gravitationskraft markanter Sätze auf Journalisten.

Ob Graf von Hohensinn das bitte ausführen könne, wurde Leopold von den freundlichen Wissenschaftsjournalisten gefragt, und was er meine, mit: *alles Sein und das gesamte Leben in sich geholt?* Leopold besann sich auf den mit Anton einstudierten Satz, der dramaturgisch nun folgen sollte, lächelte, weil er ihm einfiel, und sagte: »Ich glaube, der Urknall lebt leise immer noch in uns.« Daraufhin legte

Leopold, wie Anton vorgeschlagen hatte, eine kleine Pause ein und ergänzte: »Das ursächlich gemeinsame Kleinste verbindet noch immer das Universum – und alles, was in ihm ist, auch uns.« Und nun, so hatten die beiden Freunde es vereinbart, kam der Hammer, die Schlussszene. Der englische und der US-amerikanische Wissenschaftsjournalist ließen Leopold nicht aus den Augen. Und der bescheidene, schüchterne Mann im abgewetzten Tweedsakko, der die Zeit in sich zum Stillstand gebracht hatte, schloss mit: »Die universelle Vollständigkeit … die Vollkommenheit … sie existiert und sie ist vielleicht nicht berechenbar, aber gewiss erlebbar … für jeden.«

Das war es gewesen. Er war geboren: Der *Hohensinnsche Vollständigkeitssatz.* Nichts anderes sollte in der wissenschaftlichen Community in den kommenden Monaten für mehr Kontroversen und intellektuelles Gemetzel sorgen.

»Graf Leopold von Hohensinn«, hatte Anton Czech den beiden Fachjournalisten erklärt und kurz seine Brille abgenommen, weil er um die zeitlose Wirkung dieser simplen Geste wusste, »Graf Leopold nutzte die Prim-Energie, die unser Universum begründete. Mit dieser Energie, die dem All nach wie vor immanent ist, lässt sich gedankenschnell alles verbinden, lässt es sich an allem teilhaben. Wenn

Sie so wollen, meine Herren: Die Prim-Energie ist das Ticket ins gleichzeitige Überall.«

Diesen letzten Satz, Anton Czech wusste es so sicher, wie er wusste, dass Energie gleich Masse mal Lichtgeschwindigkeit zum Quadrat war, würden die Journalisten genussvoll zitieren. Doch Anton Czech wusste auch, dass noch mehr drin war. Und das wiederum wusste er so sicher, wie er wusste, dass es ein halbes Dutzend Quantenphysiker und ein ganzes Dutzend Quantenphysikerinnen auf dem Planeten gab, die fachlich ebenso fit waren wie er, doch es nun einmal niemand verstand, die Ware so gekonnt an die Leute zu bringen wie er, der klein gewachsene, unter ärmlichen Verhältnissen in der Vorstadt aufgewachsene, angeblich ulkig spitznasige, angeblich mäusegesichtige Professor Doktor Doktor Anton Czech. Ja, da war noch mehr drin. Und er, er würde es zutage fördern.

»Mister Czech?«, fragte der englische Fachjournalist, weil Anton Czech nach seinem letzten Satz nicht weitergesprochen, aber nachdenklich zur Zimmerdecke gesehen hatte, als wäre da noch etwas.

»Ja«, sagte Anton Czech gedämpft und wie erwachend und als sähe er die Sache nun träumerisch klar vor Augen, »ja, die Prim-Energie ist das Ticket ins gleichzeitige … Über-All.« Anders als zuvor hatte er die erste Silbe von *Über-All* langsam ausgesprochen und ihr einen hohen Ton mit auf den Weg gegeben.

»Verzeihen Sie, Professor, verstehe ich Sie richtig?« Wie um besser zu hören, beugte sich der englische Journalist nach vorne. »Wollen Sie damit andeuten, Professor, dass die Prim-Energie nicht nur ein Ticket ins Überall ist, sondern eines … über das All hinaus?«

Guter Junge, dachte Anton Czech – und tat nichts weiter, als mit den Brauen zu zucken und ein wenig zu schmunzeln. Das reichte für gewöhnlich in derlei Situationen.

»Sie meinen, Professor … Sie spielen auf das an, was … über dem All liegt?!«

Nur nicht bewegen, sagte sich Anton Czech, nur ja nicht reagieren jetzt, einfach abwarten, Anton. Einfach abwarten.

»Sie meinen also«, sagte der Journalist flüsternd und euphorisch erschlagen wie ein Läufer, der die Ziellinie endlich vor Augen hat, »Sie meinen, mit der Prim-Energie ist nicht nur das Universum verbunden und in sich verschränkt, sondern sogar das Undenkbare, das, was darüber liegt, das, über dem Universum? Das nämlich … was die Prim-Energie einst verursachte?«

Anton Czech liebte diesen Journalisten.

Und nun, genau im passenden Moment, kam auch sein US-amerikanischer Kollege in die Gänge. »Zum Teufel noch mal, Doc, ist es das, was ich glaube?«

Ja, trau dich nur, ja, komm schon, dachte Anton Czech und sah zu Boden, komm schon! Sag es, sag es, sag es!

Da war es aus dem Amerikaner herausgeplatzt, nicht als Frage, sondern als fix fertige Titelzeile: »Verdammt! Die Prim-Energie verbindet uns mit Gott!«

»Wenn Sie das *Verdammt* weglassen, mein Lieber«, hatte Anton Czech gesagt und gelächelt, »dürfen Sie mich so zitieren.«

***

»Na, zufrieden, Poldi?!« Nachdem die beiden wichtigsten naturwissenschaftlichen Magazine des Planeten die Sensation gebracht hatten und Anton die ersten leidenschaftlichen Telefonate mit internationalen Fachkollegen geführt hatte, rief er seinen Freund auf Schloss Litstein an. »Die Reaktionen auf unser Experiment, Poldi«, schoss Anton los, ohne Leopolds Antwort abzuwarten, »sind zum Niederknien! Poldi, ich sag dir, ich hab jetzt noch Tränen in den Augen vor Lachen. Weißt du, Poldi, würde uns nach dieser Sache nicht mindestens ein Drittel meiner Kollegenschaft heimlich zum Teufel wünschen und uns für verfluchte Bastarde halten, hätten wir was falsch gemacht. Poldi, die ärgern sich, dass wir und nicht sie den Coup gelandet haben. Wir haben in einem Aufwasch die populärsten Themen der Naturwissenschaften durcheinandergewirbelt. Die Weltformel, die das Große und Ganze und das gesamte Sein erklärt, und die alle suchen wie verrückt – wir haben sie für irrelevant erklärt und durch deinen Vollständigkeitssatz ersetzt; dem, na, wie hört sich das an, Poldi, dem *Hohensinnschen Vollständigkeitssatz.* Ein tatsächlicher Satz als Formel – die Mathematiker hassen uns dafür, aber nicht die mit philosophischem Humor. Mein Freund Kurt, den ich dir zuletzt vorgestellt habe, hat uns schon gratuliert, er lässt dir beste und wie er sagt *vollständige* Grüße ausrichten. Was noch? Den kleinsten Baustein des Lebens, das verflixte Gottesteilchen, das auch alle suchen wie verrückt; wir haben es zur *Prim-Energie* umgetauft und mittels des Versuchs, dank dir, Poldi, in die Welt gebracht. An dieser Stelle, Poldi, muss ich es dir einfach noch einmal sagen, du hast das großartig gemacht! Das Experiment sowieso, diesbezüglich hatte ich ja keinerlei Zweifel, du hast mir ja davor schon x-fach bewiesen, dass das funktioniert, aber auch wie du es erklärt hast: *Alles Sein in mich geholt* … der Urknall *lebt leise in uns* … das ursächlich *gemeinsame Kleinste verbindet noch immer das Universum und alles, was in ihm ist* … die Vollkommenheit, *die Vollständigkeit ist möglich.* Poldi, ich sag dir, selbst der alte Einstein hätte seine Freude mit dir gehabt, von wegen seiner *spukhaften Fernwirkung* zwischen Teilchen, die entgegen allen physikalischen Gesetze schneller als mit Lichtgeschwindigkeit interagieren. Du persönlich hast dem Albert-Spuk ein Ende gesetzt mit deinem … *Hohensinnschen Vollständigkeitssatz.* Nicht nur manche Teilchen sind permanent miteinander verschränkt, liebe Kollegen Quantenphysiker, sondern alles mit allem, ja, fragt nur den Poldi von Schloss Litstein!«

»Du, Anton«, hatte leise Leopold gesagt, der die Begeisterung seines Freundes nicht hatte bremsen wollen, »du, ich hab«, sagte er wie sich entschuldigend, »ein schlechtes Gewissen wegen der Sache.«

Professor Doktor Doktor Anton Czech hatte das schon vorhergesehen, er kannte Leopold schließlich lange genug. Also hatte er sich einen beschwichtigenden, doch ehrlich gemeinten Satz für seinen Freund zurechtgelegt. Und nun war es an der Zeit, ihn auszusprechen: »Manchmal, mein lieber Leopold, braucht es kleine Lügen, um der Größe einer Wahrheit auf die Beine zu helfen.«

Was Leopold auf der Seele lag, war, dass seine Erklärungen gegenüber den beiden Fachjournalisten blank erfunden gewesen waren. Blank erfunden von Anton, das noch dazu. Leopold hatte dessen Sätze gesprochen wie ein Schauspieler die Sätze eines Autors, der sein Werk aus dem Dunkel einer Loge mitverfolgt. Das wissenschaftliche Experiment, das nun solche Wellen schlug, das Anhalten der Zellalterung, der Eintritt in ein endloses Leben war keineswegs deshalb geglückt, weil Leopold gedanklich alles Sein in sich geholt und dabei erkannt hatte, dass das ursächlich gemeinsame Kleinste nach wie vor das Universum verbinde und damit auch alles, was in ihm enthalten sei, also auch uns Menschen. Schon gar nicht hatte Leopold den ihm zugeschriebenen Hohensinnschen Vollständigkeitssatz selbst formuliert oder die Prim-Energie genutzt, die am Anfang des Universums stand und die dem All weiterhin immanent war und mit der sich gedankenschnell, also schneller als mit Lichtgeschwindigkeit, alles verschränken ließ und mit der an allem teilzuhaben möglich war.

Woran Leopold stattdessen einzig gedacht hatte, war sein Großvater. Und dieses Denken war so intensiv gewesen, dass er empfand, als erlebte er dessen Gegenwart. So war von einem auf den nächsten Moment geschehen, was Leopold selbst nicht begriff, so war er tief und haltlos in diesen besonderen Zustand gekippt. Dies und nichts anderes schien der entscheidende Punkt zu sein, dies und nichts anderes hatte offenbar das Anhalten seiner Zellalterung bewirkt. Als ewig und alles hatte er sich mittels des verstorbenen Großvaters erlebt. Mit einem Mal – es fühlte sich an wie ein plötzliches Fallen – war in ihm das gesamte Leben gewesen. Dieses Gefühl erfasste ihn mit einer letzten Sicherheit, einer ihn berührenden, behütenden Absolutheit. Im Tod also war alles wieder eins. Und als Ein und Alles gab es kein Gestern und kein Morgen, gab es kein Altern. Im Ein und Alles existierte nur das Jetzt.

»Ich weiß ja, Poldi«, hatte Anton gesagt, »dass das für dich so ist, dass du den Zustand zwischen Leben und Tod mittels der Verbindung mit deinem Großvater erreichst. Wenn du den Medienleuten die Sache aber so erklärst und deinen Opa als Fährmann ins Nirwana präsentierst, werden sie dich für verrückt halten. Wenn du es ihnen hingegen erklärst, wie ich es dir rate, werden sie dich für einen hochsensiblen Privatgelehrten halten. Such's dir aus, Poldi.«

Ihr Experiment, das seinem Freund Professor Doktor Doktor Anton Czech so wichtig gewesen war, hatte bewiesen, dass ein Mensch leben konnte, obgleich seine Alterung, die bisher als Voraussetzung fürs Leben gegolten hatte, eingestellt war. Das bedeutete nicht weniger als die Option auf Unsterblichkeit. Und nebenbei bedeutete es – und insbesondere für seinen Freund Anton Czech, der nach wie vor ganz aus dem Häuschen war – *die größte wissenschaftliche Entdeckung, seit die Erde zur Kugel erklärt worden war.*

Die wissenschaftliche Sensation hatte nur einen Haken: Mit dem Einstellen der Zellalterung war Leopold wie im Wachkoma gewesen. Wäre er in diesem Zustand verharrt, hätte ihn zwar womöglich nie der physische Tod ereilt, doch ebenso wenig das Leben. Stattdessen wäre Leopold gottgleich gewesen, eins mit allem, also ohne jede Veranlassung, sich einzubringen, mitzuteilen, teilzunehmen. Kurzum, Leopold wäre für unendliche Zeiten lebensunfähig gewesen.

Siebeneinhalb Minuten hatte er so zugebracht. Eine lächerlich kurze Zeitspanne, um Ewigkeit zu beweisen, meinten viele. Wissenschaftlich betrachtet eine Ewigkeit, bestätigten andere. Siebeneinhalb Minuten Unendlichkeit.

»Bevor ich dich anrief«, sagte Anton, »erzählte mir einer aus dem engsten Zirkel, dass sie in Stockholm schon erste Gespräche führen. Ich sag nur: Nobelpreis für Physik, Poldi. Und wenn's ganz lustig hergeht, Poldi, kriegst du mit deinem *Hohensinnschen Vollständigkeitssatz* den für Literatur. Lach nicht, Poldi. Bob Dylan hat den Literaturnobelpreis wegen seiner Songs bekommen, warum solltest du ihn nicht für den wichtigsten Satz der Weltgeschichte bekommen? Für, ich zitiere Alfred Nobel, lieber Poldi, für *das Herausragendste in idealistischer Richtung?*«

In den Sendern, sozialen Medien und Boulevardblättern, die auf die Story aufsprangen, wurde Leopold kein einziges Mal *hochsensibler Privatgelehrter* genannt, wie Anton ihm das angekündigt hatte. Am hinterlistigsten war vielleicht die Schlagzeile *Nun wissenschaftlich bewiesen: Adel stirbt nicht aus.* Dass es schlimmer kommen konnte, bewiesen Aufmacher wie *Graf als Labor-Zombie.* Zur Abrundung gingen Gerüchte um, dass hinter der Aktion die Freimaurer stünden, der Illuminatenorden oder womöglich geheimbündlerische Zahlenmystiker, da das wissenschaftliche Experiment ausgerechnet siebeneinhalb Minuten gedauert hatte, also auf die göttliche Sieben und die Unendlichkeit anzeigende Acht hinwies. Von etwaigen Überlegungen des Nobelpreiskomitees wussten die Medien hingegen nicht zu berichten, stattdessen nahmen Schlagzeilen andern Kalibers überhand: *Der untote Graf. Physiker experimentiert mit halb totem Adeligem.* Und: *Frankenstein auferstanden in Litstein.* Dazu jedes Mal groß im Bild: Leopold. Mit Elektroden auf Kopf und nackter Brust. Verträumt dreinsehend.

Gratuliere, schrieb ihm sein Vater Wilhelm, *gratuliere, dass du dich zum Narren machst! Gratuliere, Sohn, dass du unseren über Jahrhunderte gepflegten Namen in den Schmutz ziehst! Warum das alles, Leopold?! Wofür soll das gut sein?! Ich frage dich das ernst-*

haft! Arbeitest du an einem Patent für Schwachsinn? Bist du nun völlig durchgeknallt auf deine alten Tage? Zum Affen lässt du dich machen! Zum Versuchsaffen! Mit einer albernen Sensorik-Kappe auf dem Schädel! Bist du dir für nichts zu blöd? Verdienst du mit dem Klamauk denn wenigstens etwas? So wie ich dich kenne, hast du daran nicht einmal gedacht! Herrgott! Und stimmt es, dass du jetzt auch noch gotteslästerlicher Freimaurer geworden bist? Kennst du überhaupt keine Grenzen mehr?!

Leopold lächelte und schüttelte leise den Kopf. Wie stark Vater den Stift ins Papier gedrückt hatte. An manchen Stellen war es beinahe durchgekratzt. Leopold atmete eine Brise Heiterkeit durch die Nase aus.

Von seinen Kindern hatte er eine WhatsApp-Nachricht bekommen. Von seinen beiden lieben Kindern! Und diesmal keine Beschimpfungen. Gemeinsam – wann war das zuletzt vorgekommen? – gemeinsam hatten sie ein Video von sich geschickt. Es musste in Vinzenz' Wohnung aufgenommen worden sein und beide waren bestens gelaunt, das war offenkundig. Sie streckten demonstrativ ihre Daumen nach oben. »Du warst vorhin schon wieder im Fernsehen, Papa!«, rief Marianne. »In einer Kurzdoku«, ergänzte Vinzenz. »Cool, Papa!« »Ja, echt cool.« Sie hatten gelacht gemeinsam, anscheinend hatten sie auch ein paar Freunde bei sich in der Wohnung, im Hintergrund waren Stimmen zu hören. »Bis bald, Papa!« »Ja, bis bald!«

Leopolds Augen wurden feucht. Seine Kinder!

***

Kristyna Janouch las von Leopolds Beteiligung an einem der *vielleicht erstaunlichsten Experimente unserer Zeit* und den damit verbundenen *tollkühnen Hypothesen* in den Feuilletons der Zeitungen, die sie abonniert hatte. Sie erinnerte sich, dass ihr Leopold einmal nebenbei von dem Projekt erzählt hatte, so, als wäre es kaum der Rede wert, so, als hätte er nur am Rand etwas zu tun damit. Kristyna lächelte.

Leopold saß im gepolsterten Ohrensessel seines Herrenzimmers auf Schloss Litstein. Mit stiller Zufriedenheit betrachtete er die im Lauf der vergangenen Wochen gesammelten Papiere, die er im Schoß hielt: das britische und das US-amerikanische Wissenschaftsmagazin, beide mit dem *Jahrhundertereignis* auf dem Cover; zudem die gut drei Dutzend Berichte, Analysen und Kommentare der wichtigsten internationalen Medien über den Meilenstein in der Geschichtsschreibung. Und zuletzt hielt Leopold auch seinen eigenen Bericht in Händen, seine handgeschriebene Sicht der Dinge, die ungeschminkte Wahrheit. Niemand – er hatte es Anton versprochen – sollte sie zu Gesicht bekommen. Jedenfalls nicht, solange er lebte. Er würde sämtliche Details, Hintergründe und Absichten ihres Projekts sicher verwahren – im Raum, den es nicht gab.

Wenn Leopold nun mit etwas Abstand besah, was seinen Vater Wilhelm zur Weißglut gebracht hatte und seine beiden Kinder zum Lächeln, war er doch ziemlich zufrieden. Entscheidend war, die Menschen hatten erfahren, dass ihre Zerrissenheit und alle Teilung nur vorübergehend und nur scheinbar waren. Tatsächlich aber war alles eins. Und wer mochte – und sei es nur versuchsweise –, konnte es augenblicklich erleben. Die Vollständigkeit, das Ein und Alles, war nicht nur eine uralte Menschheitsidee, nicht nur ein Glaubenssatz, dem Naturvölker ebenso anhingen wie Philosophen, sondern ließ sich beweisen. Und zwar mit dem eindrücklichsten Mittel überhaupt: dem ewigen Leben.

Siebeneinhalb Minuten lang. In siebeneinhalb Minuten – Anton hatte auf diese symbolische Zeitspanne bestanden – hatten sie es bewiesen.

Leopold stand auf. Mit dem müden, behaglichen Seufzen eines Arbeiters, der weiß, dass das Werk vollbracht ist, erhob er sich aus dem Ohrensessel. Den Stoß Papier hielt Leopold fest in der Hand. Er ging die paar Schritte zum Bücherregal, griff nach oben zu Shakespeare und drehte ihm den Kopf zur Seite. Beinahe geräuschlos öffnete der Mechanismus die verborgene Büchertür. Leopold blickte, wie jedes Mal, bevor er *keinen Raum* betrat, zur Fotografie von Großvater und lächelte ihm zu. Dann straffte Leopold von Hohensinn seinen Rücken und betrat den Raum, den es nicht gab.

Er knipste den Kristallluster an, schloss hinter sich die Tür und ließ seinen Blick über die hölzernen Laden streichen, die rings um ihn schimmerten, als erwachten sie unter einer eben aufgehenden Sonne. In allen Wänden, vom Boden bis fast zur Zimmerdecke, waren die Laden in die Holzvertäfelung eingelassen, eine nächst der anderen, tausendundeine. Jedes Mal aufs Neue war es Leopold ein erhebender Anblick. Er stellte sich in die Mitte des Raumes, den es nicht gab, ging einen Halbkreis um den Sessel mit dem Schreibpult und entschied sich für die nach Westen weisende Wand und dort für eine der großen Laden, in die sich der Papierstoß ideal einfügen würde. Er zog die Lade auf, legte die Unterlagen entschieden hinein und schloss sie sofort wieder. Das Registrierkärtchen der Lade beschrieb er mit nur einem Wort: *Nichts.*

Leopold wandte sich ab. Wieder an der Tür, blickte er sich noch einmal um.

Kein Raum sah aus, als wäre nichts geschehen.

Gut, dachte Leopold beruhigt, … gut.

Und nur Augenblicke später wusste Leopold etwas Entscheidendes: dass er sein Leben lang nichts Größeres mehr würde einbringen können in keinen Raum.

Leopold kam das Zitat eines bekannten Bergsteigers in den Sinn, der alles für einen Bergsteiger Erstrebenswerte erreicht hatte und der nach der Besteigung nun auch des schwierigsten Gipfels dieser Erde gefragt worden war, was er jetzt weiter anfangen werde mit seinem Leben. Und der bekannte Bergsteiger – Leopold fiel nicht ein, wer es gewesen war, doch darauf kam es nicht an, nie kam es darauf an, wer etwas gesagt oder getan hatte, fand Leopold, immer kam es nur darauf an, dass es gesagt, dass es getan wurde –, dieser Bergsteiger hatte geantwortet, dass es ihm nun zwar nicht mehr möglich sei, noch höhere, noch spektakulärere Berge zu bezwingen, doch könne er immer noch jeden sanften Hügel dieser Erde genießend bergabspazieren.

Leopold stand nachsinnend im Raum, den es nicht gab, dessen Wände aus nichts als Laden bestanden und mit nichts als Ideen gefüllt waren. Und obwohl er, oder vielleicht weil er gerade noch gedacht hatte, alles erledigt zu haben und ein Werk zu hinterlassen, kam Leopold mit einem schrecklichen Schlag auf einmal alles absurd und nichtig vor. Hatte sein Vater Wilhelm recht? War er nichts als ein Clown, oder noch schlimmer: War alles nur Clownerie, das gesamte Leben? Und da dachte Leopold an seine Kinder und er dachte an die schöne Zeit, die Elli und er in jüngeren Jahren miteinander gehabt hatten und er dachte an seine Freunde, insbesondere an Franz Sagmüller und Anton Czech, und an Großvater freilich, und er dachte – das mit einer Dringlichkeit – an Kristyna, seine wilde, im Herzen so sanfte Kristyna, und er dachte an seinen Wald und die Natur und die Tiere und den Himmel und da wusste er es wieder: dass das Leben noch so sehr eine Clownerie sein mochte oder welche Nichtigkeit oder Gemeinheit auch immer, doch im Kern bestand das Leben aus Schönheit. Aus Schönheit und Liebe.

Und da kam Leopold schon wieder etwas in den Sinn und er wusste nur zu gut, dass es abermals Clownerie war, abermals Nichtigkeit womöglich und in jedem Fall sentimental, doch was machte das schon, getan durfte es werden, in diesen Momenten, und sein Glück war, dass ausgerechnet er es tun durfte, weil zufällig nun einmal er jetzt hier stand, mitten in diesem würfelförmigen Raum, den es nicht gab, und er nun einmal bereit war, diese Idee aufzufangen. Und so setzte er sich auf den Sessel, der in der Mitte keines Raumes stand, und beschrieb ein Registrierkärtchen für eine Lade, die ungefüllt bleiben sollte, in die rein gar nichts gegeben werden musste, mit fünf Zeichen.

$$L = \alpha + \Omega$$

Die Liebe ist alles, bedeutete das. Die Liebe ist die Energie, mit der das Ein und Alles geschaffen wurde und nach wie vor geschaffen wird, bedeutete das. Die Liebe ist der Anfang und das Ende, bedeutete das. Die Liebe, die Liebe, die Liebe, bedeutete das.

***

Kristyna Janouch rief erst am darauffolgenden Tag an. Erst als sie immer noch an ihn denken musste.

Tags zuvor, unmittelbar nachdem sie von Leopold und seinem Experiment in den Feuilletons gelesen hatte, wäre ihr Anruf womöglich nur einem billigen Impuls geschuldet gewesen. Das hatte sie nicht riskieren wollen. Sie hatte dem Impuls ebenso wenig getraut wie sich selbst. Leopold nämlich verdiente es, nicht bloß einer Laune wegen herbestellt zu werden, ihr verrückter Leopold verdiente es, ernst genommen zu werden. Und ihre Zuneigung zu ihm, die sie noch nie, kein einziges Mal, Liebe genannt hatte, aus Angst, sie womöglich zu zerstören damit, verdiente es nicht nur, sie verlangte regelrecht danach, hochgeschätzt und nicht für alltäglich genommen zu werden. Nur dann, sagte sich Kristyna, konnte die übermütige Leichtigkeit ihrer … ihrer *Zuneigung* weiter und weiter und weiter bestehen. Und ihr großartiger, ehrlicher Sex.

»Servus, Leopold«, sagte Kristyna, »möchtest du zu mir kommen?«

Leopold presste den Hörer an sein Ohr, als warte er auf ein Echo, eine Wiederholung ihrer Worte. Und prompt war auch schon das Echo da, es ging von seinem Körper aus. Leopold kribbelte es warm im Nacken.

Alleine ihre Stimme, alleine wie sie Silbe um Silbe sprach und die Mitlaute schmelzen ließ. Es brauchte nicht mehr als Kristynas Einladung, sein Körper war schon bei ihr, sein wildes Herz ohnehin, Galopp, Galopp.

Seit er den letzten Geburtstag hinter sich gelassen hatte, meinte er, sein Herz Woche für Woche lauter und wilder pochen zu spüren, gerade so, als hätte es zuvor nur gedöst in ihm und wäre nun erwacht und konnte es kaum glauben, wie lebendig es war und wie lustig es springen und trommeln und rufen durfte in ihm und damit alles rund um sich, diesen ganzen Leopold, mitreißen mit seiner Lust auf den letzten Schluck Leben.

Wenn er es wahrnahm und es so außerordentlich pochte und drängte wie nun gerade, gefiel Leopold der Gedanke, dass er nur ein einziges Herz besaß. Er besaß zwei Augen, zwei Ohren, zwei Nasenflügel, besaß zwei Arme, zwei Beine, besaß sogar zwei Nieren und zwei Lungenflügel. Aber von jenem Organ, von dem es hieß, es sei für die Liebe zuständig und fürs Unbändigsein, davon besaß er nur ein einziges. Wie weise von der Schöpfung, dachte Leopold, wie wertvoll und rar.

»Ja!«, antwortete Leopold, »ja, Kristyna. Ich komme sehr gerne!«

Kristyna liebte ihn, wie ein Mann sich nur wünschen konnte, geliebt zu werden: Sie ließ es ihn spüren und sie ließ es ihn wissen. Und es jedes Mal aufs Neue wieder vergessen – auf dass sie ihn wieder und wieder und wieder hautnah spüren und wissen lassen konnte, dass es sie verlangte nach ihm. Nach allem an ihm. Das ist es doch, was alle Liebenden suchen im Gegenüber: das ihnen Fehlende, den Missing Link zu sich, die Vervollständigung. Zeitlose Momente lang Eins-Sein, körper-, herzens-, seelengleich. Eins plus eins ergibt: alles.

Und dann gab es freilich noch einen Brandbeschleuniger für die zwischenmenschliche Kernfusion. Sex.

»Was für ein Seelenöffner Sex ist!« So hatte Kristyna es einmal formuliert, als sie beieinandergelegen waren.

Auch ein Blick, ein Wort, auch Musik konnte die Seele öffnen, Malerei, Drogen, Alkohol, Träume, Literatur. Ja, doch Sex …

Flügelfenster zum Leben. Weit, wie weit!

Sie waren einander oft so nahe, wie Leopold nie zu hoffen gewagt hätte, einem Menschen nahe sein zu können. Und, für Leopold ebenso im höchsten Maß überraschend: Niemals sonst war er sich selbst so nahe. Niemals so pur und in Frieden mit sich wie nach Sex; wie mit Kristyna.

Leopold war aufgeregt nervös und in Vorfreude wie ein kleiner Bub vor einem großen, spannenden, aufregenden Bubenereignis. Er rannte, um sich zu duschen, um sich fein zu machen für Kristyna, tat dies und tat das, er wusste, was sie mochte, sie hatte es ihm gesagt. Auch das schätzte er an ihr, dass sie ihm unmissverständlich klarmachte, was sie wollte und brauchte und was sie wollte und brauchte von ihm. Was für eine Erleichterung ihm das war!

Leopold ging zu seinem Nachtkästchen und drückte eine der Potenzpillen aus der Folie. Wie oft hatte er schon erwogen, Kristyna davon zu erzählen, um auch dieses letzte Geheimnis zwischen ihnen zu beseitigen. Sein Freund Anton hatte ihn gewarnt: »Sag es ihr nur ja nicht! Frauen glauben, nicht ausreichend begehrt zu werden, zu wenig attraktiv zu sein, wenn ein Mann eine Pille braucht.«

Davon abgesehen war das Thema freilich schrecklich peinlich: zu wenig männlich, zu rasch verunsichert, zu wenig standhaft. Andeutungen, die hatte er gemacht Kristyna gegenüber. Aber diese kluge, erfahrene Frau war nicht darauf eingegangen. Sie weiß es, sagte sich Leopold, sie weiß es doch ohnehin. Alleine der hochrote Kopf, den er immer von den Dingern bekam. Er glühte geradezu rot vor Aufregung, wenn er zu ihr kam. Zu ihr, weil sie ihn eingeladen und zum Verrücktwerden erotische Sätze geflüstert hatte. *Servus, Leopold, möchtest du zu mir kommen?*

Als Leopold seinen Wagen vor Kristynas Forsthaus einschliff, eigentlich vor seinem Forsthaus, in dem Kristyna residierte, als wäre es ihr und nur ihr Forsthaus, und das freilich zu Recht, völlig zu Recht, aber was spielt das jetzt für eine Rolle, da er sich nun also gerade einschliff mit seinem alten Land Rover, der ihm wie ein treuer Begleiter geworden war während all der vielen Jahre und der vom Matsch dieses nasskalten, nebeligen Februars über und über besprenkelt war, als sie also eintrafen, Leopold euphorisch, sein Wagen abgeklärt, schob sich eine weitere klamme Wolkendecke über den Wald.

Kristyna war nicht zu finden im Haus. Sie musste doch da sein! Wenn sie ihn eingeladen hatte, würde sie doch nicht weggegangen sein! Nein, sicher nicht. Das würde sie nicht. Leopold hatte sich die Schuhe von den Füßen gestreift, hatte vom Gang in die Küche gesehen, war in Socken und überaus erwartungsvoll in ihr Schlafzimmer geeilt – und wieder abgezogen. Er sah auch in allen Zimmern nach. Nichts. Dann stand er im Gang und dachte nach.

Er schlüpfte zurück in die Schuhe, band sie sich auch ordentlich, wer weiß, wie weit er würde gehen müssen, um Kristyna zu finden, und trottete ums Haus. Eine Runde. Und zur Sicherheit noch eine. Und dann, störrisch, noch eine. Als er schließlich vor dem Holzschuppen stand, den vor sich hin rostenden, fetten Mercedes daneben besah und zu frösteln begann, glaubte er, ein erlösendes, nun, ein immerhin vielversprechendes, ein womöglich vielversprechendes, jedenfalls: ein Geräusch gehört zu haben.

Er öffnete das Schuppentor. Kristyna.

Sie stand mit dem Rücken zu ihm.

Sie hatte ihn bemerkt, er erkannte es an einer leisen Bewegung ihres Nackens, ihrer Schultern. Leopold schloss das Tor hinter sich. Kristyna Mila Milenka Janouch, die für ihn ewig junge, ewig himmelszarte Frau. Die Offenbarung, die er vor Jahrzehnten kennengelernt hatte, in jenem Sommer, in dem sie einander im Wald begegnet waren. Über das Dachfenster ging ein Schatten. Kristyna stand im Kegel aschsilbrigen Lichts. Helle Staubpartikel umschwebten sie.

Langsam ging Leopold näher. Ging von hinten an sie heran und stellte seinen Körper weich an den ihren. Kristyna reagierte nicht, doch ein leiser Schauer durchlief sie. Sie nahm, als wäre nichts, einen Klotz Holz von der Werkbank, spannte ihn in den Schraubstock und begann, ihn mit einer Flachraspel zu bearbeiten. »Kristyna«, flüsterte Leopold zärtlich. Sie hielt inne.

»Kristyna.«

Leopold küsste ihren Nacken, berührte mit seinem Atem ihre Haut, ihre aufgestellten Härchen. Er umfasste, sanft, und so, wie sie es mochte, ihre Brüste. Kristyna ließ die Raspel sinken.

Leopold schmiegte sich an ihren Hintern, umschloss dabei aufs Neue ihre Brüste, küsste ihren Nacken.

Entschlossen öffnete er ihr den Gürtel, den Knopf, den Reißverschluss und zog ihr mit einem Ruck Arbeitshose und Slip nach unten.

Küsste ihre Kniekehlen.

Im Knien strich er an der Innenseite ihrer Beine nach oben, nahm ihre Arschbacken energisch in die Hände und leckte Kristyna rasch und kurz. Ein leises, bestürztes Stöhnen kam von ihr.

Er stand auf und drückte sich neuerlich von hinten an sie. Zog ihr die Bluse nach oben. Kristyna Mila Milenka atmete aus, legte den Kopf in den Nacken, schmiegte sich an Leopold, sog seinen Duft ein. Sie beugte sich etwas nach vorne, stützte sich mit den Armen auf dem Werktisch ab und drückte ihren Hintern gegen Leopold. Bewegte sich, ein wenig nur. Und noch und noch ein wenig. Genießerisch atmete sie ein. Sie wollte ihn. Wollte sich mit ihm.

Kristyna wandte ihr Gesicht zu Leopold, schenkte ihm ihren Blick. Dann legte sie sich nach vorne auf die Arbeitsfläche.

Leopold riss sich Jacke und Hemd vom Leib. Hastig zog er sich aus.

Kristyna wandte erneut den Kopf nach ihm, um seine Augen, seine Lust zu sehen. Sie blickten einander an. Kristyna wusste, dass er sie gleich lecken würde. Sie wusste, dass er es ergiebig und lange tun wollte, doch dass der andere Wunsch in ihm bald noch stärker werden würde. Sie ersehnte, dass er, wann auch immer, sich erheben würde, um sie von hinten zu nehmen.

Leopold küsste, küsste sie, schmeckte sie. Küsste sie.

Löste sich von ihr, erhob sich. Nahm sie an den Hüften und drang, den Geschmack ihrer Scham in seinem Mund, in sie. Kristyna stöhnte auf, klammerte sich am Werktisch fest. Leopold strich ihr über den Rücken, fasste sie am Genick, beugte sich über sie.

Eine Bewegung, langsam. Eine Bewegung, vollends, Kristyna stöhnte. Eine Ellipse, geformt aus einem Hin und einem Her. Energie, die aus sich selbst sich nährt. Ein Sturm, weit und wuchtig am Horizont, ein Sturm, näherrückend, ein Sturm, unerbittlich die Ebene anrollend. Eine Kraft, älter als die Menschheit.

Als Kristyna wusste, wollte, wusste ... gleich ... gleich komme ich, drehte sie sich mit leidenden Augen um nach ihm. Leopold beuge sich nach vorne und küsste sie. Sie sahen einander an, erkannten, wer sie waren hinter allen Schichten, hinter glänzenden Augen. Schönheit Leben. Sie waren ... eins.

Im Schuppen lagerte Holz. Waren Werkzeuge und Gartengeräte verstaut. Überwinterten allerlei Pflanzen in kleinen Töpfen und in riesigen. Nirgendwo war ein bequemes Fleckchen, doch was machte das schon: Kristyna und Leopold flüsterten miteinander. Lebens- und Seelendinge flüsterten sie. Später, wenn ihnen kalt würde, könnten sie ins Haus gehen, doch noch nicht, noch nicht.

Beide hatten sich notdürftig angezogen, er ihr seine Jacke über die Schultern gestrichen. Nun saß Kristyna zurückgelehnt auf den geschlichteten

Holzscheiten und rauchte. Leopold hatte seinen Kopf auf ihren Schoß gelegt. Kristyna fuhr ihm liebkosend durchs Haar. Er umfasste mit dem abgewinkelten Arm ihr Bein, umgriff fest ihre Wade und streichelte sie.

- 8 -

Der uns hellste Stern am Himmel, der vertrauteste, uns morgens wie abends begleitende – bloß ein Planet ist es, unscheinbar und kleiner noch als die Erde.

»Sieh nur, wie schön sie ist,«, sagte Elli und überließ mir den Blick durchs Teleskop. »Venus, unsere unmittelbare Nachbarin. Sie ist umhüllt von strahlend weißen Wolkenbänken, die das Licht der Sonne reflektieren.«

»Venus.« Elli sagte es wie leise erstaunt, »unser Morgen- und unser Abendsternchen. Wie eindeutig und klar. Und so lebendig, als wüsste sie es.«

***

Kein Stern muss sein
was sternenhell uns
die Nacht erwärmt.
Tarimoko Son

***

»Sagittarius A* ist das Zentrum unserer Galaxis. Kalt und leer wirkt es nur, weil kein Licht aus ihm gelangt. Zuletzt hat es seine Gravitation exponenziell erhöht und enorme Massen inhaliert.«

»Sagittarius A *Stern?*«, fragte ich. »Zentrum unserer Galaxis?«

Elli lächelte keck, offenbar dankbar für meine Vorlage. »Es ist noch nicht bewiesen«, sagte sie, »dass Sagittarius *das* Zentrum unserer Milchstraße ist. Aber ich bin mir da ziemlich sicher. Es ist ein supermassereiches Schwarzes Loch und hat, salopp gesagt, Appetit auf unseresgleichen. Es zieht Planeten um Planeten, Stern um Stern in sein Inneres. Astronomen haben unter Zuhilfenahme von Röntgenteleskopen berechnet, dass Sagittarius A* mittlerweile sieben Millionen Sonnenmassen schwer sein dürfte.«

Es gebe zwei große Tendenzen in unserem Weltall, erklärte mir Elli. Zum einen dehne sich das sichtbare Universum nach wie vor aus. Diese Verdünnung aber, diese *Flucht in die Weite*, werde durch die zunehmende Verdichtung der massereicheren dunklen Materie stärker und stärker gebremst und ins Gegenteil gekehrt. Das Gros der wissenschaftlichen Welt glaube derzeit zwar, sogar eine Beschleunigung der Universumsausdehnung festzustellen, ihrer bescheidenen Meinung nach aber, sagte Elli, sei das eine Fehlinterpretation. Die vermeintliche Beschleunigung nach außen sei aufgrund der oszillatorischen Krümmung des Raumes in Wirklichkeit der bereits begonnene Megatrend in die andere Richtung. Ein immer größer werdender Teil des Alls rase trichterförmig auf sein Zentrum zu.

Letztlich, erläuterte mir Elli frohgemut ihre Theorie, werde die dunkle Materie alle flüchtenden sichtbaren Teile des Universums in ihr Vakuum absorbieren. Die dunkle Materie werde sich immer mehr Gestirne, immer mehr Galaxien einverleiben und am Ende in Form eines einzigen Schwarzen Lochs derart energiegeballt sein, dass ihr letzter, alles verschlingender Atemzug so blitzartig passieren werde, wie es in umgekehrte Richtung beim Urknall der Fall gewesen sei.

»Weil die dunkle Materie«, fragte ich, »immer mehr Planeten und Sonnen inhaliert, erlischt über kurz oder lang das gesamte Universum? Alles Leben, alle Sterne? Dann gehen überall die Lichter aus?«

»Kann gut sein«, antwortete Elli.

»Schaurige Vorstellung.«

»Wenn sie dir nicht gefällt, kannst du einen Urknall weiterdenken. Wenn das All zur Gänze versunken ist und sich in der ultimativen Singularität kleiner als stecknadelklein komprimiert hat, kann das Feuerwerk aus dem scheinbaren Nichts erneut losgehen. Dann explodiert das Leben wieder, dann sprießt wieder alles, als gäbe es kein Morgen, dann wird's wieder hell und weit.« Elli sah mich an. »Dann spielt am Ende auf manchem Planeten wieder Musik, lieben sich Wesen und verdichten Autorinnen wie du unsere Fantasien zu Leben und Schrift.«

FÜNFTER TEIL

- 1 -

Frühling. Endlich wieder Frühling. So kalt und dunkel und ewig der Winter in Litstein gewesen war, so bunt und hell und unbändig feierte die Natur ihre Wiederkehr.

Drei Kiebitze durchsichelten die Luft, pfiffen in wilden Pirouetten und Sturzmanövern um den Burgturm. Anschließend zeichneten sie, nun mit ruhigen Flügelschlägen, Bögen in den Himmel, schlank wie aus Papier. Dabei ließen sie hoch sirrende, utopische Töne hören, gleich Wesen nicht von dieser Welt. Ihr scheinbar weißes und scheinbar schwarzes Gefieder reflektierte metallisch das Sonnenlicht.

Hinter der Schlossmauer eilte ein Wasserläufer über die Oberfläche des Tümpels. Irritiert hob er eines seiner sechs Beine, wie ein Schlittschuhläufer, der eine Kufe über ein Hindernis hebt. Unter ihm nutzte ein weiteres Wesen die Oberflächenspannung des Wassers – eine harmlose Spitzschlammschnecke. Sie zog eine Schleimspur an der Häutchenunterseite der Wasserspannung. An ihr hing, wasserabwärts, ihr siebeneinhalb Windungen schlankes, füllhornförmiges Schalenhaus. Der Wasserläufer hielt inne und betrachtete sie. Die Spitzhornschnecke hielt ebenfalls inne – wobei das Innehalten wegen ihrer allgemeinen Langsamkeit dem Wasserläufer grotesk vorkam. Und dann sahen sie einander an. Er sie mit seinen Facettenaugen, sie ihn mit den Äugelein an ihren Fühlern; beide an der Spannung der Wasseroberfläche klebend. Er oben: federnd, athletisch dünnbeinig. Sie unten: schleimig angesaugt. Zwischen ihnen ein Hauch von Nichts.

Auf der Wiese nebenan steckten Veilchen, Gänseblümchen, Vergissmeinnicht ihre Köpfchen aus der Erde. Gerade so, als freuten sie sich seit letztem Jahr schon darauf. Nicht weit davon, am Waldrand, eilten Ameisen im Gewirr, verausgabten sich für ein großes Ganzes, dessen sie sich sicherer waren als ihrer selbst.

Aus den herrschaftlichen Teichen der Hohensinns sprangen Karpfen in die Luft, einfach so, des Lebens wegen. Eine Kolonie Kormorane hockte im Geäst, startklar für den nächsten Tauchgang, viele Meter tief den Fischen nach. Silberreiher, gleißend hell, standen hochbeinig am Uferrand. Und nur ein Seeadlerpaar überblickte all das, kreisend über Litstein, über dem Teich-Wald-Wiesen-Land diesseits und jenseits der Grenze.

Die ersten Frösche probten – *Möööp* – Gesänge für ihre künftigen Weibchen. *Mööööp* … *Mööööp*; ach, hoffentlich würde es sie betören. Ein einsam am Schilfrand paddelndes Blesshuhn, schwarz und schmächtig, rief sein niedliches *Tuk-tuk* übers Wasser. Ein Trupp Stockenten, Halbwüchsige noch, landeten und vergewaltigten ein Weibchen. Sie nahmen sich, was ihnen freiwillig, weil sie schrecklich und unreif waren, nicht gegeben worden wäre. Und am Himmel stand die Sonne.

Ein Nachbeben durchlief Ellis Schenkel. Sie lag auf dem Rücken im Gras, sah nach oben. Weit über ihr in den Blättern war ein Rascheln und Vibrieren, ein kleiner Schwarm Finken. Verstohlen waren sie in der Baumkrone gelandet, nur leise sich freuend, aber freuend, ja wie! Sie bedienten sich, tupften an die Zweige und Blätter und Blüten und Insekten, holten sich, was sie wollten, zwitscherten leise, ganz leise vor Glück; nahmen sich dankbar, was ihnen ohnehin gebührte, das Feinste aus den Bäumen.

Elli griff nach hinten, an den Stamm der Birke, um sich und diese Finken zu spüren, wie sie sich am Leben bedienten, um davonzufliegen, wiederzukehren, hin und her, verwandelt, freudeleicht.

Jakob war, wo er immer hatte sein wollen. An der Seite einer Frau, die ihm zuvor nicht einmal im Traum erschienen war. Und an einem Platz in sich, von dem er kaum noch zu hoffen gewagt hatte, es möge ihn geben einmal. Jakob lachte, in leisen Stößen, weil er aufs Neue und immer wieder aufs Neue nicht glauben konnte, wie gut es ihm ging. Weil er einmal mehr nicht fassen konnte, wie ihm geschah.

»Was gluckst du so?«, fragte Elli flüsternd, ohne den Blick von den Finken zu nehmen. Sie wusste, warum Jakob gluckste, aber wenn er es ihr sagte, würde sie seine Stimme hören, Jakobs schöne Stimme.

»Einfach so glucks ich. Einfach vor Glück«, sagte Jakob mit der Stimme, die Elli so sehr mochte, besonders, wenn sie Sätze wie diesen sagte.

»Außerdem«, begann Jakob, »bin ich vorher auf etwas draufgekommen. Ich habe gesehen«, sagte er in die Blätterstille, »was es mit dem Dritten Auge auf sich hat.«

In der größten Verklärung war sein Gesicht nahe an Ellis gewesen. Sie hatten einander angeblickt, einander gesehen mehr und mehr in verschmelzenden Augen. Und da war es Jakob erschienen, in der Mitte von Ellis Stirn. Ein gütig liebendes Auge besah ihn und griff an sein Herz.

So, sagte Jakob, müsse in vorbiblischen Zeiten die Geschichte des göttlichen Dritten Auges entstanden sein, als zwei Menschen miteinander schliefen und ihre Blicke verschmolzen.

»Wir haben«, meinte Jakob »beim Vögeln ein Rätsel der Menschheit gelöst.« Elli lachte herzhaft. Zärtlich strich sie ihm über die Wange.

Jakob, ihr Jakob sprach. Vor knapp einem Jahr erst hatte er damit begonnen.

Keine zweihundert Meter entfernt saß Graf Leopold und blickte in jene Richtung, in der seine Frau und Jakob miteinander scherzten und flüsterten und einander küssten und abermals küssten, nachdem sie miteinander geschlafen hatten. Das Fernglas hatte Leopold auf den Oberschenkeln liegen. Er lächelte zufrieden. Genau so hatte er sich das vorgestellt, genau so war es perfekt. Leopold saß vor der Holztür, die er sich in den Wald hatte stellen lassen. Und zwar an jene Stelle, an die er sich ursprünglich eine Hütte hatte stellen lassen wollen. Aus ihr hätte er heraustreten können, um von diesem herrlichen Platz aus den traumhaft davorliegenden Birkenhain zu besehen, der um diese Jahreszeit im milden Sonnenlicht lag. Doch um herauszutreten – wie gut, dass er das rechtzeitig erkannt hatte – brauchte es keine Hütte. Die Hüttentür alleine reichte vollkommen. Leopold war glücklich. Er hatte eine richtige, eine gute Entscheidung getroffen.

Wann immer er wollte, könnte er aufstehen, an die Klinke greifen und diese Tür öffnen. Leicht, federleicht würde sie im Türrahmen aufschwingen – Jakob hatte das gut hinbekommen – und ihm den Blick eröffnen auf das, was dahinterlag. Ja, jederzeit könnte er es tun. Doch der besondere Reiz lag darin, nicht zu rasch, nicht zu voreilig diese Tür zu öffnen. Der Wunsch danach sollte erst reifen, sollte drängend, unbezwingbar in ihm wachsen. Umso größer wäre am Ende der Genuss. Umso dankbarer er für sein Leben, für diesen seinen Augenblick. Leopold stand auf. Er legte die Hand an die Klinke, drückte nach unten. Und: ließ die Klinke wieder zurückkippen. Heute – Leopold, Graf von Hohensinn, hatte es im allerletzten Augenblick entschieden –, heute würde er diese Tür noch nicht aufstoßen. Heute würde er diese Tür, die er mitten in den Wald hatte stellen lassen, geschlossen belassen.

Leopold drehte sich um. Und ging gemächlich davon. Welch ein Genuss! Eine Tür, eine geschlossene, ihm stets offenstehende Tür! Vielleicht, dachte Leopold, war dies das Schlauste, das er bisher in die Welt gesetzt hatte.

Und wie perfekt die Tür gefertigt war! Beim nächsten Mal, wenn er Jakob treffen würde, müsste er ihm gleich danken, dass er den Auftrag so vortrefflich ausgeführt hatte. Wenn er wolle, würde er zu Jakob sagen, dürfe er sich gerne das eine oder andere Mal selbst vor diese Tür stellen. Und sie öffnen, wann immer er seinen Blick weiten wolle.

Elli drehte sich zur Seite, ein Gedicht war ihr in den Sinn gekommen. Eines von Joseph von Eichendorff, zwei Zeilen aus *Die Pilger*:

Wir sehnen uns nach Hause.
Und wissen nicht wohin.

Wie schön, dachte Elli. Hatte der Dichter, überlegte sie, wohl ans Jenseits gedacht, als er diesen Vers schrieb, war sein Sehnen das nach Gott gewesen? *Wir sehnen uns nach Hause. Und wissen nicht wohin.* Nun wusste Elli, wonach sie sich längst schon, viele Jahre schon, gesehnt hatte: nach einem Menschen. Einem Menschen wie Jakob. Einem diesseitigen Zuhause, keinem jenseitigen. Die Liebe, dachte Elli, sie war gemeint in diesem Gedicht. Die Liebe! Nicht der Tod.

Jakob lag vor ihr. Sie streichelte über seine nackte Schulter, zeichnete mit dem Finger sein Schlüsselbein nach, seinen Rippenbogen, die hervortretenden Adern an seinem Handrücken. Wie einfach und selbstverständlich das Leben sein konnte, und wie außergewöhnlich. Elli schmiegte sich an Jakob, sog den Föhrenrinden-Maiglöckchenduft seiner Haut ein. Wenn sie wollte, könnte sie die Augen schließen. Wenn sie wollte, dürfte sie müde sein. Sich treiben lassen. Alles dürfte sie. Elli bettete ihren Kopf auf Jakobs Brust.

- 2 -

Das Leben ist ein fremder Ort, weit aus der Zeit. Bis es dich unversehens packt, mitreißt und in eine Gegenwärtigkeit schießt, die dein Innerstes nach außen kehrt, dein Herz rasen lässt, dich an Neuland schwemmt.

Mehrmals schon waren Jakob diese Zeilen begegnet: am Beginn eines Chorals, einer Oper, im Prolog eines Romans. Jedenfalls, diese Zeilen trafen es. Sie sagten: Das Leben beginnt erst, wenn du es lebst. Sagten: Das Leben ist ein Geschenk, wenn du Glück hast. Und ist eine Tortur, wenn du Pech hast. Diese Zeilen sagten aber auch: Du kannst das Glück zulassen. Weil das Glück nichts davon hat, wenn du dich abwendest. Weil du dich ihm zuwenden darfst, einfach zuwenden, um zu leben.

Jakob war vor seiner Hütte gesessen und hatte nichts weiter getan, als Teil dieses Waldes zu sein, dieser einsamen, wie in sich geschlossenen Wirklichkeit. Die Musik des Waldes war die Stille, war ein leises Knacken von Zweigen, ein Summen der Luft, ein Krabbeln, ein Huschen.

Entfernte Flügelschläge. Wind, Wind in Wipfeln. Und, weit oben, die sehnsüchtigen Rufe eines Bussards.

Nun erst bemerkte Jakob, dass er ein Buch in

Händen hielt, wie so oft, wenn er nicht Bretter und Nägel und Leisten und Latten in Händen hielt. Entweder baute er Hütten in seinem Kopf, aus Gedanken, aus Bildern, oder er baute Hütten aus Holz.

Jakob legte den Roman zur Seite und zog das Federwerk des Grammophons auf. Kristyna hatte ihm den aus der Vergangenheit geretteten Apparat geschenkt, gemeinsam mit ein paar Dutzend Schallplatten. Am häufigsten lief, wie auch nun, Haydns drittes Oratorium. Die Platte drehte sich knisternd, achtundsiebzig Umdrehungen pro Minute, und ließ die Nadel dem Zentrum zulaufen, wie auch Haydns Musik einem Zentrum zuzulaufen schien.

Gebracht hatte Kristyna ihm das Grammophon in der Zeit, als er nicht sprach. Die Musik hatte ihm in seiner Stille geholfen, sie war gütig gewesen. Auch die Bücher hatten geholfen, die Romane, die Kristyna ihm zugesteckt hatte. Mitunter brachten sie ihm sogar die verlorene Kindheit mit seiner Halbschwester wieder. Es waren die schönsten und schmerzlichsten Momente jener Jahre. Die Welt ist ein fremder Ort, weit aus der Zeit.

Und dann war Elli in sein Leben gekommen. Er hatte sie freilich schon zuvor gekannt, vom Hinsehen, vom Vorbeifahren, vom entfernt einander Grüßen. Elisabeth, Gräfin von Hohensinn. Nie hätte er gedacht, dass er sie einmal Elli nennen würde. Nie, dass sie zu seiner Hütte kommen würde. Nie, dass … doch das wollte er selbst später noch nicht aussprechen. Wer weiß, was geschähe, spräche er davon. Worte verändern. Verändern mitunter alles. Er wollte sein Glück nicht nochmals … nicht nochmals. Ein fremder Ort ist das Leben, weit aus der Zeit. Bis es dich an Neuland schwemmt, dein Herz packt.

Wie er wusste Elli auch um die Kraft der Worte. Und ging wie vergnügt spielend damit um. Alles, was sie zu ihm sagte, war wie kunstvoll angestupst. Nicht ihre Stimme war leise, das mitunter auch. Sanft und leise waren die Worte selbst. Als benützte Elli nur jene, die guttun, als fielen ihr wie durch Zauber immer nur jene zu, die sich anschmiegen an den Moment und denen es gar nicht möglich ist, Falsches zu bewirken. Jakob empfand, als berührte Elli mit ihren Sätzen das Leben, als stünde sie mittels ihrer Worte in einer freundlichen Verbindung zur Welt. Und sie berührte mittels ihrer Worte etwas in ihm. Etwas, von dem er gar nicht mehr sicher gewesen war, ob es bestand. Der Tag war weit offen, wenn Elli sprach.

Elli. Von Beginn an hatte er sie als unverstellt natürlich erlebt. Und zugleich war sie ihm so zart erschienen. Eine Gewissheit hatte er in ihren Augen gesehen und eine weibliche Sanftheit ihm gegenüber. Je besser er sie kennenlernte während jener Zeit, da sie ihn beinahe täglich im Wald besuchte, umso deutlicher nahm er ihre Zerbrechlichkeit wahr. Als er sie zum ersten Mal streichelte, streichelte er sie wie einen Schmetterling. »Du streichelst mich wie einen Schmetterling«, hatte sie gesagt, »schön ist das.«

»Nimm mich, nimm mich fest«, hatte sie gesagt, als sie zum ersten Mal schliefen miteinander.

Sie waren still ineinander, beinahe täglich in jener Zeit. Liebten sich, als wäre es jedes Mal aufs Neue unbedingt notwendiges Glück. Als wäre es immer vielleicht das letzte Mal.

Zu reden begonnen hatte er später erst. Elli hatte ihn dazu gebracht, absichtslos, indem sie mit dem Zeigefinger Sätze auf seinen Rücken schrieb.

»Was hast du geschrieben?« Das waren seine ersten Worte gewesen, seine ersten vier Worte nach so vielen Jahren der Stille.

»Was heißt das?«, hatte er dann auch noch gefragt und Elli hinter ihm den Atem angehalten und versucht, sich ihre Überraschung nicht anmerken zu lassen.

»Das verrate ich dir nicht«, hatte sie gesagt und ihn vor Freude auf dem Rücken auf und ab geküsst und ihn von hinten mit ihren Armen umschlungen und in den Nacken gebissen.

Jakob hatte sein hauchend kratziges *Ch-ch-ch* gelacht. »Sag mir, was du geschrieben hast.«

»Nein«, war vergnügt ihre Antwort gewesen. Und dann: »Deine Haut weiß es, ich hab's ihr eingeschrieben, dein Körper weiß es, mehr ist gar nicht möglich. Würde ich es dir sagen, wüsste es nur dein Kopf. So aber weißt du es bis ganz in dich hinein.«

»Sag es mir«, hatte er wiederholt, »sag mir, was du geschrieben hast. Es hat sich gut angefühlt, aber ich habe es nicht verstanden.« So redete Jakob, nach vorne sprechend, und hinter ihm konnte Elli ihr Glück kaum glauben – und blieb dennoch unnachgiebig: »Wenn es sich gut angefühlt hat, hast du es ohnehin längst verstanden.«

Spätestens da hatte Jakob bemerkt, dass er redete, erstmals wieder redete. Es war gar nicht schwierig gewesen. Es war passiert. Ging ganz leicht. Als wäre er aufgewacht und redete zum ersten Mal – nicht seit Jahren zum ersten Mal, sondern bloß an diesem Tag zum ersten Mal. Verblüfft lachte er auf, nicht nur seines Redens wegen, sondern weil er es komisch fand, dass es keinerlei Wirkung zeigte. Nun sprach er wieder, nun machte er endlich wieder den Mund auf, um zu erfahren, was hinter seinem Rücken geschrieben worden war, doch Elli, die an diesem Rücken klebende und kichernde Elli, tat, als ob nichts geschehen wäre. Keines der Wörter, die sie ihm hinterrücks aufgemalt hatte, gab sie preis.

»Ich rede nichts mehr mit dir, wenn du mir nicht sofort sagst, was du geschrieben hast«, drohte Jakob und drehte sich nach ihr um. Sie sah ihn an und prustete los. Und dann fielen sie übereinander her.

Elli, Elli, Elli! Sie hatte ihn zum Leben gebracht.

Je mehr sie ihm im Lauf der Zeit gab von sich, je weicher sie sich zuließ, desto mehr bemerkte Jakob, dass da noch etwas war. Etwas, das sie ihm nicht zumuten wollte. Etwas, das sie in seiner Gegenwart nicht einmal leise zu berühren sich erlaubte. Manchmal stand es in ihren Augen, sprungbereit. Manchmal glaubte er, ihrem Geheimnis schon ganz nahe zu sein. Gelänge es ihm, dachte er, dieses Unsagbare für sie nach oben ins Licht zu halten, müsste Elli sich nicht länger quälen damit.

Doch sein Blick reichte nicht tief genug.

»Was ist es?«, fragte er einmal wie ins Blitzblaue.

Zuerst sah sie ihn an, überrascht. Und dann war ihr anzumerken, dass sie erwog, es Jakob zu sagen, es einfach zu teilen mit ihm. Wieso denn nicht, wieso denn nicht dies auch noch? Doch es war schon wieder zu spät, sie hatte schon wieder zu sehr daran gedacht, es schon wieder zu groß werden lassen, unaussprechlich groß. Elli schlug die Augen nieder.

Nichts, es sei nichts, sagte sie und dachte, dass das, woran sie dachte, ein Nichts bleiben müsse für sie als Liebespaar, dass das, woran sie dachte, kein Recht auf sie beide habe und dass es gefälligst Abstand halten solle zu ihnen und ihrer Liebe.

»Was ist es?«, fragte Jakob, im selben ruhigen Ton wie zuvor. Er nahm Ellis Hand.

Sie wollte es ihm nicht sagen. Denn was würde es machen mit diesen Augen, die sie so liebevoll ansahen? Was würde es machen mit dem Herz, das nahe dem ihren schlug? Elli legte, langsam, ihre Hand auf Jakobs Brust. Löste die Hand ein wenig und berührte Jakob gleich darauf erneut.

Sie hob ihr Gesicht, sah ihm in die Augen, lächelte schmerzlich.

Nichts ist es, dachte sie, nichts, nur ein Virus im Herzen, einer, der sie sicherlich noch lange, ganz lange würde leben lassen, einer, der ihr und ihnen und ihrer Liebe nichts würde anhaben können.

Sie trug den Tod in sich mit jedem Herzschlag. Aber taten das nicht alle, jederzeit? Entscheidend war doch, dass sie das Leben in sich trug mit jedem Herzschlag. Nur das war doch entscheidend.

»Wie wunderbar warm du bist«, sagte Elli, schloss die Augen und schmiegte sich an ihn.

Elli hatte sich das Herzvirus unter dem Elektronenmikroskop der Klinik zeigen lassen. Es war so unscheinbar, so gering, als wäre es nur dafür geschaffen, vergessen zu werden. Und tatsächlich war es dem Verschwinden ausgeliefert. Unter den dreitausendachthundert bekannten Arten, hatte der junge Arzt gesagt, gehörte das Cordisvirus zu jenen seltenen Mutationen, die sich in eine evolutionäre Sackgasse manövriert hätten, denn es sei nicht ansteckend. Nicht ansteckend? Aber wie hatte es sich dann auf sie übertragen können, fragte Elli. »Die Wahrheit ist«, hatte er geantwortet, »wir wissen es nicht. Vielleicht«, hatte er hinzugefügt, da er sich in diesem Augenblick wünschte, dieser Patientin eine kleine Freude zu bereiten, dieser Patientin, für die er eine eigentümliche, eine höchst eigentümliche, gewiss unprofessionelle Zuneigung empfand, »vielleicht, Gräfin von Hohensinn, weil Sie eine außergewöhnliche Frau mit einem außergewöhnlich schönen Herzen sind.« Die Emotionalität, die seine Worte und der antwortende Blick dieser reifen, attraktiven Frau bei ihm bewirkt hatten, ließen den jungen Arzt erröten. Am liebsten hätte er ihr die Hand geküsst. Doch gleich kam er wieder zu Verstand. Zu welchem Unsinn hatte er sich nur hinreißen lassen!

»Verzeihen Sie«, murmelte er verlegen. »Bitte verzeihen Sie.«

»Schon gut«, antwortete Elli. »Ich danke Ihnen. Danke für Ihre Ehrlichkeit. Und die Aufmunterung.«

Statistik half Elli manchmal. Und schwarzer Humor. Das Cordisvirus trugen lediglich 0,15 Prozent der Menschen in sich. Okay, diese Statistik half ihr nicht, diese Statistik zeigte, dass sie zu 99,85 Prozent Pech gehabt hatte. Immerhin doch als Glück aber konnte sie gelten lassen, dass das Virus einer weiteren Statistik zufolge nur in siebenundvierzig Prozent der Fälle tödlich war. Und mittels eines angeblich durchaus erprobten, doch, wie Elli fand, ebenso fragwürdigen Medikaments ließe sich die Sterbewahrscheinlichkeit minimieren – von statistischen siebenundvierzig auf statistische einundvierzig Prozent. Sie schlug das Angebot dankend aus.

Alles kein Grund, dich verrückt zu machen, sagte sich Elli. Statistisch gesehen zu hundert Prozent kein Grund, jetzt schon tot zu sein, sagte sich Elli. Vielmehr, beschloss sie, ein Grund, hundert Prozent zu leben. Ja, zu leben! Jakob, Jakob, Jakob!

Wenn sie miteinander schliefen und Elli nur noch aus Gefühl bestand, wurden ihr vor Unsagbarkeit manchmal die Augen feucht, dann war sie ihm so nahe, dass es wehtat vor Glück. Immer hätte es nicht so sein dürfen, immer wäre das nicht auszuhalten gewesen, viel zu sehr ging es zu Herzen. Einfacher war es, wenn das Körperliche dominierte, wenn sie übereinander herfielen oder, was sie liebte, er über sie herfiel, dann konnte sie sich treiben lassen. Tiere waren sie dann, Tiere nur, und nicht so herzüber, so herztief.

Je weniger animalisch, je weniger blank körperlich, desto mehr Raum nahm die Seele – und tobte sich aus. Besser manchmal, nur die Tiere tobten sich aus, tobten sich aus und dann war es gut und vorbei. Die Seele aber kannte kein Ende, die Seele war erbarmungslos.

Ihre Sinne nahm sie während des Sex mit Jakob überscharf war, alles war wie gespannt bis zur letzten Möglichkeit; das Sehen seiner Adern, das Schmecken seiner Haut, seiner Lippen, das Spüren seines Atems, alles genauestens. Zugleich explodierten ihre Sinne ins Nichts, schossen in alle Richtungen, unkontrolliert, auf und davon. Leben!

Wenn sie Jakob so nahe war, dass sie nur noch seine Augen sah und nicht mehr sein Gesicht, nur noch dieses Glänzen, dieses Licht, sah sie Welten, die es geben mochte, sah sie so weit, dass sie sich sah, windstill warmes Meer.

Platon hatte sich geirrt. Liebe war keineswegs nur in dem, der liebt. Liebe ging über, rann über, schwappte ozeanhoch über in den geliebten Menschen, klatschte brausend an dessen Herzwände und von dort unaufhaltsam und mitreißend und wunderbar schmerzend zurück.

Elli. Wenn Jakob bei ihr lag, war es ein Sie-Umfließen – ihres Gesichts, ihrer Schultern, ihres Bauches, ihres Geschlechts. Emotional war es ein Einsinken, ein In-ihr-Aufgehen. Umflossen von etwas Größerem war er, wenn er mit ihr schlief.

Und dann war da stets diese Melancholie, die von ihm Besitz ergriff, wenn die Sonne sank, wenn es Nacht wurde und Elli zurück ins Schloss musste, wenn ihre Trennung nahte und damit das Ende dieses ihres Lebens, das Ende dieses wahren Traumes.

Manchmal während ihres Zusammenseins, wenn er auf dem Waldboden gegen einen Baum gelehnt saß und sie ihren Kopf auf seinen Oberschenkel gebettet hatte, war er plötzlich seiner und ihrer nicht mehr sicher, musste er rasch nach unten sehen, zu ihrem Blick, ob sie noch sei, ob sie noch bei ihm sei und sie auch ganz sicher sie sei, denn obwohl er doch ihr Haar berührte und obwohl er doch die Wärme der Sonne spürte und obwohl oder gerade weil doch dies alles so richtig war, ergriff ihn jäh eine schreckliche Ahnung. Und so streichelte er ihr übers Gesicht und sprach sie an, Elli, Elli, Elli, ob sie auch wirklich sei, wirklich sie, wirklich da, wirklich bei ihm und ob auch er wirklich sei, wirklich er und sie beide so wahr, wie es sich anfühlte, obwohl es so etwas, so etwas Wundervolles doch gar nicht geben konnte.

Einmal sah er sie und sah erstmals nicht nur ihre Schönheit. Er sah etwas Neues, etwas wie Seidenpapier, das im Wind, im heftiger werdenden Wind sich bewegt und sich diesem Wind ausliefert, weil es ihn liebt und bereit ist, sich zu riskieren, bereit ist, zu reißen in diesem Wind, wenn es denn so kommen sollte. Jakob sah zum ersten Mal Ellis Fältchen unter ihren Augen, sah zum ersten Mal ihre verwundete Schönheit. Und da liebte er sie noch mehr. Diese Frau war wie die Welt; war der zarteste Mensch, der alle Menschen verband. Jakob sah ihre Makel, ihre Schönheit, ihre Verletztheit. Er sah alles in ihr. Und nun würden sie schlafen miteinander, würden sich niederlegen und ihren Herzen einen Platz geben, um auszuruhen.

- 3 -

Aliza Berg hatte die letzten Monate genutzt, um ihren Roman voranzutreiben. Den Schreibtisch hatte sie kaum verlassen. Und ebenso wenig den Zustand des Selbstzweifels. Der Roman entglitt ihr. Und kaum, dass sie dachte, sie hätte die Fäden wieder in der Hand, entglitt er ihr aufs Neue. Die Figuren taten, was sie wollten, und nicht, was die schriftstellerische Dramaturgie erforderte. Die Handlungsstränge entrollten sich unkontrolliert, der Roman lief führungslos durch Zeiten und Räume. Verdammt, sie war doch eine routinierte Schriftstellerin, was war nur los?

Als sie Peter Rosenberg in der Trafik besuchte und ihm ihr Leid klagte, meinte er lakonisch, dass das Leben nun einmal nicht planbar sei, es entgleite einem eben gerade dann am liebsten, wenn man denke, es unter Kontrolle zu haben, und laufe planentengleich im Kreis, obwohl man sich einrede, voranzukommen. Da Aliza explizit über den Wahnsinn Leben schreibe, laufe es also offenbar ganz trefflich mit ihrem Roman.

Das war gewiss gut gemeint, aber ein inniger Kuss Peters hätte sie jetzt mehr getröstet. Aliza besah ihn, besah seinen Sechstagebart, seine grau melierten Haarsträhnen, seinen Oberkörper, der sich unter dem schwarzen Hemd abzeichnete. Sie hatte zwar entschieden, die Finger von Peter zu lassen und sich verboten, auch nur mit ihm zu flirten, seit sie wusste, dass er verheiratet war, aber die Fantasie eines Kusses, was soll's, die gönnte sie sich. Sie rauchten. Aliza betrachtete seinen schön geschwungenen Mund.

Peter sah gedankenverloren zum Verkaufspult, auf dem er eine neue Auswahl an Romanen arrangiert hatte.

»Vielleicht«, sagte er und blickte kurz auf, »vielleicht ist es ein großes Missverständnis, zu glauben, dass der Sinn des Lebens und der Menschheit der Fortschritt und das Vorankommen sind. Weißt du, Aliza, nachdem meine Frau den Unfall hatte und auf den Rollstuhl angewiesen war, wünschten wir uns, dass alles wieder möglichst wie früher, alles ganz normal sein sollte. Weil es fürs Glück gar nichts Besonderes braucht. Der Sinn im Leben«, sagte er, »ist das Leben selbst. Und wahr wird's, wenn wir es sind.«

Jetzt reicht's aber, dachte Aliza, jetzt gehe ich hin und küsse ihn, küsse ihn einfach. Ich muss ihn jetzt einfach küssen! Nicht erotisch, nein, nur so harmlos, so freundschaftlich, einfach aus Freundschaft küsse ich ihn jetzt. Auf seinen erotischen Mund, mit dem er solche Sätze sagt.

Als Aliza und Peter ihre Zigaretten ausdämpften, läuteten Litsteins Kirchenglocken Mittag.

»Du musst zusperren«, sagte Aliza.

»Ja«, sagte Peter.

Die Tür im ersten Stock sprang auf. »Papa!?«, rief eine helle Mädchenstimme.

»Ja, Miriam, ich komme gleich.«

»Papa, Mama sagt, Aliza soll doch endlich einmal mit heraufkommen. Das Essen ist fertig. Mama würde sich freuen, wenn Aliza mit uns isst!«

Aliza Berg schoss das Blut in die Wangen.

Peters Frau Senta hatte langes, glänzendes rot gewelltes Haar. In ihrem Gesicht stritten sich die Sommersprossen um die schönsten Plätze. Sie kam auf Aliza zu, bremste den Rollstuhl routiniert ein und hielt der Schriftstellerin die Hand entgegen. »Ich freue mich! Wir können doch Du zueinander sagen, oder? Peter hat mir schon so viel von dir erzählt. Und er schwärmt von deinen Romanen.« Senta Rosenberg rollte zum Tisch. »Einen deiner Romane mag ich auch gerne, *Selatura*. Zu deinen anderen Büchern habe ich, um ehrlich zu sein, noch keinen Zugang gefunden. Du weißt als Autorin ja ohnehin, dass das keine relevante Kritik ist. Romane sind wie Schuhe, manchmal passen sie, manchmal nicht. Und manchmal braucht es einfach noch, um in sie hineinzuwachsen. Peter und ich haben öfters nicht denselben Geschmack.«

Sentas Direktheit flößte Aliza Respekt ein – und doch ein wenig Ängstlichkeit vor noch mehr solcher Direktheit. Aber weshalb? Senta redete einfach geradeheraus, ohne jede versteckte Gehässigkeit.

»Wie geht es dir mit deiner aktuellen Arbeit?«, erkundigte sie sich. Ihre Tochter schöpfte klare Suppe in die Teller. »Peter hat mir erzählt, dass du intensiv an dem neuen Roman schreibst.«

»Ja … ja, stimmt. Danke für die Suppe. Nun, es ist ein ständiges Auf und Ab. Ich habe Schwierigkeiten mit den Figuren. Sie gehorchen mir nicht, machen, was sie wollen, fast so, als gäbe es mich nicht. Für gewöhnlich fügen sich Romanfiguren zumindest im Groben der Idee des Buches, diesmal aber entwickeln sie nicht nur, wie man gerne sagt, ein Eigenleben, diesmal boykottieren sie mich regelrecht. Sie pfeifen einfach auf mich. Ich muss froh sein, wenn ich überhaupt noch mit dabei sein darf ab und zu.«

Senta nickte, als hätte sie nichts anderes erwartet. Von der Hitze der Suppe hatten sich kleine Schweißtropfen an ihrer Stirn gebildet. »Vielleicht«, sagte sie, »ist es diesmal für dich ja auch deshalb so schwierig, weil die Idee für den Roman nicht von dir kam.«

»Oh … ja, danke, dass du mich daran erinnerst. Ich habe es zuletzt erfolgreich verdrängt.«

»Entschuldige«, sagte Senta und hielt sich die sommersprossengesprenkelte Hand vor den Mund.

»Hast du denn schon eine Idee«, fragte sie keine drei Sekunden später, »wer hinter dem anonymen Brief steckt? Wer der sonderbare Mensch ist, der dir das Honorar überwiesen hat?«

Das Honorar. Aliza schluckte. Peter hatte sie verraten. Sie konzentrierte sich darauf, den nächsten Löffel Suppe ruhig in den Mund zu schieben ohne zu patzen.

»Nein«, antwortete Aliza, »ich habe nach wie vor keine Ahnung, von wem das Geld ist. Mir ist mittlerweile auch gleichgültig, wer der Typ ist. Entscheidend ist für mich nur das Buch. Und selbst wenn ich dafür Geld überwiesen bekam, schreibe ich es völlig unbeeinflusst.«

Für gefühlte Minuten war es still am Tisch.

Bis die kleine Miriam, nachdem sie ihren Teller leergelöffelt hatte, aufstand und fragte: »Mama, soll ich jetzt die Mohnnudeln servieren?«

»Gerne, Miriam.« Mit zärtlichem Stolz lächelte Senta ihrer Tochter zu, griff an die Räder des Rollstuhls, um ihn mit zwei kleinen Rucken in eine geringfügig andere Position zu bringen.

»Wobei mich eine Sache schon beschäftigt«, sagte Aliza, um die Stille zwischen ihnen zu durchbrechen und weil es doch kleinkariert gewesen war von ihr, eingeschnappt zu sein. »In dem anonymen Brief dieses Menschen«, sagte sie und stockte. »Ach seien wir doch offen, in dem Brief meines Auftraggebers, ohne den ich nie und nimmer auf die Idee gekommen wäre, hierher nach Litstein zu kommen, ist eine Passage enthalten, die mich zunehmend nachdenklich macht. Irgendwo steht, er wünsche sich, ich solle das Leben exemplarisch anhand dieser Gegend und *aller* ihrer Bewohner beschreiben, wobei er das Wort *aller* durch eine Unterstreichung hervorgehoben hat. Und während meiner gesamten Recherchen in der Gegend ist mir eine einzige Bewohnerin entwischt, Malina nämlich, die angebliche Enkelin Kristyna Janouchs. Mittlerweile male ich mir die verrücktesten Sachen aus. Was, wenn mein Briefeschreiber auf sie hingewiesen hat und die junge Frau irgendwo festgehalten wird, im Forsthaus oder im Schloss? Nun, ihr merkt schon, ich drehe langsam durch.«

»Oder«, sagte Senta Rosenberg, »dein Auftraggeber hat mit *aller* Bewohner nicht auf Malina angespielt, sondern auf sich selbst.« Munter und wie überrascht zufrieden mit dieser Idee schob sich Senta eine Gabel Mohnnudeln in den Mund.

»In einem dieser alten Schwarz-Weiß-Krimis«, fuhr sie kauend fort, »in einem dieser Hitchcock- oder Agatha-Christie-Filme, wäre sicher ich die ominöse Briefeschreiberin. Die unauffälligste Figur, die kaum in Erscheinung tritt; die dank ihrer

Behinderung von niemandem verdächtigt wird; die aber genug Hinterlist und Fantasie besitzt, um die Tat durchzuziehen.«

Peter und Aliza blickten sie an.

»Gefiele mir«, sagte Senta.

***

Unmittelbar nachdem ich in der Trafik bei Peter Rosenberg gewesen war und ein Mittagessen mit seiner Tochter und seiner Ehefrau hinter mich gebracht hatte, beschloss ich, einen letzten Versuch zu unternehmen, Malina ausfindig zu machen. Abgesehen vom kleinwüchsigen Fred, der viel erzählte, wenn der Tag lang war, hatte mir niemand die Existenz von Kristynas Enkelin bestätigen wollen. Und Kristyna selbst war zuletzt nur unverhohlen genervt gewesen, wenn ich vorbeikam und sie nach Malina fragte. Sicher würde es unangenehm und peinlich, kreuzte ich erneut mit dieser Frage bei ihr auf. Aber egal, Malina war womöglich entscheidend für den Roman und nur das hatte Gewicht, nicht meine Befindlichkeit. Ich war lediglich die Dienerin des Werks, das behauptete ich doch immer. Nun könnte ich es beweisen. Schließlich würde alleine der Roman Bestand haben, würde mit jedem gelesenen Wort einen neuen Pulsschlag zugedacht bekommen. Allzeit feierte dieses Werk das Leben und wäre zugleich Leben selbst. Und die Buchstaben wären wie Monde und die Wörter wie Sonnen und die Sätze Sternensysteme und so wie Elli mir Schicht für Schicht die Dimensionen des Universums erklärt hat, ginge es weiter: Absätze, Seiten, Kapitel, Romanteile – Galaxien, interstellare Räume, Laniakea *Unermesslicher Himmel.*

Und stürbe ich, wäre also bei meiner letzten Seite angelangt, dem letzten Satz, sähe ich, dass die Art, meinen Roman zu lesen, an einem Ende angelangt wäre, das Buch aber doch weiter bestünde, ich weiter bestünde und es nur ein weiteres Umblättern bräuchte, nur ein entscheidendes Kippen und der Kreis schlösse sich und das Leben begänne wie neu und ich dürfte, blendend weiß, meine erste, scheinbar allererste Seite aufschlagen.

Ich nahm das Rad, trat entschlossen in die Pedale und legte mir während der Fahrt vom Schloss durch den Wald eine Strategie zurecht, bedachte, was ich sagen, was ich fragen und wie ich Kristyna antworten könnte, wiese sie mich abermals ab.

Ich traf sie auf der Veranda an, gut gelaunt. Neben ihr saß, zumindest ebenso heiter und mit einem riesigen Bierkrug in Händen, Fred.

Binnen einer Sekunde, warum nur?, schmiss ich meine Gesprächsstrategie über den Haufen, vergaß meine gute Kinderstube und fragte, kaum dass ich

Kristyna und Fred begrüßt hatte, fragte in gereiztem Ton, ob Malina denn diesmal da sei.

Kristyna schüttelte nur still den Kopf, als wunderte sie sich, dass ich noch immer nicht aufgegeben hatte, noch immer nicht klüger geworden war. Sie gab sich nicht einmal mehr für eine Antwort her.

»Malina ist also wieder nicht da, das dachte ich mir schon«, sagte ich spöttisch. »Und weißt du, Kristyna, was ich mittlerweile glaube?« Herausfordernd fixierte ich sie, spürte, wie mir das Blut heiß durch die Adern schoss, gleich würde ich alle Brücken zu dieser Frau abbrechen, die mir doch anfangs so sympathisch gewesen war, mit der ich doch auch eine gute Zeit verbracht hatte, was war nur geschehen? »Weißt du was, Kristyna«, sagte ich kalt, »ich glaube, Malina pfeift auf dich oder hat dich längst vergessen.«

Was ritt mich nur?! Warum war ich so aggressiv?! Ich wusste es nicht in diesen Augenblicken, merkte nur, dass der Zorn noch nicht vorüber war, dass er sich noch unerbittlicher über mich erhob. »Oder«, sagte ich, »Malina gibt's überhaupt nicht. Vielleicht redest du sie dir nur ein, um hier draußen im Wald nicht so einsam zu sein. Ja, wahrscheinlich ist es das, stimmt's? Wahrscheinlich lebt Malina nur in deiner Fantasie! Wahrscheinlich gibt es sie gar nicht!«

Kristyna saß seelenruhig in ihrem Schaukelstuhl, nahm einen Zug von ihrer Filterlosen. Atmete eine

Wolke Rauch aus und besah mich durch den Nebel hindurch. Neben ihr saß Fred und lachte lautlos.

»Vielleicht«, sagte Kristyna, »gibt's aber auch dich nicht.«

Ich verstand nicht. »Ich stehe vor dir«, entgegnete ich.

»Was heißt das schon«, meinte sie. »Wenn dich Malina streicht, gibt's dich nicht mehr.«

»Was heißt streicht?!« rief ich genervt.

»Na aus ihren Gedanken.«

»Ooooch«, machte Fred, »jetzt schau sie dir an, wie sie dasteht, wie vom Blitz getroffen. Nein, nein, keine Sorge, es wird dich ja doch geben, wenn du magst, wenn du doch so am Leben hängst. ... Am Leben!« Er kicherte, stieß Kristyna mit dem Ellenbogen an. »Am Leben!«, wiederholte er japsend und musste rülpsen. Schenkte sich gleich darauf noch mehr Bier nach. Es schäumte über, rann auf den Tisch und tropfte von dort auf den Verandaboden. »Vielleicht«, sagte Fred, beugte sich nach vorne und machte ein überraschtes Gesicht, wie man es kleinen Kindern vorspielt, »vielleicht bist ja du selbst Malina! Und immer wieder kommst du hierher und suchst nach dir! Kannst du es ausschließen? Wie tief hast du dich denn schon verstrickt in deinen Gedanken? Tun wir doch alle, glauben, was wir uns glauben machen. Aliza Berg – das kann doch nicht dein wirklicher Name sein. Aliza im Wunderland Berg? Malina Heteronym Aliza Berg? Moses sprach von Alizas Berg herab, Gottes Wege sind unergründlich und sein Haus hat viele Zimmer, doch Großmutters eines mehr? Vielleicht denkst du dir das gerade aber auch nur aus, könnte ich mir denken. Vielleicht gibt's das alles gar nicht. Selbst mich nicht, jammerschade, mich Wunderschönen!« Fred sprang ansatzlos auf und vollführte eine lächerliche Pirouette. »Vielleicht gibt's auch keinen anonymen Auftraggeber, keinen Briefeschreiber, keinen G. Vielleicht redest du dir das alles nur ein oder liegst im Koma oder fantasierst. Oder dir geht's wie meinem Freund Dschuang Dsi. Ich weiß nicht, hat der Gute gestern erst wieder zu mir gesagt und mit den Flügeln geschlagen, ob ich ein Mann bin, der träumt, ein Schmetterling zu sein, oder ob ich ein Schmetterling bin, der träumt, ein Mann zu sein. Tja, so einer ist er, mein Schmetterlingfreund Dschuang Dsi. Und wenn ich das gerade gar nicht gesagt habe, und auch Dschuang Dsi nicht, sondern du es hast mich sagen lassen in deinen kunterbunten Gedanken, macht's dann einen Unterschied? Gibt's mich dann weniger? Gibt's Dschuang Dsi weniger? Die Schmetterlinge? Unsere Welt? Nein, weil alles eins ist. Alles eins! Hab ich dich nun schwindelig genug geredet? Geht's dir wie den Planeten, die sich so gar nicht freiwillig aber doch schön um

Achsen, Sonnen, rote Zwerge drehen? Du brauchst einen Schluck Wasser, sagst du, dann geht's wieder, dann siehst du wieder klar? Ach, meine Kleine, wer glaubt, klar zu sehen, tapst im Dunklen. Das Nichts ist nicht nicht nicht nichts, fluktuiert unter und über null als ewiglich Mögliches. Ein Großonkel von mir sagt jedes Mal, wenn wir Schmonzes reden wie ich jetzt, *oj*, sagt er, *nu*, sagt er, *Gott hat unsere Welt aus Nichts erschaffen, nur in seinem Herzen gibt es sie, sonst nirgendwo*. Aber mein Großonkel ist ein alter, hoffnungsloser Romantiker. In wahrer Wahrheit, absolut wahrheitsvoller Vollwahrheit, existiert die Welt nicht in Gottes Herzen, sondern in seinem Kopf, in seinem kleinen Großrechner. Basta. Enter. Aus.«

Keck legte Fred den Kopf schief. »So, bist du nun zufrieden, Frau Schriftstellerin? So was in der Art wolltest du doch hören, deshalb bist du doch rausgefahren aus deinem Schlösschen, raus zu uns in den Märchenwald. Und gerade vorhin war auch Malina noch da. Ja, gerade eben, du hast sie leider verpasst, wieder einmal, wieder einmal dich verpasst. Nein, nur Spaß, nur Spaß, so lach doch! Alles nur Vakuumfluktuation, alles nur Unschärferelation, Phasenübergang im Higgs-Feld, Raum aus Nichts, Quantengedanken, Aristoteles' erster Beweger, rauschende Hintergrundschwärze, uriger Knall, spannt die Segel, spannt sie hoch, Matrosen! Offene Meere des Seins, Schiff ahoi! Und Offenbarung: Nirgendwo Land in Sicht! So lach doch, ich mach doch nur Spaß!« Fred begann – nicht das auch noch! – herumzuhopsen. Er tanzte von einem Bein auf das andere, drehte sich schnell und schneller, wirbelnd, einem Derwisch gleich, polternd auf dem Verandaboden. Kristyna saß nur daneben, rauchte seelenruhig, als ginge sie das alles nichts an.

Großartig, dachte ich. Zwei Durchgeknallte im Forsthaus. Immerhin, daraus ließe sich eine groteske Nebenszene machen. Ich ließ die beiden Irren, wo sie waren, und radelte zurück durch den Wald.

Als ich beim geschotterten Vorplatz des Schlosses ankam und das Fahrrad über die kleine Rasenfläche mit den Rosensträuchern schob, sah ich Fred bei einer der Skulpturen stehen.

»Wie bist du so rasch hierhergekommen?!«, rief ich ihm zu. Jemand hatte den Kleinen offenbar mit dem Auto mitgenommen.

»Gedankenschnell bin ich hergekommen«, antwortete Fred ruhig. Er hatte die Arme verschränkt und blickte nach oben zu einer der Steinfiguren. Sie stellte einen Zwerg dar, der ein Buch in Händen hielt. Der zweite Zwerg, auf dem Podest daneben, hatte eine Schreibfeder in der Hand, die für ihn viel zu groß war, der dritte hielt wichtigtuerisch ein Fernrohr in Händen.

»Na, Aliza«, sagte Fred freundlich, »traust du es dich nicht zu sagen oder willst du es nicht sehen?«

Ich blickte von Fred zur vordersten steinernen Figur und wieder zurück.

»Der Zwerg mit dem Buch«, sagte ich verblüfft, »sieht aus wie du!«

Wie oft war ich daran vorbeigegangen! Wie oft hatte ich nicht bemerkt, dass eine der Figuren im Schlosshof Fred aufs Haar glich!

»Kennst du die Bedeutung des Zwerges in der Kunst?«, fragte Fred. »Weißt du, dass er für das Verdrängte steht, Aliza?« Nach wie vor bedachte mich Fred mit freundlichen Blicken. Es verunsicherte mich. Zuvor, beim Forsthaus, hatte er noch herumgekaspert, sich aufgeführt wie ein Irrer und nun stand er da und schien grundvernünftig und mir wohlgesonnen. »Das Symbol des Zwerges«, sagte Fred, »lässt uns Menschen in uns blicken, auf unsere Lächerlichkeit. Der Zwerg«, sagte Fred, »ist auch Gegenprogramm zur Welt der albernen Gewissheiten. Er ist«, Fred wies mit den Armen um sich, »eine Parodie auf dies alles, eine Parodie auf uns Menschen. Und freilich auch auf dich, die allen Ernstes glaubt, ein Buch über das Leben schreiben zu können.«

Gemeinsam betrachteten wir den Zwerg über uns. Nun erst sah ich, dass die Figur nicht nur wichtigtuerisch ein Fernrohr in Händen hatte, sondern das Fernrohr verkehrt herum hielt.

»Warte«, sagte Fred und kniff die Augen zusammen, »da tut sich soeben was, da oben, erkennst du es nicht? Sagittarius A* schiebt sich schon wieder vierundvierzig Sonnen rein, ui ui ui, das sieht nach einem neuen Schub aus. Da muss ich mich tummeln, bevor es Nacht wird um uns. Ich habe nämlich noch eine Reise vor, weißt du, die größtmögliche. Wollt ich immer schon einmal machen und jetzt«, Fred deutete nach oben, wohl zum Schwarzen Loch Sagittarius A*, »ist es höchste Eisenbahn.«

»Wo möchtest du denn hin?«

»Hab ich dir doch schon gesagt, die größtmögliche Reise will ich unternehmen, die hierher.« Fred wies mit beiden Händen trichterförmig nach unten auf einen imaginären Punkt vor seinen Zehen.

»Bitte sei so gut«, sagte ich, um es hinter mich zu bringen, »sei so gut und erklär es mir möglichst einfach.«

»Ganz und gar einfach, meine Liebe«, sagte Fred. »Die größte Reise, die kleine Menschen wie wir unternehmen können, habe ich vor: eine Weltumrundung. Ja, einmal rund herum um das ganze Ding und das große Ziel des Abenteuers ist der Ausgangspunkt. Ziel ist das Plätzchen genau hier.« Abermals wies Fred nach unten auf den Flecken vor seinen Zehen. »Das Ziel ist der Beginn, der Beginn ist das

Ziel. Einfacher kann ich es dir wirklich nicht mehr näherbringen.«

»Du hältst mich schon wieder zum Narren, stimmt's, Fred?«

»Ach wo«, sagte er, »ich bin doch nur superkalifragilistisch und extra allegorisch. So, nun muss ich aber los, meine Liebe. Sagittarius A* wartet nicht.«

- 4 -

Der Schuss kam aus dem Nichts. Es blieb nur Zeit für eine kleine, stille Verwunderung, einen letzten Sekundenbruchteil Leben. Die Vorderläufe knickten ein, ungelenk stürzte das Reh zu Boden, die Welt rutschte in tiefes Schwarz.

Elli stieg vom Hochstand und lief, das Gewehr geschultert, zum Tier. Ja, es war tot. Sie versicherte sich nochmals, ja. »Danke«, flüsterte Elli. Der Hals des Tieres war widernatürlich verdreht. Elli nahm seinen warmen Kopf in die Hände und bettete ihn vorsichtig ins Gras.

Minutenlang saß sie, ohne sich dessen gewahr zu sein, neben dem Reh. Sie war in Gedanken, war ein kleines Mädchen und Annerl, freilich Annerl, wer sonst, las ihr vor. »Die Sätze dürfen nicht so schön sein«, sagte sie zu Annerl. »Bitte Annerl, nicht so schön. Wenn sie so schön sind, ist es zu traurig.« In der Geschichte war es um ein verwaistes Rehkitz gegangen. Das Kleine wurde von einem Mädchen aufgezogen, dem selbst Mutter und Vater gestorben waren. Ab dieser Geschichte hatte Elli darauf bestanden, dass ihr Annerl keine zu schönen Sätze mehr vorlas, weil das Leben in diesen Sätzen zu sehr schmerzte. Als junge Frau freilich erkannte

Elli, dass diese Art von Schmerz zum Wertvollsten gehörte, was ein Mensch erfahren durfte. »Annerl«, sagte Elli, da war sie noch nicht Mutter geworden, »Annerl, bitte setz dich nahe zu mir und lies aus einem Buch vor, einem, das du gerne magst, einem, weißt du noch, einem mit zu schönen Sätzen.« »Einem«, fragte Annerl, »in dem das Leben wehtut vor lauter Leben?« »Ja, Annerl, bitte genau aus so einem.«

Als Elli aus ihren Gedanken erwachte, lag das tote Reh, das sie seiner Verletzung wegen ausgewählt hatte, neben ihr in der Wiese. Elli legte die Hand auf sein blutdunkles Fell.

Nachts, nachdem sie gekocht und seit Langem wieder einmal mit Aliza und Leopold gemeinsam zu Abend gegessen hatte und am Schreibtisch in ihrem Zimmer saß, griff Elli sich an die Brust. Nein, es war nichts. Nur ein kurzes Stechen. Das durfte schon sein, oder? Dazu brauchte es kein Virus, keine Krankheit. Einfach ein Stechen, nur ein tiefes Stechen war es gewesen. Elli straffte den Rücken, atmete vorsichtig durch, dann noch einmal. Ja, es ging schon wieder. Sie rückte sich das Blatt zurecht und setzte erneut den Stift an.

Geliebter!
Gestern träumte mir.

Ich sah ein bewegt ruhiges Bild von uns.
Wir saßen in einem Zug,
blickten aus dem Fenster.
Zeit und Land strichen vorüber.
Wir hielten uns fest an den Händen.

Elli legte das Blatt in die versperrbare Lade ihres Schreibtisches. Wie viel sie schon geschrieben hatte! Für sich – und für Jakob vielleicht. Ja, auch für Jakob. Irgendwann würde sie ihm ihre Briefe zeigen. Wer weiß, vielleicht auch bald, wenn dieses Nichts in ihrem Herzen sich als hartnäckig erweisen sollte.

Geliebter,

wenn du mich nimmst, geschieht Sonderbares mit mir. Ich verschenke mich, gebe mich hin und doch bin ich so viel vollständiger als sonst. Alle Ablenkung fällt von mir und was bleibt, ist mein Körper und eine Wahrhaftigkeit.

So, glaube ich, ist es gemeint, das Leben.

Geliebter,

Du bist wie eine Ahnung.
Eine Ahnung von einem Lachen.
Aus den heimlichsten Winkeln meiner Seele.

Ich glaube manchmal, Geliebter, die Worte gefunden zu haben für dich, für uns. Und im selben Moment begreife ich, dass nie reichen wird, was gesagt werden kann.

Geliebter,
wie weise uns Liebe macht.
Nichts anderes lässt uns so verrückt sein.
Nichts anderes uns wissen,
dass wahr
nur unser Jetzt ist.

Wie viel, dachte Elli erneut. Wie viel ich geschrieben habe zuletzt. Als wäre meine Zeit knapper bemessen als ich denke. Als wüsste meine schreibende Hand mehr von meinem Herzen als ich.

- 5 -

Vinzenz erreichte seinen Vater nicht. Er ließ es lange läuten, auch im Schloss, doch niemand hob ab. Vinzenz und Marianne wollten Leopold dazu bewegen, die Hühnerfarm knapp außerhalb Litsteins zu kaufen, um sie von einer *Quäl- und Vernichtungsfabrik*, wie Vinzenz sagte, zu einem vorbildlichen Biohof zu machen. »Diese von allen geduldete Niederträchtigkeit da draußen ist nur eine von unzähligen«, hatte Vinzenz letztens bei einem seiner raren Besuche in Litstein zu seinem Vater gesagt. »Und es wird die Zeit kommen, da eine junge, aufgeklärte Generation euch fragen wird, wie ihr all das zulassen konntet, wie ihr es geschafft habt, einfach wegzuschauen, als wäre es akzeptabel, Tieren Leid zuzufügen, sie einzupferchen, sie in Lkw-Käfigen zum Schlachten zu fahren, ihnen ihr Recht auf ein würdevolles Leben abzusprechen. Und diese Zeit, von der ich rede«, hatte Vinzenz sich bemüht, ruhig zu bleiben, doch Leopold hatte seine Augen gesehen, »diese Zeit, Vater, ist jetzt. Und diese junge Generation, Vater, das sind wir, das sind Menschen wie Marianne und ich. Kauf die Hühnerfabrik und sperr sie zu oder mach eine Freilandfarm daraus! Und sag nicht, dass man vor den Tieren zig Millionen Menschen auf der Welt helfen müsste. Jeder muss sofort tun, was ihm sofort möglich ist. Der Anfang muss überall beginnen und überall zugleich, nämlich jetzt, Papa!«

Mein Sohn, mein lieber Sohn, hatte Leopold gedacht, wie sehr ich dir beipflichte. Aber du stellst dir das so einfach vor, hatte Leopold gedacht. Wenn ich das Ding kaufte, ließe der Verkäufer mit dem Geld hundert Meter weiter eine neue, vielleicht noch größere, noch schrecklichere Farm bauen. Das sei doch nur eine Ausflucht, hätte Vinzenz gekontert, nichts als eine Ausrede, um wieder nichts tun zu müssen. Daraufhin hätte Leopold wahrheitsgetreu argumentieren können, dass er nicht das nötige Geld habe, um von einem Tag auf den anderen diese Hühnerfabrik zu kaufen – was sein Sohn ebenso wenig hätte gelten lassen. Und so hatte Leopold stattdessen etwas anders geantwortet. »Ich bin«, hatte er geantwortet, »ganz deiner Meinung und habe zwar nicht das Geld, um diese Fabrik zu kaufen, aber ich überlege mir etwas.«

Er hat wirklich recht, dachte Leopold. Mein Sohn hat recht! Und mit seinen verzweifelten Ausfällen gegen mich hat er auch recht. Was tue ich? Was, um die Welt auch nur ein klein wenig besser zu machen? In keinem Raum verschanze ich mich, mit meiner Zettelwirtschaft begnüge ich mich, bilde mir auch noch etwas ein darauf. Aber was *tue* ich?! Mein

Sohn, mein lieber Sohn. Wie recht du hast. Selbst wenn womöglich alles nichts bringt, selbst wenn alles vergeben ist, müssen wir doch: etwas tun!

Vinzenz, dachte Leopold, danke, mein Sohn. Danke, dass du mich nicht aufgegeben hast. Deinetwegen, meiner lieben Tochter Marianne wegen und auch meinetwegen werde ich nun endlich, endlich meinen bequemen Allerwertesten heben und: etwas tun.

Seit ihrem Gespräch waren drei Wochen vergangen. In der ersten Woche hatte Leopold Gedanken gewälzt. In der zweiten eine Entscheidung getroffen. Und in der dritten erwogen die beiden Filialleiter der Lebensmittelketten, die in Litstein Niederlassungen unterhielten, die örtliche Polizei zu rufen. Offenbar Jugendliche hatten die Regale und etliche Produkte mit dottergelben, eiförmigen Aufklebern zugepflastert, auf denen die etwas hölzern formulierte Parole zu lesen stand: *Schande über diese Lebensmittelkette, die Litsteiner Tierqual-Eier verkauft. Bürger, legt euch eure Eier beim Bauern zu!*

Vinzenz und Marianne wussten, als sie ihren Vater telefonisch zu erreichen versuchten, noch nichts von dessen vortägiger Guerilla-Aktion, die in Litstein und Umgebung zuerst als Lausbubenstreich die Runde machen sollte, schon wenig später aber eine für die Eigentümer der Hühnerfabrik folgenschwere Diskussion heraufbeschwor, wie die Tiere in dem straßenabseitigen, hinter Buschwerk verborgenen Gebäude denn eigentlich gehalten würden.

Vinzenz und Marianne erreichten ihren Vater nicht, weil Leopold an diesem Tag schon vor Sonnenaufgang in seinen geliebten Wald gefahren war und seit vier Uhr morgens an einen Baum gelehnt auf dem Waldboden saß. Die Augen hatte er geschlossen. Eine Schar Vögel hockte rund um ihn. Sie stoben erst auf, als Leopolds Freund und Gutsverwalter Franz Sagmüller gerannt kam.

Leopold saß bei jener Stelle, an der er sich eine Tür hatte in den Wald stellen lassen. Sein Gesicht war mild. Als führte er eines seiner Ewigkeitsexperimente durch. Ameisen liefen Leopold das Hosenbein hoch, ein Schmetterling landete in seinem Haar. Seine leblosen Hände hielten einen Stift sowie ein mehrfach gefaltetes, über und über, und kreuz und quer beschriebenes Blatt Papier. Darauf fanden sich in kaum lesbarer Schrift wilde Notizen und, wie mit letzter Energie sauber geschrieben, ein Gedicht.

Eine Dinglichkeit plötzlich in mir.
Dabei dachte ich doch.
Nur an dich.

***

Als er den Tod kommen spürte, staunte Leopold still. Und lachte dann innerlich. Lange schon hatte er damit spekuliert, dass er seine letzten Atemzüge irgendwann einmal während des Sex mit Kristyna tun würde. Das hätte ihm gefallen, es wäre ein Bilderbuchabgang, ein kleiner Heldentod gewesen. Und nun? Nun zerrieselte sein Kopf wie eine Kindersandburg auf einem abgelegenen einsamen Strand. Leopold konnte regelrecht zusehen, wie sein System nach unten gefahren wurde, ein elektrisches Zittern war es. Er zerfiel.

Leopold blickte zur Seite. Dicht neben ihm lag ein Pilz, gebrochen, wie blutend und wundersam schön. Seine Lamellen reichten in unsichtbare Tiefen, waren fleischig, waren fest und zart, führten Leopold behütend weit. Mütterlich und väterlich zugleich war dieses Lebewesen, myzelisch verbunden mit der Welt. Abbild des Planeten, den es in sich barg.

Leopold schloss die Augen.

Als er sie ein letztes Mal öffnete, sah er die Tür, die er sich in den Wald hatte stellen lassen, um sie eines Tages aufzustoßen. Er hatte es kein einziges Mal getan. Macht nichts, dachte Leopold, macht gar nichts, gar nicht wichtig. Und da nahm er mit einem Mal alles überdeutlich, *überwahr* wahr. Sein Arm, wie weit er reichte! Wie stark er war! Er öffnete eine andere Tür, eine entfernte, doch ihm nahe Tür.

Und stieß sie auf. Welch ozeanische Weite, welche Macht! Aufgewühltes Meer. Vor Kurzem mussten Blitze durchs Wolkendach gefahren sein. Grau und Blau die Wasser, hoch die Wellen. Herzschläge eines gehetzten, doch nun sich beruhigenden Tieres. In der Ferne ein schmales Band aus Anthrazit. Der Wasserplanet, schwebend, tautropfenklein.

Sein Herz trommelte in Leopolds Ohren. Er konnte seinen Kopf nicht mehr bewegen, an einer Ader seines Handrückens aber glaubte er zu sehen, dass sein Herz mit seinem Puls nicht übereinstimmte. Sein Herz, viel schneller war es als sein Blut. Nicht wichtig, dachte Leopold, egal, dachte Leopold. Es kommt, wie's kommt.

Elli kam ihm in den Sinn, gütige Gefühle für sie. Und gleich darauf, Leopold lächelte, gleich darauf, wie intensiv, Kristyna. FreundinVertrauteLiebhaberinKristyna. Kristyna, danke! Unmittelbar danach erschienen hinter seinen zuckenden Lidern Vinzenz und Marianne. Nur an sie, an seine Kinder, dachte er mit Wehmut. Hoffentlich, dachte Leopold, hoffentlich sind sie glücklich, bitte, bitte, hoffentlich. Er fühlte eine Träne auf seiner Wange und gleich darauf, dass ausgerechnet seine Kinder, um die er sich sorgte, diese Träne wie im Spiel wegbliesen und alles gut war für Marianne und Vinzenz und sie bereit und lebenszugewandt waren, und nun wusste Leopold, dass er gehen durfte. Seine Muskelspannung erlosch. Und da erkannte er, dass – ach, wie einfach! –, dass er keine Leiter brauchte! Großvater. Es war, wie Großvater ihm versichert hatte. *Leopold, du wirst im Raum, den es nicht gibt, keine Leiter brauchen.* Die oberste Lade würde sich öffnen für ihn eines Tages. Die Lade aller Laden, die sämtliche Inhalte aller anderen enthalte und alle Inhalte darüber hinaus. Sie würde sich öffnen für ihn, wenn die Zeit gekommen sei. Dann werde er den Ort sehen, an dem er erdacht worden war, den Ort, an dem die Welt erfunden worden war, dann, sagte Großvater, werde er sich erstmals selbst sehen. Das letzte Bild, das Leopold ausatmend wahrnahm, war ein Licht, helixförmig raste es empor.

Vinzenz und Marianne riefen abermals an. Doch ihr Vater hob nicht ab. Und auch das altmodische Festnetztelefon der Eltern im Schloss schien verwaist.

Franz Sagmüller fand seinen ältesten Freund an dessen neuem Lieblingsplatz im Wald. Unter Tränen zerrte er den Leichnam in den Wagen, um Leopold heimzubringen. Zurück beim Schloss rief er verzweifelt nach Elli, fand sie nirgends, rannte die Stufen empor, klopfte, hämmerte an die Tür, riss sie schließlich auf. Elli lag tot über den Schreibtisch gebeugt.

Franz Sagmüller sah auf dem Display, wer anrief. »Endlich hebst wenigstens du ab!«, sagte Vinzenz zum Gutsverwalter, der sein Taufpate war. »Grüß dich, Onkel Franz. Ich versuche die ganze Zeit schon erfolglos, Papa zu erreichen. Und Mama hebt auch nicht ab. Hast du eine Ahnung, wo sich die beiden herumtreiben?«

»Servus. Servus Vinzenz«, sagte Franz Sagmüller. Mehr brachte er nicht hervor.

***

Die Polizeibeamten, die vom Gutsverwalter gerufen worden waren, verschoben die Vernehmung von Aliza Berg. Die Schriftstellerin war völlig aufgelöst und vorerst war nichts mit ihr anzufangen. Sie hatte offenbar an einem neuen Roman gearbeitet, als ihre Gastgeberin, nur wenige Meter entfernt, über ihrem Schreibtisch tot zusammengebrochen war.

Neben Gräfin Elisabeth von Hohensinn fanden die Beamten den aufgeschlagenen Gedichtband eines ihnen unbekannten asiatischen Dichters aus dem 17. Jahrhundert. Auf dem Fußboden fanden sie eine Füllfeder, die Elisabeth von Hohensinn aus der Hand gefallen sein musste. Sie fanden aufgeschlagene Lexika und Wörterbücher. Sie fanden auch das ärztliche Attest, das Ellis Herztod erklärte. Doch nirgendwo fanden sie auch nur ein einziges beschriebenes Blatt Papier. Eine der Schreibtischladen stand offen.

- 6 -

Auf dem Friedhof von Litstein war ein Gedränge wie auf dem Rummelplatz. Die Litsteiner hatten zu schauen und zu staunen und hinter vorgehaltener Hand zu tuscheln wie schon lange nicht. Ein Aufgebot an Adeligen aus *aller Herren Länder* galt es möglichst dezent zu begaffen: feine Damen, taktvolle Herren und allen voran den Alten, Graf Wilhelm von Hohensinn, Vater von – *Gott hab ihn selig* – Leopold. Schwer gezeichnet war der betagte Wilhelm, im Rollstuhl saß er, doch mit entschlossen gerecktem Kinn, fast wie in seinen alten Herrschaftstagen. Jede Rührseligkeit sich verbietend, nahm er am Grab seines Sohnes und seiner Schwiegertochter die Katzbuckeleien der alten Litsteiner entgegen, die ihn am Ende doch sehr zu Herzen gingen. Neben ihm standen, als befänden sie sich in einer anderen Welt, Ellis und Leopolds Kinder. »Mein Beileid«, murmelten die Litsteiner ihnen zu, suchten ihren verschwimmenden Blick, »herzliches Beileid!«

Der Himmel war wolkenlos blau an diesem warmen Tag. Mitten drin stand der Mond, schaute halb und halb herunter und dachte sich kein bisschen.

Die aufgebahrten, glänzend schwarz lackierten Särge mit den Körpern von Elisabeth und Leopold von Hohensinn wurden aus der Aufbahrungshalle ins Freie gerollt. Leises Raunen. Die Menge geriet in versteckte Entzückung.

»An einem Tag alle zwei, Jessasmaria.«

»So ein Schicksalsschlag. Gemeinsam in die Gruft.«

»Sogar im Tod noch vereint.«

…

»Mein Gott, schau, die armen Kinder. Fesch sind's, der junge Graf Vinzenz und seine Schwester, die Marianne. Ob's wohl einziehen werden ins Schloss? Z'letzt waren's ja alleweil nur in der Stadt.«

»Ob's jetzt alles übernehmen werden?«

»Zum Glück haben's den Sagmüller Franz, der hat eh bis jetzt auch schon alles g'schupft.«

»Um den Leopold is mir schon leid, das war kein Schlechter.«

»Die Elisabeth war ja auch eine angenehme Person. Und viel zu jung zum Sterben.«

»Sehr lieb soll sie g'wesen sein.«

Jakob stand abseits, mit eng am Körper verschränkten Armen. Er durfte hier keinesfalls weinen. Weinen durfte er später, im Wald. Erstmals in seinem Leben trug er einen dunklen Anzug, er passte nicht. Was tat er da nur? Warum stand er hier? Dorthin gehörte er, dorthin zu dieser Frau! Dorthin, zu ihr in den Sarg!

Jakob wich noch weiter zurück. Niemand sollte seine Verzweiflung sehen.

Von hinten, ohne dass Jakob es bemerkte, näherte sich jemand. Und stellte sich an seine Seite. Fred. Begütigend nickte der Kleine ihm zu, legte Jakob freundschaftlich die Hand auf den Rücken. Jakob ließ es mit sich geschehen.

»Du schaust in die falsche Richtung«, sagte Fred.

Jakob verstand nicht.

»Ich empfehle dir«, sagte Fred, »einen Spaziergang zu Sektor V, Reihe sieben, Grab dreiundvierzig. Dort wartet Post auf dich. Ist zwar meine Adresse, aber die Post ist für dich. Irgendwer wird sich schon was gedacht haben dabei.«

Jakob blickte unverständig zu Fred.

»Post für dich, Jakob. Von Elli. Sektor V, Reihe sieben, Grab dreiundvierzig. Na hopp! Geh schon! Worauf wartest du? Husch, husch!«

In die Oberfläche des granitenen Steins von Grab dreiundvierzig in Reihe sieben – Jakob ging in die Knie davor – war Freds Name graviert. Darunter hing ein schwarzer Briefkasten. Jakob schob den Riegel beiseite und öffnete das Türchen. Dahinter: ein Stoß Blätter, gleich einem losen Buch, sauber mit einem cremefarbenen Band verschnürt. Jakob nahm – Elli! – die Blätter heraus, strich darüber, weinte haltlos.

***

Geliebter,

und wieder schreibe ich dir. Und wieder weiß ich nicht, ob meine Zeilen dich erreichen. Ich habe mich entschieden, darauf zu vertrauen, dass das Richtige geschieht.

Geliebter, sei nicht traurig, nicht traurig zu lange. Wenn du dies liest, bin ich weit weg und dir nahe für immer. Wenn du dies liest, bin ich die Tränen auf deinen Wangen.

Und wisse, das ist mir wichtig, ganz, ganz wichtig ist mir das: du bist frei. Glücklich will ich dich sehen, so glücklich wie es nur möglich ist. Sei ruhig, sei ganz ruhig, es ist alles gut.

Ich erzähle dir etwas Lustiges, Geliebter. Nun, jedenfalls etwas Interessantes. Wusstest du, Geliebter, dass die Rheinmücke nur vierzig Minuten lebt und nicht jede einzelne Minute davon glücklich ist? War dir bekannt, dass eine Biene zwischen fünfunddreißig und hundertfünfzig Tage alt wird? Ein Eichkätzchen drei bis zwölf Jahre, ein Rothirsch bis zu siebenundzwanzig, ein Karpfen – falls er nicht zuvor aus einem unserer Teiche gefischt wird – bis zu fünfundvierzig

Jahre? Der Grönlandwal hingegen kann älter als zweihundert werden und anscheinend ist Grönland eine gute Gegend, um viel Zeit zuzubringen, denn, stell dir vor, der Grönlandhai bringt es auf fünfhundert Jahre Erdenzeit. Sitzt du gut, denn jetzt kommt's: Der Karibische Vasenschwamm lebt bis zu zweitausenddreihundert Jahre, die Schwarze Koralle, wenn es ihr gerade passt, mehr als viertausend Jahre und der Antarktische Riesenschwamm bis zu fünfzehntausend. Und sage jetzt niemand – freilich nicht du, du bist nicht so ignorant – sage niemand, dass die zuletzt genannten Wesen keine Tiere sind, oder nicht einmal lebendig genannt werden dürfen, denn das sind sie und wenn sie es nicht sein sollen, müssen sich manche von unserer Spezies gewiss auch fragen, ob sie tatsächliche und regelrechte und qualitätssiegelgeprüft echte Lebewesen sind. Das war nun eine relativ lange Einleitung für das, worauf ich hinauswill, Geliebter, denn es gibt eine Spezies, die ohne Yoga, Karma und gesunde Ernährung unendlich lebt, sie stirbt niemals. Dies Geschöpf heißt bezeichnenderweise Unsterbliche Qualle. Aus ihren Zellen entstehen genetisch identische Nachkommen, die aus ihr heranwachsen und wieder zur exakt selben Meduse werden. Stell dir nur vor: Ein und dasselbe Lebewesen durchläuft immer wieder seinen Lebenszyklus, gebiert sich immer wieder neu, lebt ewiglich. Daran siehst du, wie relativ das Lebensalter ist und dass es für Glück und Sinn keineswegs entscheidend sein kann. Entscheidend, Geliebter, ist, dass wir unsere gemeinsame Zeit mit Sinn belebten und pur und echt waren. Dieser Sinn lebt ewiglich. Die Islandmuschel übrigens wird fünfhundert Jahre alt, ein Felsbarsch hundertvierzig, eine Strahlenschildkröte hundert, ein Huhn sieben und eine Hausmaus ein Jahr.

Ich lege dir, Geliebter, zu meinen Blättern auch Verse von Tarimoko Son bei. Wenn dieser längst verstorbene nordasiatische Dichter spricht, ist mir immer, als hätte ich seine Zeilen schon einmal geträumt. Und als träumte ich sie während des Lesens abermals und nur für dich.

Ich muss dir etwas erzählen, Geliebter. Vor unseren Treffen umfing mich immer eine Vorfreude, wie ich sie ähnlich nur als Kind erleben durfte. Als Kind, zu einer Zeit, in der ich noch an Wunder glaubte. Und das Wunder geschah jedes Mal, sobald ich deine Augen sah.

Wir werden uns wiederhaben, Geliebter, ich bin sicher. Doch bitte denk daran, es eilt nicht, eilt ganz und gar nicht, lass mich, Geliebter, bitte lange, lange auf dich warten, damit ich lange, lange diese Vorfreude haben darf.

Lebe!

Bitte lebe!

Erstmals
in meinem so sehr bedachten Leben

wählte ich nicht das Ziel,
wählte stattdessen den Weg.

Ich sehe zur Seite,
gegen die Sonne
und als wäre es Zufall, Zufall nur,
gehst du neben mir.

Und lächelst.
Tarimoko Son

- 7 -

»Die Frau Schriftstellerin reist morgen ab«, sagte Hubert Čerlak ein wenig bekümmert zu seiner Frau Lisi und strich sich mit den Fingern über die Wölbung seines Bauches.

Aliza Berg war vor einer Woche ins Hotel zur Post gezogen. Ihr Gästezimmer bei den Hohensinns hatte sie geschockt geräumt, als ihre beiden Gastgeber binnen eines Tages ums Leben gekommen waren. Für Aliza war es undenkbar, auch nur eine Stunde länger im Schloss zu bleiben.

Und da war noch etwas. Sie hatte Post bekommen, von G.

Geschätzte Aliza Berg,

ich denke, Sie haben genug Zeit vor Ort verbracht. Vielen Dank dafür!

Nun freue ich mich auf Ihren Roman, den Sie gewiss ebenso gut schreiben werden, wie es Ihnen gelungen ist, ihn zu recherchieren. Ich habe mir erlaubt, Ihnen als Zeichen meiner besonderen Wertschätzung eine Geldsumme in gleicher Höhe wie beim ersten Mal zu überweisen. Mein Anwalt Doktor Manfred Fiegler wird Ihnen, sobald der Roman erschienen ist, eine letzte Tranche zukommen lassen. Von mir, geschätzte Aliza Berg, werden Sie nicht mehr hören, jedenfalls nicht in dieser Form. Ich denke, dies ist in Ihrem Sinn.

Es grüßt Sie dankbar,

G.

Aliza war, als sie den Brief las, mit jeder Zeile sicherer geworden, dass Elli hinter G steckte. Verriet sie sich nicht, indem sie im Brief den Stand der Recherchen erwähnte? Abgesehen von Peter Rosenberg hatte Aliza nur mit ihr darüber gesprochen. Zudem verfügte wohl auch nur sie über die nötigen finanziellen Mittel.

Ellis und Leopolds Kinder Vinzenz und Marianne hatten ihr versichert, dass sie bleiben könne, wirklich gerne, so lange sie wolle, doch für Aliza hätte sich das falsch angefühlt. G hatte recht, hier gab es nichts mehr zu tun für sie. Vor Ort recherchiert hatte sie, was sie hatte recherchieren können, und verborgen war ihr geblieben, was auch bei der besten Recherche eines Romanstoffs immer verborgen bleibt: das selbst den Figuren Unbemerkte, das von ihnen nur flüchtig Gefühlte, Gedachte, Gelebte. All dessen nimmt sich die Literatur an. Sie baut aus jenen Teilchen, die zeitlebens zwischen den Fingern zerrinnen, feste Burgen, aussichtsweite Schlösser.

Das Leben, hatte Ilse Hofstätter für ihre Studenten ein anderes Bild entworfen, ist wie ein Satz ineinandergestapelter Schachteln. Schicksalhaft öffne sich uns Menschen eine unterschiedliche Anzahl. Was wir aber darin zu sehen vermögen, entscheide weder Schicksal noch Laune, das entscheide unsere *façon d'être*, unser Daseinszugang, großteils also die Literatur, die wir gelesen und idealerweise gelebt hätten.

Welche Bücher sie denn empfehle zu durchleben, wurde Ilse Hofstätter von einer Studentin gefragt. Und die reife Dame, die sich eine Gastdozentur mit Erstsemestrigen antat, antwortete, dass Literatur, die sie empfehle, die Inhalte der innersten Schachteln lüfte und bewahre zugleich.

Aber wie denn beides zugleich, Offenbarung und Behütung, machbar sei, fragte unbekümmert dieselbe Studentin.

Dafür, bekam sie geduldig zur Antwort, besitze auch sie keine sichere Anleitung. Es sei ein Balanceakt, jedes Mal aufs Neue. Alles, was sie zu wissen glaube, sei, Literatur solle mutig, ja *über*mutig sein, solle Kopf- und Herztöne zusammenführen, durcheinanderwirbeln und spielerisch wieder auffangen. Dann sei in ihr alles enthalten, selbst das, was ungesagt geblieben sei.

Aber sei derlei, unterbrach dieselbe Studentin, nicht bloß ein Taschenspielertrick der Literaten: Wesentliches kunstvoll anzudeuten, den letzten entscheidenden Punkt jedoch auszusparen, schlicht aus eigener Unkenntnis dieses Punkts?

Ilse Hofstätter, diese große Dame der Literatur, lachte herzhaft über die Häresie der Erstsemestrigen. »Das mag sein«, sagte sie, »ja, das soll schon vorgekommen sein.« Sie aber habe im Laufe ihres Lebens den Eindruck gewonnen, dass sich die Antworten auf die Letzten Dinge gleich flüchtigen, ungreifbaren Teilchen überall fänden. Sie für ein paar Atemzüge wenigstens zu berühren, sei eine der höchsten Aufgaben der Literatur. Solange die Augen dann über die Zeilen glitten, sei es möglich zu wissen, was zu wissen unmöglich sei, sei es möglich zu fühlen, wofür es kein Gefühl gegeben habe, sei zu entdecken, was bisher verborgen gewesen war. Derlei Wunder seien erleb- und erlesbar, wenn die Buchstaben mehr ergäben als ihre Summe, das Werk größer, weit größer sei als der Autor, und reicher und vielfältiger zudem als alle darin vorkommenden Figuren zusammengenommen.

»War«, fragte Ilse Hofstätter, »was ich eben zusammengestottert habe, halbwegs verständlich? Wenigstens für ein paar wenige hier im Saal?«

Und die Studentin im ersten Semester damals, die zu jener Zeit noch nicht ihren Künstlernamen Berg gewählt hatte, war die Einzige, die antwortete. »Ja.«

Aliza Berg hatte gepackt, hatte das Angebot des Hotelchefs Hubert Čerlak dankend ausgeschlagen, ihr beim Tragen *bittschen dienlich* sein zu dürfen.

Abfahrbereit saß sie in ihrem Fiat Cinquecento, den sie auf dem Marktplatz vor dem Hotel zur Post geparkt hatte – exakt an derselben Stelle, an der sie letztes Jahr auch bei ihrer Ankunft geparkt hatte, wie Aliza nun bemerkte. Sie drehte den Schlüssel im Zündschloss und da entschied etwas in ihr, einmal noch zu diesem stromgleichen Teich an der Grenze zu fahren, an dem sie sich nach ihrer Ankunft so anders als üblich gefühlt hatte – und so wahrhaftig. Elli hatte ihr damals den Ort empfohlen. Es sei dort gut zur Besinnung zu kommen, an diesem weiten, spiegelhellen, vom Wald geschützten Platz. Und so war es damals tatsächlich gewesen. Und so war es erneut.

Aliza kauerte, die angezogenen Beine mit den Armen umfassend, am Ende des Stegs und sah übers Wasser. In der Mitte des Teiches verlief die Grenze. Aliza bemerkte, dass sie während ihres Aufenthalts kein einziges Mal über sie hinausgeschwommen war und auch noch immer nicht die Enden dieses flussähnlichen Teiches erkundet hatte. Damals, am ersten Tag nach ihrer Ankunft, war plötzlich Fred hinter ihr gestanden. Diesmal aber schien niemand da zu sein außer ihr. Sie legte sich auf die sonnenwarmen Planken des Stegs. Ihr Herz pochte, als wäre es weit entfernt. Im Teich verfing sich Wind. Wie müde und angenehm schwer sie war.

»So, meine Kleine, ich habe drei Rätsel für dich«, sagte Fred. Aliza nahm es gerne und mittlerweile mit Routine hin, dass er sie schon wieder überrascht hatte.

»Erstens: Warum kann von einer Sekunde auf die nächste alles ganz verkehrt und anders sein? Warum zum Beispiel, sag mir das, hat der Tag nicht fünf Stunden? Ojemine, keinen Tau hat sie. Nun, meine Kleine: Seit der Mond vor viereinhalb Milliarden Jährchen zur Welt kam durch den Zusammenbums der Welt mit Thea, seit damals dreht sich die Erde nicht alle fünf, sondern mondgebremst alle vierundzwanzig Stunden um die schiefgerummste Achse. Drum gibt's Tag und Nacht. Drum gibt's Frühling, Sommer, Herbst und Winter statt nur finsterer Kälte und Affenhitze. Was ich dir damit sagen will? Dass du in die Weite schauen musst, denn das Nahe liegt so fern. Nur ein Scherzchen, meine Kleine, nur ein wahrhaftiges Scherzchen.

Und hier, meine Liebe, kommt das zweite Rätsel, vielleicht liegt dir das, ist nur eine Fingerübung, eine kleine Kleinigkeit, nur das Rätsel aller Rätsel: Wer bist du? Ich helfe dir: Betrachte dich vom zufällig herbeigerummsten Mond aus, dann von ein bisschen weiter weg, von den Plejaden, dann von ein bisschen und noch ein bisschen und noch ein bisschen viel weiter weg. Und seit dem Mond schon siehst du: nichts. Das bist du, meine Kleine. Es gibt dich bestenfalls unterm Cinematoskopenteleskopenmikroskop. Du kannst als Rumpelstilzchen herumhüpfen, so viel du willst, kannst Kriege führen, Bücher schreiben, eitel sein, König, Bauer, Bettelmann. Und bist und bleibst doch kleiner gleich dem kleinsten Teilchen, kleiner sogar als ich. Aber du hast Glück, das Nichts ist nicht nicht nicht nichts. So gibt's dich also doch, wenn du möchtest. So groß und hell und schön bist du, wie dein größter und hellster und schönster Gedanke, dein größtes, hellstes und schönstes Gefühl. Unendlich machen sie dich, strahlend über zig Zigstel Zentauren hinaus. Schreib dir das hinter deine kleinen Ohren, wenn du magst.

So, bist du nun aufgewärmt? Bereit für das wahre Rätsel? Für Alpha, Omega und Zwetschkenkern? Es lautet: Was ist die größte Erfindung der Welt? Du hast keinen Schimmer, hab ich schon geahnt, weil was ist von einer aus der Zunft der Schriftstellerei, Gaukelei, Hochstapelei anderes zu erwarten? Also, die größte Erfindung der Welt, meine Liebe, ist die Erfindung der Welt. Und die Welt, die hat, das weiß doch jedes Kind, Gott erfunden. Und weil er gerade Zeit und Raum hatte, hat er obendrein und rundherum auch noch das Universum erfunden, mit Zirkel, Zahl und Zeile, das gesamte architektonische Reich aller realen Illusionen und illusionären Realitäten. Aber bleiben wir auf dem sicheren Boden der Einbildung, meine Kleine. Gott also hat die Vögelchen erfunden und die Fische und die Blümelein und alles, was kreucht und fleucht auf Erden. Wer aber … hat Gott erfunden? Na, götterdämmert's dir, meine Kleine? Gott, so sei es, Halleluja, haben Generationen an Kolleginnen und Kollegen von dir erfunden. Mittels Schrift. Womit sonst? Im Anfang war das Wort. Wussten Sekretär Moses, die Zeugen Jehovas und die sieben Zwerge schon. Zusammengefasst für alle Nachhilfeschüler: Die größte Erfindung der Welt ist die Erfindung der Welt. Und Gott, schreib das von mir aus in dein Buch, versteckt sich darin vor sich selbst in jeder Figur.«

- 8 -

Die Sonne, Funke hinterm Wald, glühender Span. Als würde Metall schmelzen. Zum ersten Mal konnte sie sich vorstellen, was explodierende Kraft sein mochte, Macht, geballt in Atomen, sich verbrennend. Fünf Minuten später flirrte nicht nur ein Span von Sonne am Horizont, ihr kompletter Ball stand in Flammen. An so einem Tag, dachte Malina, muss die Welt erschaffen worden sein.

Vinzenz und Marianne Hohensinn blickten einander an.

»Gemeinsam?«, fragte Vinzenz.

»Ja«, antwortete Marianne.

Hand über Hand drehten sie Shakespeares Kopf zur Seite, woraufhin der Mechanismus mit einem leisen Klacken die Büchertür aufspringen ließ. Die Geschwister sahen zum Porträt ihres Vaters, das sie neben das des Urgroßvaters gehängt hatten. Den Roman hielt Marianne in Händen. Zusammen mit ihrem Bruder würde sie ihn in eine der Laden legen. Einmal noch blickten die Geschwister einander verständig an. Dann betraten sie gemeinsam den Raum, den es nicht gab.

Am selben Tag legte Litsteins Trafikant Peter Rosenberg den gleichen Roman in die Auslage seiner Trafik. Im oberen Stock schloss seine Frau Senta die Fenster.

Ein Seeadler stieg über dem Grenzland auf, beobachtete mit zunehmender Höhe die Veränderung des Horizonts.

Kristyna Janouch saß im Schaukelstuhl auf ihrer Veranda und schlug die erste Seite auf. Sie freute sich darauf, jemand schmerzlich vermissten wiederzusehen. Auf dem Beistelltisch standen zwei Gläser rubindunklen Weins. Ein Glas war für sie gedacht, eines für Leopold. Kristyna nahm noch zwei Schlucke, einen aus diesem, einen aus jenem Glas. Dann las sie den ersten Satz.

Jakob kauerte im Abendrot vor seiner Hütte und blickte auf die spiegelnde Oberfläche des Teiches. Auf dem Plattenteller des Grammophons drehte sich Haydns drittes Oratorium. Neben ihm lag das Buch, das er beinahe fertiggelesen hatte.

Wenn alles gesagt, alles getan sein wird
darf ich immer noch
träumen von dir.
Tarimoko Son

Nach langer Diskussion entschieden die Mitglieder der Königlich-Schwedischen Akademie, den Quantenphysiker Anton Czech für sein Ewigkeitsexperiment sowie die Darstellung der Prim-Energie, die den *Hohensinnschen Vollständigkeitssatz* ergänzte, auf die interne Shortlist für den Nobelpreis zu setzen.

Sagittarius A*, das Schwarze Loch im Zentrum der Milchstraße, schluckte innerhalb von drei Zehntel einer Sekunde vier weitere Sonnen. Auf der Erde schluckte eine Chaos-nobile-Amöbe ein Dutzend Mikroben.

Im Litsteiner Rehtalmoos, auf dessen Existenz keine Schilder hinwiesen, seit Graf Leopold von Hohensinn sie alle umgetreten und mit dem alten Land Rover zum Teufel gefahren hatte, öffneten sich die Blüten des Sumpfblutauges. Genießend reckten sie sich ins Licht.

Danksagungen

Mein besonderer Dank gilt der Biologin Barbara Dolak, die mir im Laufe der Recherchen für dieses Buch zur Freundin wurde und mich so vieles lehrte. Etwa das Begreifen der Tier- und Pflanzenwelt mit neuen – deren – Sinnen. Oder anderes hoch Entscheidendes, etwa dass Frösche selten einfältig *Quak!* machen, oft aber melancholisch und überaus tiefsinnig *Möööp!*

Danke bei dieser Gelegenheit auch dem gesamten großartigen Team des Naturparks Hochmoor Schrems für die herzliche Aufnahme und Unterstützung! *www.unterwasserreich.at*

Danke dem Visionär, Hochhinausdenker und Baumhausbauer Franz Steiner für die Möglichkeit, das Leben aus der Perspektive von Turmfalke, Eichelhäher und Baummarder zu erleben! *www.baumhaus-lodge.at*

Danke meinem langjährigen Wegbegleiter und Waldviertler Tausendsassa in allen Lebenslagen, Naturführer André Österreicher für seine erfrischend humorvolle Sicht der Dinge! *www.andre-oesterreicher.at*

Danke, lieber Wolfgang, für deine wertvollen literarischen Hinweise!

Danke Barbara, Dorli und Alex für euren leidenschaftlichen Weltergewichts-Fight mit mir und gegen mich zugunsten dieses Romans!

Danke, Netty Kinsky, für die Einführung in die Welt des Adels!

Danke dem Antiquariat Heinz Reiter & Söhne für die Abdruckgenehmigung der Gedichte von Tarimoko Son aus der Originalhandschrift.

Danke, Thomas, dass ich deinen Namen wieder als Pseudonym verwenden darf.

Danke, G.

Mehr von Thomas Sautner

Thomas Sautner
Das Mädchen an der Grenze
Roman
148 Seiten, gebunden, ISBN 978-3-7117-2047-4

»›Das Mädchen an der Grenze‹ hebt mit feinen Beobachtungen über Sinn und Unsinn von Grenzen sowie einer schönen Geschichte über gelebte Menschlichkeit an.« FALTER

»Souverän nimmt Sautner die Perspektive des Kindes ein. Auch die genaue Kenntnis des nördlichen Waldviertels macht die Beschreibung der Orte von Malinas Kindheit besonders.« DER STANDARD

»Für Malina fallen die Grenzen zwischen Traum und Wirklichkeit. All das ist anrührend und poetisch – ein großes Leseerlebnis. Thomas Sautner erzählt nicht nur von Sinn und Unsinn von Grenzen, sondern auch von einem ›eigen-artigen‹ Kind und der polternden Liebe seines Vaters.« KLEINE ZEITUNG

Picus Verlag Wien

Mehr von Thomas Sautner

Thomas Sautner
Großmutters Haus
Roman
252 Seiten, gebunden, ISBN 978-3-7117 2076-4

»Die Ich-Erzählerin Malina, Studentin und Bibliothekarin, fristet ein unauffälliges Leben. Bis sie von ihrer tot geglaubten Großmutter mit einem Paket überrascht wird, prall gefüllt mit Geldscheinen. Die junge Dame (...) macht sich auf die Suche und findet im tiefen Wald eine zauberhafte, nie alt gewordene Exzentrikerin. Wunderbar.«
erLesen, ORF

»Thomas Sautner ist als Stilist auch Psychologe.«
Ex Libris, Ö1

»Mit Witz und feinem Gespür für das Wichtige im Leben bringt Thomas Sautner die Beziehung der beiden Frauen auf den Punkt.«
Freiburger Nachrichten

Picus Verlag Wien

Mehr von Thomas Sautner

Thomas Sautner
Die Älteste
Roman
144 Seiten, gebunden, ISBN 978-3-7117-2021-4

»So sehr das rationale Leser-Ich zunächst ›Vorsicht!‹ rufen will, so selbstverständlich liest sich Sautners Text. Und wahrscheinlich liegt der Grund darin, dass der Umstand selten genug eintritt, dass eine, nennen wir sie, esoterische Sinn- und Heilsuche auf ganz unesoterische Art und Weise aufgeschrieben wird. Es wird eine Geschichte erzählt und die will man auch bis zum Ende lesen.« DER STANDARD

»Stimmungsvoll und mit großer Empathie.«
DIE PRESSE

»Humorvoll und angenehm unesoterisch beschreibt Sautner diese reinigende Heilssuche, die den Leser an einem heißen Sommertag ins kühle Waldviertel mitnimmt und an einen erfrischend kalten Moorteich.« ORF

Picus Verlag Wien